大地回声

于笑然散文选

于笑然 ◎ 著

长春出版社
全国百佳图书出版单位

图书在版编目(CIP)数据

大地回声：于笑然散文选 / 于笑然著. -- 长春：长春出版社, 2025. 1. -- ISBN 978-7-5445-7555-3

Ⅰ. I266

中国国家版本馆CIP数据核字第2024G5J797号

大地回声——于笑然散文选

著　　者　于笑然
责任编辑　孙　楠
封面设计　宁荣刚

出版发行　长春出版社
总 编 室　0431-88563443
市场营销　0431-88561180
网络营销　0431-88587345
地　　址　吉林省长春市南关区长春大街309号
邮　　编　130041
网　　址　www.cccbs.net

制　　版　长春出版社美术设计制作中心
印　　刷　长春天行健印刷有限公司

开　　本　880mm×1230mm　1/32
字　　数　194千字
印　　张　9.75
版　　次　2025年1月第1版
印　　次　2025年1月第1次印刷
定　　价　59.80元

版权所有　盗版必究
如有图书质量问题，请联系印厂调换　　联系电话：0431-84485611

我从嫩江之畔走来(代序)

故乡大安,对于我来说,不仅是童年的欢乐园,也还是文学的出发地。这一片虽称不上富饶却蕴藏着希望的土地,像母亲一样哺育我成长,培养了我亲近文学的自觉和持续写作的坚定。

我祖籍山东省登州府文登县。我的父母都是闯关东来到东北的,最初的落脚地是吉林省农安县,后又辗转迁徙到安广县舍力镇定居。

我们家祖祖辈辈都是农民。我的父母虽然不识字,对子女求学的事却十分看重。我从小就在父母的鞭策下上学读书,文化滋养通过课本融入体内,文学之根也在心中慢慢生长起来。上中学后,我读到了丁仁堂的书。他的《嫩江三部曲》第一次在我的心灵原野上展示了文学的雄阔与神奇,也让我首度领略了作家的风采与襟怀。我在无比崇拜中默默地接受着一位乡土作家的启蒙。丁仁堂的作品像一颗火种,点燃了我心中的文学火焰,它在我以后的文学奋斗中熊熊燃烧,成为一种永恒的照耀。

如果说,中学时代还只是我开始文学阅读与创作的青春萌动,那么,大学期间才是我确定文学理想、开启文学人生的重要阶段。东北师范大学中文系的五年时光,给了我珍贵的文学培养与熏陶。尽管"文化大革命"严重地干扰了正常教学,但我在逆境中学会了自学。曾有很长一段时间,我利用到学校图书馆帮助整理图书的机会,读到许多从未读过的书籍,诸如鲁迅、巴金、丁玲、柳青、孙犁、秦牧、杨朔、刘白羽的作品,以及《安娜卡列尼娜》《青年近卫军》《铁流》《复活》《红与黑》《简·爱》

《茶花女》《飘》等一些外国文学名著。以书为伴的这段时光，培养了我的阅读习惯和自学能力，弥补了我这个农民儿子因乡间局限所导致的文化缺失，也坚定了我的文学追求和人生理想。在以后的漫长岁月中，我经历了许多部门，从事过不同的工作，但文学之光一直闪亮在我的心中。虽然我前进的脚步有快有慢，但总还是行走在文学的道路上。我做了很长时间的新闻工作，但新闻业务并没有妨碍我的文学进步，相反，却成为我文学攀登的助力。我43岁的时候，出版了第一部散文报告文学集《大地魂》。这本书里收入的散文、报告文学作品，都是我在记者的岗位上白天弄新闻、夜晚搞文学的结果。我在广州路那间逼仄的"八米居"里，一直是这样地坚持着两种写作，先后出版了3部文学书籍。我以记者的敏感，深入基层去采写新闻，又以作家的情怀拥抱大地，叩问生活，抚慰人心。我在新闻与文学的交相辉映中，探索着非虚构写作的新路径。在《大地魂》的扉页后，我写下了"我的自白"：

  我从嫩江出发，那是我生命的源头。至今已涉过了43道溪流，却还没有学会泅渡的本领。人生之河对于我也许永远是一片未知的水域。

  少时许身于文学，中年却又改嫁新闻。一纸"婚书"难以扼杀我心底不了的恋情，于是悄悄地充当了婚外的偷情者；于是悄悄地在新闻与文学之间构筑着私通的桥梁；于是悄悄地把散文的血流注入了报告的肌体；于是孕育出这一个虽然稚拙却是我之血肉凝成的新生儿。

  上帝给了我一副眼镜，我便只好在这薄薄的又厚厚的玻璃片后面去观察世界，这世界就同我隔着一层透明的隔膜，看得见，却看不清，看不透。但我仍要去看，面前的几十万字还没有画上句号，我还想继续下去，哪怕费心费力费眼神，记者和作家的双重职业教我必须这样做,如果我的手还能拿动一支笔。

这是我发自肺腑的倾诉,也是我钟情文学的表达。我后来的文学实践证明了,我一直在信守诺言,与文学不离不弃,始终让文学的精魂活跃在自己的心中。

这一年的12月,我与王旭、赵国庆联手创作的长篇小说《丢在佛门前的屠刀》由长春出版社出版。这是一部描写长春解放题材的作品,它真实地再现了新中国成立前夕,长春城所经历的苦难和阵痛,讴歌了长春人为争取光明与进步英勇奋斗不怕牺牲的革命精神。时任吉林省委常委、长春市委书记的吴亦侠为之作序,序中写道:

> 这里还应感谢作者和长春出版社的同志们,恰在长春解放40周年的时候出版这本书。书中描写的这段历史,对长春人来说是太重要了,她本身就是一部用烈士的生命和先辈的鲜血写成的历史教科书。我人民解放军在中央军委的正确指挥下,遵照毛泽东同志"关起门来打狗"的战略思想,于1948年5月,调集十万大军兵临长春城下,在近半年的围城战役中,中国人民解放军、长春地方党组织和广大人民群众团结奋战,流血牺牲,与敌人进行了针锋相对的斗争,在我党我军强大的政治、军事攻势下,分化瓦解敌人,促其六十军光荣起义,新七军和第一兵团司令部先后放下武器向我军投降,兵不血刃,和平解放长春。在东北解放史上写下了光辉的一页,并作为政治、军事攻势并用的成功范例载入史册。

随着岁月的更迭、阅历的增长,我对生活的体验越来越深,对文学的依赖也越来越重。文学充实了我的生活,融入了我的血脉,成为我生命中不可或缺的部分。我在生活的激流中搏击,在文学的田地里耕耘,也不断收获着新的果实。

  2002年,我出版了长篇报告文学《东南大地》。这部作品以文学的视角观察生活,向读者报告了位于长春市东南方占地51平方千米的长春经济技术开发区的创建与成长历程,揭示了改革开放给长春建设和市民生活带来的巨大变化。

  在深入开发区生活的那些日子里,我始终被感动着。我熟悉了这里的每一个岗位,采访了数十位创业者,目睹了长春市东南大地的变化,聆听了开发区前进的足音,感受到改革时代的澎湃浪潮,情感发生了变化,认识得到了升华,因此,才写出了这部作品。此书出版发行后产生较好的社会影响,还在全省文学评奖中获得了吉林省报告文学一等奖。

  2015年秋天,为了检阅文学成果、激励文学创作,长春市组织编辑出版了一套《新世纪·长春老作家经典文丛》,我的55篇作品结集为《于笑然散文集》忝列其中。长春市作家协会在《编辑说明》里这样写道:"该文丛所收录的十位老作家是长春市作家协会在众多优秀作家中遴选出来的,他们在文学的土地上勤苦躬耕数十年,以心血施肥,以汗水浇灌,终于收获累累文学硕果。他们以不拘一格、匠心独运的创作拓展了长春文学的内涵,增添了东北文学的韵致,在中国文学界产生了广泛的影响。这十位老作家作为长春文学的地标性人物,承前启后,继往开来,在长春当代文学史上留下深深的足迹,足以被我们铭记!"这是给予作家群体的肯定和鼓励,对于我个人,当然只可以看作一种激励,或是为我指出的努力方向。我想,在我的余年里,它一定会作为一种奋斗的目标,鼓舞着我在文学的圆梦路上继续奔波。

2019年于自由文斋

目　录

我从嫩江之畔走来（代序）/ 1
大地回声 / 1
向大地致敬 / 4
长春，生长希望的城市
　　——写在长春200年诞辰日 / 6
长春的南花园 / 11
永远的风景 / 14
风雪过后 / 18
珍视流年　大步向前 / 24
童年的味道 / 28
茶　楼 / 33
我和儿子的故事 / 43
守望晚餐 / 48
秋天的期待 / 53
盛开的君子兰 / 55
奔忙的岁月 / 58
母　亲 / 65
老人的故乡 / 99

啊，小镇 / 105

感　觉 / 108

闪亮的国徽 / 110

美丽，有一种力量 / 113

你的夜，在台灯下 / 119

海南风景 / 121

前进，古城车队 / 124

生命如花 / 133

奔　马 / 141

花腔伯乐
　　——记包桂芳声乐教学小组 / 147

星空灿烂 / 153

春雨细无声 / 160

永生的太阳 / 168

选　择 / 180

小南河边的风景 / 187

忠　诚 / 197

马莲花开 / 227

散文不会寂寞 / 242

灵魂的叩问 / 246

想起嫩江，就想起丁仁堂 / 252
老谷，你的杂文很棒 / 257
散文要像阳光一样 / 260
春天自有花开 / 264
诗缘情而绮靡 / 270
都市的眼睛 / 275
北方有雪 / 279
管窥见大义 / 281
让诗火照亮心灵 / 284
化作春泥更护花 / 287

大地回声

大地，是有灵魂的。它因此能通晓万物复杂的运动，感知人类多变的性情。

大地，是有回声的。这回声发自地心深处，反馈着人间冷暖和世事变迁。它是大地对天地间是是非非的真实评断。

作家，是大地上的行者。他们躬身向大地致敬，用双脚同大地交流，凭心灵探知大地的信息，借助文字反馈大地的回声。

作家离不开大地，只有脚踏在大地上，作家才会有所认知，有所提升，有所表现，也才会增长写作的本事和力量。俯身向地心深处，俯首向大地上的人民，应当是作家永恒的追求和永远的姿态。

创作需要虔诚，需要勤奋，需要不断地行走，不断地追索，不断地叩问大地。

前不久，我去农安采风，见到一些文友。他们都是我年轻时的朋友，都是从青年时期就开始行走在与文学相恋之路上的，现在也都不年轻了。他们之中，有几位始终在文学的路上，岁月的艰辛没能阻断他们的脚步，他们一直在行走，一直在思考，一直在写作。他们写出了很多好的作品。尽管这些作品并没有理所当然地得到好的礼遇,有时候连发表都很困难,需要他们自己掏腰包来出版。文学也并没有改变他们的生活,他们依然过着平平常常的日子。可他们没有一点罢手的迹象。他们依然坚持着,好像坚持着一种习惯,如同一些人饮酒、品茶、打麻将一样。他们写作的动力只是内心的那一种生死不舍的追求,平常得很,也坚韧得很。

同他们交谈之后,让我感慨万端,敬意油然而生。因此,写下了如下的这些话。现在,我又把这些话收进这本书里,作为对自己的激励与鞭策。

文学具有人民性。任何一个民族,每一个活着的人,没有不需要文学的。热爱文学,可以说是人类的共性之一,可是,任何国家,都不可能全民皆"文"。不管怎样鼓吹文学的重要性,从事文学事业的人总是一小部分。作家是一顶惹人羡慕又让人向往的桂冠,几乎没有人不想戴上它风光一下,但真正苦心追求为之奔走不停、笔耕不辍、呕心沥血、夜不能寐的人也只是一小部分。至于功成名就的优秀作家,那就更是凤毛麟角了。

文学是一种韧性的拼搏。文学的竞跑,冠军不只由速度决定。因为赛程很长,变数很多,能够坚持跑到终点的没有多少。即使跑到终点,也不一定拿到奖牌,得奖的是极少数。参赛者不要有太高的期望,能跑下来就已经不错了。人不要太为难自己。文学的竞跑是一种智慧的角逐和意志的 PK,不是所有人都能事遂人愿的。

文学不是万能之学。文学只能解决文学所能解决的事。如今聪明的国人十分懂得文学的价值,也十分善于借助文学的东风,但也只是东风,只是借助,如此而已。他们从不对文学期以厚望,更不会把自己的命运之船交给文学去摆渡的。这样说来,究竟谁会对文学报以热忱,付以真心,甚至生死相许呢?除了文学圈内的人还有谁？除了作家还有谁？

　　文学需要文学人的坚守。这种坚守是发自内心、见诸行动、不图回报的。

　　文学的坚守需要耐力。面对五光十色的频频诱惑更需要耐住性子，耐住清贫，耐住寂寞，也耐得住喧哗。作家的坚守表现在作品上，也表现在心灵中。拥有一片沉静碧透的心海，才可能涵养出力透纸背的佳作。

　　作家离不开大地，离不开人民。在大地上行走，为人民而写作，是作家永远的使命。

（2013年于自由文斋）

向大地致敬

在鲜花盛开的五月,在刚刚度过国际劳动节的日子,我们把这样一些孜孜不倦的文学劳动者介绍给读者。他们是文学园地的耕耘者,精神家园的守护者,无私无畏的奉献者。

白山松水,地灵人杰。广袤而丰腴的吉林大地,培育了叱咤风云的文坛群英,也造就了华光闪烁的文学精品。为了追访吉林文学足迹,褒奖吉林文学精英,弘扬吉林文学精神,推动吉林文学发展,我们组织长春部分作家,为吉林省著名作家、剧作家撰文作传,状写他们的生命历程,报告他们的创作生涯,讴歌他们的无私奉献,展示他们的美好心灵,这是一件功在当代、泽被千秋的盛事。书中的25位主人公,可谓吉林省作家、剧作家的杰出代表,他们大多数都还生活在我们身边,活跃在文坛风景线上。他们是人类灵魂的工程师,他们是一群平凡而伟大的人。平凡,是他们的身躯;伟大,是他们的创造。许多年来,他们脚踏在吉林大地上,以文学的脉搏,感应着社会的脚步;用鲜活的创造,演绎着人间的悲喜。他们倾注心血,浇灌着人民的花圃,让生活的每一天都盛开着缤纷;他们甚至透支生命,为文学艺术而勇敢地献身,甘愿淹没在中华民族的文学海洋里,哪怕把自己变成一朵小小的浪花。

为人民而奉献的人理所当然得到人民的奖赏,他们因此获得至少是吉林省文学的最高奖,许多人还曾登上全国文学界权威大奖的领奖台,一些人的名字还被写进了德艺双馨的光荣谱。他们应当是吉林人民的骄傲,他们无愧于人民作家的称号。

吉林的作家创造了吉林的文学。吉林文学具着鲜明的关东特色,在全国文坛上占有着重要的一席之地。

吉林文学始终保持着健康、旺盛、欣欣向荣、多姿多彩的前进势头,即使面对一个时期内出现的低俗化创作倾向的涡流,她也显现出不媚粗俗、激浊扬清、高歌前行的独立品格。我们欣喜地看到,在吉林文坛上,主旋律高昂响亮,多样化异彩纷呈,优秀作家、作品不断涌现。扎根吉林大地的吉林作家始终坚守着严肃的文学追求和高尚的道德操守。他们用优秀的作品观照人生,又以先进的人生观、价值观统领创作。在他们身上,为人和为文是一个协调互动的统一体。这些已经和正在为他们的创作实践与人生历程所证明。

人民是文艺的母亲,生活是创作的源泉。吉林作家在母亲的哺育下成长着,在生活的滋养中创作着。他们是大地的儿子,永远不离开吉林的热土。正如希腊神话中的利比亚巨人安泰俄斯,只要脚踏在大地之上,就能获得力量的源泉,就能立于不败之地。

人们有理由相信,这些忠贞不二的大地之子,将脚踏在坚实的大地上,自觉地置身于生活的激流中,在改革开放的进程中,感受变革,燃烧激情,挥洒才智,一定能够为人民创作出更多的无愧于时代的文学精品!

(2005年于自由文斋)

长春,生长希望的城市
——写在长春 200 年诞辰日

2000 年,我的这座拥有 691 万人口、20 571 平方千米土地的美丽都市长春,迎来了自己 200 岁的生日。

长春是我的第二故乡,到今天,我在这里已经学习、生活了 35 个年头,我还要继续在她的温暖阳光下度过美好的每一天,不离不弃,直至幸福地老去。

今天的长春,在共和国的诸多兄弟姐妹中,还应当属于年轻的城市。她只有 200 年的历史,一切都如朝阳初升,新鲜而活跃,蓬勃着向前。滚滚的历史洪流中,有长春奋斗的雄姿。

这是一座生长着希望的城市,每时每刻都在发生着令人惊异而艳羡的变化。随着时光流逝,岁月转蓬,年轻而美丽的长春正在叙写着一部恢宏的鸿篇巨制。

200 年,人类历史长河中一朵小小的浪花。200 年,天地翻覆,风雨涤尘,刷新了白山黑水间、松辽平原上这一片神奇的土地。"柳条边"间的民族隔阂,早已被民族团结、共建家园的欢乐所代替,一个多民族团结和睦的大家庭,正在改革开放的大潮中劈风斩浪,托举着长春这座东北亚区域性中心城市,向着理想的天宇飞翔。

200年，一段并不悠久的历史，造就了长春这座年轻城市百折不挠、万难不屈的品格。开边垦荒、耕云播雨的创业艰辛；外寇袭扰、军阀压榨的祸乱屈辱；人民当家、城市自立的艰苦奋斗；改革开放、励精图治的振兴发展……曲折的轨迹透视着长春成长的历程，也映射出长春人宽容大气、自强不息的精神。

两个世纪以来，勤劳勇敢的长春人民，把这种坚贞不屈的奋斗精神作为宝贵的财富代代相传。正是这种奋斗精神鼓舞着长春人民与外寇内贼展开了不懈的斗争。沙俄入侵，在长春建立"中东铁路借用地""国中之国"。长春人民"拿起刀斧、梭镖和枪支"，拆铁轨，炸火车，令侵略者魂飞胆丧；日寇肆虐，将长春定位为伪满洲国首都"新京"，实行旨在摧毁中国人民反抗意志的奴化教育，长春人民誓死不当亡国奴，高举抗日战旗，进行了长达14年艰苦卓绝的斗争，终于把日本侵略者赶出了国门；1948年，长春人民从国民党守军的手里夺回了长春城的自由，长春获得了真正的解放和新生。

长春人民创造了长春的历史。摆脱苦难、回到人民怀抱的长春，伴着中华人民共和国前进的足音，顺利完成了由消费城市到生产城市的艰苦蜕变，又随着改革开放的时代步伐，走出封闭型城市的藩篱，跻身于开放型城市的队伍；富于开创精神的长春人民，在很短的时间内，就把一个经济落后、基础薄弱、百业待兴的城市，建设成为一个集农业、工业、科技文化优势于一身、被称为"汽车城""电影城""森林城""科技文化城"的现代化都市。

坚定意志，勇于抗争，在争取自由的战火中淬炼，长春是一座英雄的城市。

锐意进取，标新立异，在永不满足的追求中前进，长春是一座勇于创新的城市。

中华人民共和国的第一辆解放牌汽车是长春制造的。几十年来，长春汽车工业的发展，为中华人民共和国的提速作出了卓越的贡献。这座被称作"车轮上的城市"，名副其实地成为中华人民共和国汽车工业的摇篮。

这里兴建了中华人民共和国第一个电影制片厂。几十年来，从长春这个电影摇篮里，拍出了多少赏心悦目的优秀影片，走出了多少名贯中外的电影界高端人才。他们为发展中国电影事业、创造人类文明立下了不朽的功勋。

这片肥沃膏腴的黑土地，培育出闻名全国的产粮状元。作为国家重要商品粮基地之一的长春，盛产玉米、大豆，人均占有粮食量、农业人口人均占有粮食量、粮食商品量和粮食商品率连续多年居全国大中城市之首，是全国大中城市中唯一的粮食调出市。随着农业产业化步伐的加快，农副产品加工业正在迅速兴起，不断壮大。大成集团、德大公司、皓月集团等一批又一批产业化典型不断涌现，长春的粮山正在加快向金山转化。

51年前，共和国在自己刚刚诞生、正在谋划发展的时候，便选择了长春作为科技创新实验的基地。从那时起，这座地处松辽平原腹地的新兴城市，便担负起"科教兴国"的历史重任。半个世纪以来，长春这座"科教的摇篮"为共和国作出了令人瞩目的贡献，也使自己成为中华人民共和国闻名遐迩的科技文化城。

在共和国51年风风雨雨的征途上，长春一路飞奔。特别是在改革开放的22年中，长春更是突飞猛进。国民经济快速增长，综合实力明显增强，人民生活水平不断提高。近年来，"高新技术产业开发区""经济技术开发区""净月经济开发区"和"汽车产业开发区"相继脱颖而出，成为长春参与世界竞争的前沿和对外开放的窗口。四大开发区竞相发展，各展风流，为这座充满希望的城市增添了青春活力。

一方水土一方人。广袤富饶、水足粮丰的长春大地，养育了一代又一代勤劳、智慧、心地善良的长春人。

助人为乐是长春人始终一贯的特有品质。翻开《记住长春》这部书，有一个例证让我们对长春人肃然起敬。书载：日本侵略者投降后，有一批日本孤儿被他们的父母遗弃。这些可怜的小生命转瞬间沦为无家可归的弃儿，他们面临着死亡的威胁。是谁拯救了他们呢？是一批宽怀仁厚、富于爱心的中国母亲——长春百姓。她们凭着爱心和道义，无偿地收养了5000多名日本遗孤，并且克服了生活中的千难万苦，把他们一个个地抚养成人。这些伟大的中国母亲，用自己无私的爱，创造了动人心魄的人间佳话，谱写了人类文明的最美诗篇，也以人道主义的光辉照亮了世界和平的道路。

宽阔的胸怀，丰富的情感，执着的爱心，从历史到今天，一直作为美德在长春人的身上传承，继往开来，发扬光大。

谁也不能忘记，几年前曾在长春家喻户晓的关于"党义"助人的故事。那是长春人济危扶困、助人为乐精神的鲜明体现。

谁都不能视而不见，今日长春，有那么多自愿帮助贫苦儿童的"代理妈妈"，她们正在用汗水和心血浇灌着一朵朵希望之花。

这是中国母亲伟大母爱的结晶。

这是社会主义精神文明的升华。

长春人创建了长春城。长春城孕育了长春人。一个共同的城市性格由历史造就，一种普遍的人文精神在现实中生长。长春，这座生长着希望的城市，生机勃勃，日新月异。林美，水美，人更美，这个青春永驻、充满光荣与梦想的现代都市，让我们引以为自豪和骄傲。

200年沧桑，51年辉煌，生长希望的长春没有辜负这个美名。

长春是值得记住的城市。

长春人的精神是应当发扬光大的。

（2000年于自由文斋）

长春的南花园

在长春的南部,有一座美丽的大花园,那就是双阳旅游度假区。

汽车驶上长双公路,便进入了一个翁翁郁郁的绿色世界。公路两旁,重峦叠嶂,树木葱茏。连片的绿色从车窗掠过,眼里也被染成绿色;清风扑进车窗,忽急忽徐,抚得面颊丝丝作痒,说不出是一种怎样的惬意,直教你神摇意夺,心旌飘荡。

旅游度假,双阳是绝佳的选择。春夏秋冬,四季分明。春草之温润,夏花之热烈,秋果之丰硕,冬雪之晶莹,各有各的神奇魅力。无论什么时候,只要你踏上双阳这片土地,就会感受到别样的自然风光和浓浓的关东风情。

双阳是长春境内的半山区,山不太高,但山山峻伟,足以壮魂魄;双阳湖是自然的水上公园,水波潋滟,鱼跳龙门,更增添无限生机。古往今来,这里的真山真水养育着一代又一代真诚的双阳人。

游双阳,不能不游龙泽园景区。这里洋溢着山水交欢的古老神韵,书写着天造地设的现代文明。澄净的双阳河如一条银绦玉带,牵手龙、凤二山,款款而行,温情地润泽着两岸的土地和人民，真实地叙说着历史与现实交叉演绎的故事。

双阳山美，美不胜收。长春的最高峰在双阳，你不信么？大砬子山上有碑石为证，那上面镌刻着前省委书记的题字：长春第一峰。此峰虽不太高，海拔还不到 800 米，可她以险、奇、幽、特著称于世，又因拥有双阳吊水壶国家森林公园而闻名遐迩。山是奇山，奇石林立，峡谷幽深，溪水鸣洞，蕴藏奇珍。山上野生资源极其丰富，常年活跃着狐狸、狍子和獾子等野生动物 100 余种；生长着桔梗、党参、防风等各类药材 150 余种，刺嫩芽、蕨类、菌类等具有保健功能的山野菜 40 余种⋯⋯

吊水湖国家森林公园，是国家 AAA 级旅游景区，以溶洞为主体，山、水、林、峰、洞、石交相辉映，险、奇、幽、特相互交融。形成于 3 亿多年前的古生代石炭纪的岩溶景观又称喀斯特地貌，散落着大小不一、各具特色的溶洞，倒挂淋漓、千姿百态的石钟乳，五颜六色、错落有致的石笋，蝉羽轻柔的石幔，飞流直下的冰瀑，见证了岁月的变迁。山中的溶洞令人称奇。吊水壶溶洞是长春第一峰上最大的溶洞。通往溶洞的是一条盘旋在山间的木制栈道。我们造访溶洞的那天，恰逢细雨霏霏。走在颤悠悠的木板桥上，置身于湿润的葱翠包围之中，聆听着风声、雨声和鸟雀的鸣唱交响成一片，心底顿生一种难得的悠闲和惬意。溶洞口在山深处。走进洞口，迎面立刻袭来一阵沁人心脾的清凉。溶洞很长，曲径通幽，一踏进来就给人一种颇为神秘的新鲜感。只是溶洞两旁那些不知谁人凭空臆造出来的罗汉雕像，让人有些啼笑皆非，实在是画蛇添足，大煞风景。真正的仙境洞府是在龙宫、天宫，这里则完全是溶洞的原貌，体现了塌陷型溶洞的地质特色。穹顶上巨石悬空，张牙舞爪，有如蛟龙播雨，抬眼间，便有水滴落在脸上，有种凉森森的感觉；地面上数石矗立，姿态各异，像群虎争雄，栩栩如生状，疑有虎鸣声声入耳。走过龙宫、天宫，攀缘而上，左拐右拐，忽有一线光亮透过来，几位同伴不约而同地喊叫起来："出来喽！""出来喽！"果然是走出了溶洞，外面已经是阳光一片。回首望去，心中不免生出一声慨叹：真是大自然的鬼斧神工！

　　山中多溶洞，溶洞多奇观。除了吊水壶溶洞外，这里还有冰洞、老道洞、神秘蛇洞、奇趣风洞和狐仙洞，等等。山有奇洞，洞中有洞，洞穴相连，险中称奇，令人惊心动魄，叹为观止。

　　双阳水美，美在温柔。徜徉在双阳湖湖滨休闲度假区，你会明显感到：这里的风是温柔的，水是温柔的，服务生的话语声也是温柔的，一片温柔抚慰着你，让你不能不由衷赞美：好一片宜居之地！

　　双阳怡人，不仅山水怡人，还有梅花鹿补心养人，世界闻名。可惜今天不能去走访鹿乡了，且把那鹿鸣呦呦的美妙留待来日再去乐享吧。

　　此刻，登上游船，放眼天际，烟波浩渺，一碧万顷，不时有金鲤跃上甲板，似与游人嬉戏。置身此间，谁能不宠辱皆忘，心旷神怡？谁不想畅怀抒志，长居于此？即便是长眠在双阳湖畔，怕也没有丝毫憾言悔意吧！

　　长春美啊，美在双阳山和水。

（2007年于自由文斋）

永远的风景

有一种思念，会贯穿你的一生。在你忙忙碌碌的时候，她默默地潜伏在心底，并不用自己的魅力去招惹你，而一旦你有了闲暇，或者遇到什么机缘，她又会立刻活跃起来，像一个可爱的宠物，撒娇在你的心头，撩拨起你的思绪，让你的心瞬间坠入情感的深渊。这是学生时代一种独有的情感，是学子对毕业那一刻的深深思念。毕业，是所有念书人必须跨越的门槛。每一次毕业，都是他们向着智慧和成熟的迈进。每一次毕业，都会在他们心底留下深刻的烙印，一生都难以忘怀。

前几天，我们高中时的几个同学聚在长春热闹了一把。聚会的地点选在"长春往事原味厨房"。真是凑巧了，在"往事"饭店里回忆"往事"，在"原味厨房"中品咂昨天的"原汁原味"，每个人都沉醉在过往生活的醇酿里，幸福得就如同重新回到了风华正茂的青春岁月。

我们几个都是 1965 年告别母校白城一中的。

53 年前的那个夏季，正是我们的毕业季。从那天起，我们走出母校，开始了各自的人生旅程，有的奔赴大学校园，有的走上工作岗位……一别半个世纪，山高水远，音信杳然，彼此的牵挂，积压在心间。而今重逢，都已是两鬓苍苍了。大家一坐到一起，便有说不完的话题，彼此问候家庭境况，相互诉说别后经历，纷纷打听母校的变化，急切地询问老师的健康状况……兴奋的交流中，同学间相互了解了各自的情况，个个高兴得像回到了当年的母校。年长一点的顾大姐脸上始终漾满笑容，她在校时就是大姐，现在还是大姐。她一向心直口快，古道热肠，毕业后和很多同学都一直保持联系，前几年经常组织同学聚会。一到了同学会上，她就又成了星星围绕的月亮；比她年轻的靳老弟当年是名副其实的学霸，准备考清华的，可惜高考前他得了一场病，病治好了，高考也过去了，本打算来年再考，可是阴差阳错，他就失去了上大学的机会，不过他后来的发展并不比我们这些本科生差，他在省里一所税务学校校长的位子上退休，现在也在长春居住，生活滋润着呢，每天都还有闲情逸致写诗，一天一首绝句，合辙押韵，合规合律，很不错的。淑清是我们同学中最老实的一位，念书时文文静静，话语不多，不大愿意凑热闹，但她心地很善良，学习也很用心，后来考上了吉林工大，丈夫是她的校友。现在，她已经是两个孩子的母亲了，一双儿女都在国外。她和老伴儿虽已定居长春，但每年都有很长一段时间是在异国他乡度过，比我们的眼界宽多了。卢杰耳朵有点背了，老伴儿对她照料得很周到。这老两口是最让人羡慕的一对儿，出双入对，相扶相携，形影不离，给人传递着一种夫妻恩爱的力量。永生最近也迁居来长春了，姑娘在长春工作，把父母也接来了。永生的变化大一些，显得有点儿苍老。他身体不如以前，在校时他身体特别棒，是有名的体育健将，高中毕业时考入北京体育学院，大学毕业后从事体育工作，算是搞了一辈子体育，却没落下个好身体，他是把精力和健康都贡献给事业了。

一转眼,五十多年过去了,从风华正茂的当年,到两鬓如霜的今天,思绪把同学们带进了回忆的花园,大家你看看我,我看看你,百感交集,心生慨叹,竟忘了用餐。一桌子菜摆在那里,凉了又热,热了又凉,却还是少有人动筷,只有停不下来的话语在席间飘飞,乡音袅袅,让人动心。整个饭局似乎没有主人,又仿佛个个都是主人,抢着说话,随意穿插,高声大气,笑语喧哗,古稀翁妪顷刻间变成了天真的娃娃。

有人提议把各自的电话号码、联系方式留下来,立刻得到热烈的响应,一时间都呼呼啦啦地动了起来,同学们翻背包,摸衣袋,纷纷拿出手机,记号码,加微信……有不会弄的,自有明白人过来帮忙。刹那间,手机打开了一方天地,人人都开始忙碌起来,按动键盘,呼叫对方。有人接通了远方的同学,兴奋地大呼小叫,正通话间,手机已被抢走,就这样,通着话的手机一个一个地传下去,直到每个人都同这位刚刚联系上的老同学接上了头,说上了话,简短的问候,珍贵的寒暄,让每个人的心头都涌起一股犹如找到亲人般的满足。

这一次中学的同学聚会,在我的心海荡起了涟漪,让我想起了大学毕业的前前后后。

我的大学生活,正赶上了那个乱云飞渡的年月,真让我经了风雨,见了世面。史无前例的动乱,打破了社会的正常秩序,狂热绑架了我们的青春,冲动摧毁了我们的理想,我们经历了痛苦的煎熬和劫后的余幸。今天回忆起来,当年曾经的许多,也许可以看成一种特殊的锻炼和别样的成长。在勤工俭学那些火热的日子里,我们高举"反帝反修"的大旗,毅然走出校门,奔赴千里之外的深山老林,去建设"红旗村",开辟新型的教学实验基地;在那种浑浊的激流中,我们被乱世风云无情地裹挟着、盲动着,东奔西突,冲锋陷阵,有的同学还为自己的无知和鲁莽付出了血的代价。值得庆幸的是，历史在紧要关头拨云见日，我们终于走出了那片人生沼泽地，雨过天晴，彩虹绚烂，经历了疾风暴雨的我们，重新认识了这个世界，重新校正了生活的航向，后来的路便走得自信而坚定起来。

1970年的夏天，我们毕业了。当我告别了东北师大走向社会的时候，我已经不再是五年前的那个幼稚、懦弱、懵懂的男孩了。我成长起来了，稚嫩的肩头可以压上一副担子了。我知道，这成长，是母校给予我的，是恩师给予我的。感恩的情怀一直深藏在我的心中，时时跃动在我的脉搏里。我曾不止一次地回访母校，拜谒师长，每一次都从那里获得了力量。我曾回校举办讲座，看到对面坐着的那些年轻而陌生的校友，我真想走过去坐到他们中间。有一次，电视台为我做专题节目，几位编辑陪我一起走进师大校园。我看着那林立的楼舍，美丽的静湖，青葱的树木，鲜艳的花朵……听到青年学子清脆的语声，一切都感到那么熟悉，又那么陌生，禁不住心头一热：母校，我回来了！我向您汇报来了！

倏然一瞬，我离开母校已经48个年头了。冬雪夏雨，春华秋实，当年的青年学子，如今已成为古稀老人。岁月更替，物是人非，但我们心底的衷情依旧。母校的风光今非昔比，花团锦簇中，"勤奋创新　为人师表"的校训在阳光下熠熠生辉。不远处传来书声琅琅，新一代青年学子正在奋力攀登，昂然向上。这是东师人心中一道永远的风景。

（2018年于自由文斋）

风雪过后

申小小走了,这个春节她都没来得及过,就匆忙地离开了人世。消息传开,一天的云彩都散了。

申小小才45岁,像一朵没开够的花,就这么不明不白地在一瞬间凋谢了,这让整个新闻社无比震惊,也令她的一些相识旧友感到惋惜。

我得到消息时已经很晚了,葬礼是应该去一下的,不管怎么说,我们毕竟在一个单位共事过,而且又搭过班子有过合作。关于葬礼的筹备,我一无所知,也没有去打问。我只知道,举办葬礼这天是农历正月初五,正是人们欢度假日的时候。一大早起来,我看见,下雪了。一冬天都没有下雪,偏偏昨夜飘起了雪花,不大不小,淅淅沥沥地,一直到今天早晨还没有停。迎面的风很硬,风里夹着雪粒,吹在脸上,像刀子刮的一样。铺了雪的路面硬邦邦的,雪只是薄薄的一层,踩上去没有那种松软的感觉。歌里都唱"正月里来是新春",可长春的正月,春天还远着呢,冬日的寒冷依旧盘踞着大街小巷。行人很少。急匆匆走过的人们,无论男人、女人、大人、孩子,全身都包裹得严严实实的,只剩下一张脸露在外面,戴着口罩的,连脸也藏起来了，就只看得见两只眼睛。我紧了紧大衣，心里骂了句：这该死的冬天！

我走进殡仪馆的时候，葬礼还没有开始。我选了一个不怎么引人注意的角落，站下来，开始环顾整个吊唁大厅。今天的葬礼布置得很简单，简单得好像没有经过布置，大厅显得更加空旷。数得过来的几个花圈无序地摆放在灵柩的两旁，苍白的纸花毫无生气，像是用散淡的目光守望着一个刚刚逝去的女人的魂灵。

正对厅门的大墙上，画着一只只西行的飞鹤，是那种抽象派的画作。看不清鹤的头脸儿，只见张开的翅膀扇动着抽象的祈祷和祝愿。

灵柩对面挂挽联的地方，空着，没有一个字。只有一张申小小生前的照片。我看得出来，这照片没有经过刻意修饰，是随便找来的一张。

申小小生前特别喜欢照相，无论走到哪里，她都愿意摆出一副很惬意的姿态让人拍照。她不喜欢电子相册，她喜欢那种传统的纸质的照片。她总是从数码相机里选出自己最满意的留影洗印出来，然后贴进影集。她有很多好看的影集，那里面收藏着她很多好看的照片。她高兴的时候，会把这些影集拿出来自己欣赏，有时候也拿给别人看，我们很多人都看到过。可是现在的这张照片，显然不是她得意的佳作，拍得不怎么好，面庞苍白，神情木讷，二目无光，一副病恹恹的样子。挂上去之前似乎也没有经过认真地加工修饰，显得过于粗放和潦草。看到这些，我的心里突然生出一丝感叹：生与死是多么的不同啊！人死如灯灭。申小小曾经是一个多么钟爱修饰和打扮的女人啊！据说，她每天早晨都要拿出一个半小时的时间用来化妆，不化妆好了，她是什么事也不会去干的。她平生最喜欢出奇制胜，拍照片也是这样，总要选择出奇的景致和视角，摆出常人摆不出或者不愿意摆出的样子。这是很多人都熟悉的申小小的一大特征。可是现在，没有了，什么特征都没有了，一切都在顷刻间化为乌有。摆在我们面前的，只有一张没有血色的脸和一副比她生前更加瘦弱而短小的躯体。

此刻，我说不出自己的心里是一种什么滋味。我的眼前似乎又闪现出许许多多曾经令我不快的影像，我的心一阵阵发紧。

远处传来一点声响，打断了我的思绪。我慢慢地移动脚步，缓缓地走进吊唁的人群。

前来吊唁的，除了少数因工作关系不得不来的，大都是申小小的生前友好，当然，也有特别友好的没有来。

有几位在本市文化口和新闻界颇有名气的人物也都来了：诗人邱峰，作家陈辞，广告首席策划人桃花，著名主持人张杨，……他们几个人聚在一起，有说有笑，个个脸上泛着光彩，看不出一丝一毫的悲痛，这状态与平时等待自助酒会开席没什么两样。

申小小的家人没有来，灵柩左边的亲属席位上空无一人。有人感到奇怪，因而交头接耳。熟悉她的人心里明白：孤家寡人的申小小，在这个拥有700万人口的都市里已经没有家和家人了。

吊唁活动很快开始了。

吊唁也很简单，没有人为申小小写悼词，也没有人介绍她的生平业绩，只有殡仪馆主持人例行公事地宣布："告别仪式现在开始！"之后便是鞠躬的口令，人们跟着口令随着大流礼貌地做完鞠躬的动作，又在主持人的指挥下，鱼贯而行地向申小小的遗体告别。每个人都匆匆地行礼匆匆地走过，没有人停下脚步。

忽见邱峰走到遗体前站了下来。他表情肃穆，躬身施礼，然后从怀里掏出一个灰白色的包包，轻轻地放到申小小的遗体旁，转身正要离开，有工作人员赶过来喊住了他："先生，请等一等。您是她的什么人？您方才放下的是什么？我们这里是不允许客人随便放东西的。"

"啊，"邱峰像是从梦中惊醒过来，有些不好意思。他推了推架在鼻梁上的眼镜，然后双手抱拳，诚恳地向工作人员解释，说："对不起！我没有事先打招呼！我曾经是她的同事。这是她在我们共事期间送给我的一只酒瓶，现在她走了，把这东西也带走吧。"

工作人员打开包包，看到了一只做工精美的银制酒瓶，扁扁的，方方的，拿在手里，轻轻的，周身都雕刻着美丽的图案，一看便知，这是俄罗斯生产的酒具。

有工作人员赶过来，邱峰显得有些局促，匆匆忙忙地向工作人员表达歉意："请包涵！"说着，转身迅速地离去了。

邱峰逃也似的离开了吊唁大厅。人们望着他的背影七嘴八舌地议论起来：

"这个人曾经和申小小共过事，关系挺近的！"

"还行，不忘旧情，还来送送。"

"市里怎么没来人啊？"

"这种情况，可能是领导不方便出面吧！"

"有啥呀？不是还没有结论吗？申小小活着的时候，在市领导的眼里不是挺风光的吗？怎么也应当来送最后一程啊！"

"唉,啥风光不风光的,就那么回事吧！人死也得会找时候,申小小正赶上立案查她的时候，俩腿一蹬——死了，你还查啥？听说她涉案的金额有3个多亿，要是查实了，够枪毙两个来回啦！这回呢？人死了，也没法结论了，3个多亿真就变成了一个查不清落不实的悬案，牵涉多少人也都不了了之了。一人死解了千人愁，一了百了喽！"

"一了百了！"这句话像一声闷雷震响在空中，我不由得身子一震："一了百了！一了百了！"我下意识地吟哦着，脚步不知不觉地放慢了许多。走出门来的时候，外面的雪已经停了，风还在刮。大雪掩埋了一切，到处都呈现出白茫茫的一片。

我没有想到，申小小会这么快就离开大家，到另外一个世界里去了。我也无法想到，她一个人的离世，会给现实中活着的人们带来怎样的变化呢？

一段时间以来，我的心里始终搅扰着，对这个有些特立独行的女人恨怨有加，是啊，在我们合作的那段日子里，她曾经给我出了多少难题、下了多少绊子呀！她狭小的心胸容不下任何人，生怕别人撼动了她的一把交椅，处心积虑地压制和挤兑包括我在内的很多人，简直是不择手段。有一段时日，我非常懊恼，不知道该怎么做，就像被人掐住了脖子，有口难鸣。有人给我出主意：跟她干！哪怕是鱼死网破，也要争口气。可我没有，我怯手于自己的懦弱，顾虑重重，终于压制住自己，在无可奈何中咽下了一口气，满腔不平也随着这口气潜入心底，凝成了一个不可消解的死结。不平带来的郁闷甚至改变了我的性格，欢乐从此远离了我。我在忧伤中寻找疗治忧伤的良方。有一次外出旅游，我看到庙上有一句话："快乐不是因为你获得的多，而是因为你计较得少。"我感到心里一热，似乎有些通窍，可是回到家里，一想，不对呀！我既不贪也不占，没有计较什么呀，怎么还要受到伤害呢？这样想来，我的心里重新布满了疑虑。

我就是带着这些疑虑来参加申小小葬礼的。奇怪的是，在哀乐低回中，面对申小小苍白的面容和枯槁的躯体，这一刻，我却觉得心底的那个死结一下子被打开了,无边的怨恨都好像随同那一阵低回的哀乐倏然飘逝,荡然无存。

　　人啊,真该细细想一想,平时搅在一起,你争我夺,你怨我恨,互不相让,咄咄然势不两立,可是到底在争夺什么呢?当你的躯体化作一缕青烟时,还争吗?还抢吗?人都已经到另外一个世界去了,那些恩恩怨怨也随之去吧!昨天的一切记忆都可以翻过去了,烟消云散了。一切不可饶恕的东西也都可以放开一马了。真的可以一了百了。

　　我走出吊唁大厅,外面风停雪住。风雪过后,天地间豁然开朗。

(2017 年于自由文斋)

珍视流年　大步向前

　　日子的咸与淡，是在回忆中品出来的。

　　40年，是时光中的一瞬，然而对于我们每个人的生命，却是不能算短的一段光阴。人的一生能有几个40年啊？40年又会在人生中发生多少事情，产生多大变化呢？

　　我们的有关40年的回忆，缘起于一顿分别许久后的聚餐。

　　那是一个十分平常的日子，却因为聚餐者的格外珍重而显得有些不平常。

　　呼呼啦啦的一大群老头老太太，挤坐在餐桌前。各式菜肴早已摆满了一桌子，却没有人动筷儿。你看着我，我看着你，脸上漾着笑容，嘴里不断地絮叨：

　　"多少年没见了？有40年了吧？"

　　"可不是，自打退休再就没见着。"

　　"40多年，一面未见，真呆个老实！"

　　人们这样唏嘘着，感叹着，都想起了40年前在一起时的岁月。

　　那是一种充满念想的回味，日子虽然穷了些，可人们过得都挺快乐的。裴大姐家里有个当兵转业的人物，得到了一笔转业金，数量不多，搁今天也许不值得一提，可在那时，也是很让人们羡慕的。姐妹们相互传递着信息：小裴（那时她还很年轻）家的存折有四位数了！到底那四位数是多少，谁也不知道，也没有人真想去打听。那时候，人们都不富有，但物质的贫乏并没有让人们精神上扭曲，谁家要是有了点钱，过得好一些了，大家会很羡慕，也会投去祝福的目光，但只是羡慕和祝福，没有别的，绝不像今天，一听到百万富翁、千万富翁甚至亿万富翁，就打心眼儿里升起一种没来由的怨恨。有人把它称为仇富情结，可我想，这或许是因为今天的富翁中，总有些钱来得不是那么光彩吧？

聚餐者仿佛只在意聚而不在意餐，大家都被淹没在尽兴的嬉笑和谈唠中。这是一种放任自流的开心，很久都没有这么开心了。回想起40年前的那些日子，大家的生活都很拮据，谁也不比谁家富有，经济上几乎没有什么差别，但彼此间的情感是那样的朴实、浓烈，朋友会随时出现在你困难的时候，不像今天，共住一个单元却形同陌路，至于贫富之间，那就更是老死不相往来了。

那时候物资紧缺，差不多买啥都得用票。淑荣大姐想起她买电视机的事，当时她弄到一张电视机票（那时电视机还没有普及到各家各户），买台电视机只需要120元钱，可120元钱也拿不出来。延风大姐知道了，主动借给她100元。淑荣大姐去她家取钱的时候，顺便给她带去了一捆大葱，感谢的心思也就全在那里边了。

那时候，家家都不富裕，但家家都不惧怕穷困，也从不潦倒，你有什么，我也有什么；你没有了，我会帮你的。同事间处得如同兄弟姊妹，街坊邻居也好像亲如手足，谁家偶然得到一点新奇的东西，都要拿出来让大家共同分享。那时人们之间似乎很少私密，也很少相互戒备。现在想起来，人人都觉得很留恋那一段生活，却也想不出究竟是留恋什么，到底是一些什么东西让大家难以忘却。

那时候年轻人结婚没有大操大办的，有的根本不举办婚礼，知道信儿的亲朋好友相约相伴地去凑个热闹，那真是实实在在的热闹，带去的也许只是锅碗瓢盆、被面、床单一类的生活用品，礼品很微薄，可是主人会很看重，他们更在意人们相互间真诚交往的这种真情实感。"瓜子不饱人心思"，那是人们常说的一句话。瓜子真的不能果腹，但确实能饱人心，那是一种真挚情感的朴素表达啊！不像今天，谁家结婚，大车小辆，一队一队的，几百上千人赴宴那是常事，随份子也越来越大，二三百元已经拿不出手了。婚宴上的许多人都是赶场子，不动一点心思，有的甚至只来点个卯，微笑着扔下钱转身就走了，连喜酒也不稀得喝一口。留下来的也不见得都是真诚的祝福者。一桌子人，互不相识者居多，大家都是因为一个共同的目的走到一起来了，虽然凑在一张饭桌上，可是相互间却没什么话说，胡乱地吃几口，傻笑着喝一杯，便各自散去，过后想一想，也怪没意思的。如今的婚丧嫁娶，变成人们之间相互回报的一种方式，只有平时有过码的或者存有特殊关系的，才肯大大地破费一笔的。

40年了，不知不觉间，岁月就流走了，当年还年轻的我们，如今都已白发苍苍，大多数年至耄耋，最小的也已迈进古稀之门。老态龙钟，重又聚首，回想起以往的岁月，人人都抑制不住自己的兴奋，心中有说不尽的话要说，每每又不知从何说起。

一群老人，40年后的重逢，从心里往外泛起了许多往事，争先恐后地叙说，唠唠叨叨地没完没了，那些浸透着欢乐、友好和真诚的故事都涌出喉咙，只有旧日的惆怅和彼此的怨艾都抛在了脑后，再也想不起来了，永远也想不起来了。

应该忘却的都忘却了，不想忘却的都想起来了，温暖和惬意包围着这些老人，他们的心头有一种说不出来的舒畅。

岁月流走了，情感却没有流走，她还沉淀在老人们的心底。这情感就像日子一样越积越厚；这情感又像江河湖海一样，平时风平浪静，波澜不惊，可一遇机缘便会泛起浪花，甚至波涛汹涌，她让这些步入夕阳的生命焕发出如年轻人一样的激动和轻狂，于是，他们的生命之河便一样融入了大海的波涛……

40年，改变了人生，也改变了江山，回首往昔，似乎平平淡淡，却又并不平常。刻骨铭心的情感从昨天出发，向明天行进，但无论如何是不会变异的。世界不会因为金钱的捉弄而真的变得冷漠无情。人生没有什么不可以丢弃的，也没有什么值得担心的，生活被一双巨手推着向前，我们也大步向前吧！

（2018年于自由文斋）

童年的味道

童年是有味道的。几乎每一个有些经历的人都在记忆的深处珍藏着一些有味道的童年往事。那味道有苦有甜,有浓有淡,甜蜜的味道淡些,像是没有力量,在心田里扎不下根,事情经历过了,便如风儿吹过了,了无踪影;而苦涩的却如一把刀,不容分说地刻进心底,让你永远留有伤痛的影像,什么时候想起来,都如同抚摸陈年的伤痕一样,忍不住要颤抖一下。

像我这般古稀之年的人,童年大都是一段苦日子。说苦,其实味道也没有那么重,就是困难一些吧。那时候,物资稀缺,几乎所有的生活必需品,身上穿的、嘴里吃的、手上用的,没有一样不是限量供应的,为了限量则要发放很多种票、证,买粮要粮证、粮票,买布要布票,买鞋要鞋票,所有的副食品、纺织品和化纤品,一律得凭票购买,连买几斤棉花做棉衣也需用棉花票。没有票、证,什么也买不到,票、证简直变成了"第二货币"。那时民间有这样一首童谣:个儿大不算富,多穿二尺布,一样分棉花,捞个薄棉裤。这应该是对当时棉花限量供应的一种调侃吧。

我小时候对家里的生活需求并不关注,但我知道家里最缺的是豆油，每人每月只配给三两。三两油就那么一丁点儿，还要匀到 30 天里去吃，够干啥的？谁也没有办法再多弄到油票，许多家庭主妇就琢磨着另外想招儿——买点肥肉熥油。可是那时候肥肉也不好买呀！猪肉要凭票购买，供不应求嘛，每次买肉都得排长长的队。现在人们买肉，都不买肥的，要根据自己做菜的需要按部位选购，那时候可不是，没人喜欢买瘦肉，排队抢购"肥膘"，为的不是吃肉而是熥油。我们家的猪肉票差不多都让母亲给换成了"肥膘"变成了"荤油"，一年到头也吃不上一顿肉。我那时就盼着母亲熥油。每当母亲把"肥膘"放进热气蒸腾的锅里，我就在灶前灶后来回串，不错眼珠地盯着那飘散着荤油香味和嗞嗞啦啦响声的油锅，乞望着熥好油后，母亲能赏给我一点儿"油梭子"吃，可是母亲常常令我失望，她舍不得把那仅有的一点儿"油梭子"赏给我，而是把它剁成碎末，搅进事先剁好的青菜里，给全家包上一顿饺子，这也就算最大地改善生活了。我虽没吃到"油梭子"，但毕竟吃到了饺子，心里也蛮高兴的。母亲熥油的味道，一直飘散在我的童年岁月里。

我童年的许多记忆都是和贫困连在一起的。家境贫寒，缺吃少穿，逢年过节的一顿好饭可以让我欢喜上好几天。记得我上小学五年级的那个冬天，没有棉衣穿，母亲把姐姐穿过的一件花棉袄改了改让我穿。男孩子穿花衣服，同学们的讥笑和嘲讽是可想而知的，但我没有办法，不穿冷啊。人在饱暖都顾不上的时候哪还顾得上颜面啊！

穷人家的孩子谈不上什么欢乐的童年。我童年的快乐也只能是苦中求乐。冬天来了，江河封冻，渔民的卖鱼车开始频繁地出现在村口。每逢这时，那里就变成了我和小伙伴们的欢乐场地。不管天多么冷，手都拿不出来，冻得嘶嘶哈哈的，可我们谁也不肯离开。大家跺着脚，欢蹦乱跳地围在卖鱼车周边，听卖鱼人的叫卖，看买鱼人的笑脸，在那认真却也随和的讨价还价声中，享受着乡情带来的快乐。更重要的是，等卖鱼车走了，我们会捡拾到一条条掉在地上的小鱼，拿回家里，放到火炉上烤熟烤干，然后大嚼一顿。那种烤鱼的味道，香透了我的童年。现在满街的这个烤鱼那个烤鱼都吃遍了，也没有找到童年小鱼的那种味道。

如今的日月是最好的时候，过去被称作"细粮"按计划定量供应的大米、白面，天天和我们见面，已经不是什么稀罕物了。很多家庭还要时不时地做些调剂，吃点"粗粮"，据说是有益于健康。至于鸡、鸭、鱼、肉、蛋，也是想买就买，想吃就吃，可谓随心所欲。如今家家户户平常吃的饭菜都抵得上以前过年的"嚼谷"，真可以说是天天在过年。到了年节，市场更是繁荣，食品丰富，花样繁多，应有尽有，天上飞的，地上跑的，水里游的……大雁、火鸡、梅花鹿、深海鲽鱼……什么都可以买到。日子富裕了，条件改善了，人们对营养的要求也提高了，很多人主动约束胃口，限制"肉欲"，为了健康和长寿，自觉地远"荤"近"素"，连去饭店聚餐时点菜也都以清淡为主了，青菜受到前所未有的青睐。我们家附近新开了一家素餐馆，马上就火起来了。据说，全市已有五六家这样的素餐馆，家家都食客盈门。

中国是礼仪之邦，农村更是好客之乡。古语云：有客自远方来，不亦乐乎？今人好客，胜于古人。尤其在改革开放后的今天，请客吃饭简直变成了人们交往之不可或缺。子女结婚要请客，老人故去要请客，朋友来了要请客，求人办事要请客，孩子升学要请客，就连婴儿满月也要摆上几桌，至于同学聚会、战友聚会、这个沙龙那个联谊，名目繁多，形式不一，但说到底都要归结到请客吃饭上。

现在的请客也不像过去那么为难，家家都请得起，人人都有这机会，朋友亲戚，想聚就聚，而且多半聚在酒店里，三星，四星，五星也聚得起，很少再有人选购食材亲自下厨置备家宴招待客人了，当然，也很少能找到从前那种乡里乡亲、故知重逢的味道了。

社会的格局在改变，人们的生活观念也在改变，日子过得好了，手头有余钱了，请客的档次越来越高，频率也越来越快，你请我，我请他，大家互相请，请客变成生活中一种很平常的交往方式。有人说，如今请客不犯愁，犯愁的是能不能请来客人，请人来做客是主人的心思，客人来吃请是给主人面子，这话不是笑话。

时下，请回客很容易，但在我小时候那个年月，请一次客还是颇有难处的。我家在农村，很穷，来串门的也都是些穷亲戚，母亲招待他们没有大鱼大肉，一是没钱去买，二是也没处去买。家里来了客人，炒一盘鸡蛋，煎两块豆腐，焖上一锅高粱米豆饭，这就是不错的待客饭菜了。要是赶上来串门的是辈分高的长者，母亲还会打壶酒来给他烫上，这在我们家当时的境况里已经算是奢侈了。那时的我很不懂事，不知道母亲是惧怕来客的，反而在幼小的心灵里生长着一种希望：盼望家里来客人，因为只有这样，母亲才能做点好吃的，我才能有机会分享一点儿，尽管是残羹冷炙，但那味道足以让我许久不忘。

母亲害怕来客人，但她从不慢待客人。她总是把为难藏进心底，脸上却洋溢着热情，想方设法招待好客人。虽然饭菜简单些，说来也许有些寒酸，但母亲的心是真诚的，热情是实实在在的，答对得客人高兴而来，满意而归，他们情感的回馈也是真挚的、持久的，不会因为寡淡的饭菜而寡淡了亲友间的情意。多少年后，我回想起这些，忽然意识到：当年，正是母亲的这种真诚和热情，才浓重了亲友间的情感味道，并由此生成一种永无断裂的亲情力量，维系着我们这个家族以及亲友间的团结和进取，才使我们能够克艰历难、蒸蒸日上地走到今天啊！

童年的艰苦岁月，给我留下了很多难以磨灭也无法挥去的记忆，有些记忆已经作为那个时代的固有特征刻进了历史的书页。穷人不愿意过穷日子，但他们也不怕穷日子。他们对付穷日子有一套办法。老百姓都信奉着这样一句俗话：吃不穷，穿不穷，算计不到才受穷。"算计"就是穷人对付穷日子的办法。节俭的母亲就很注意"算计"，她对家里有什么没什么都了如指掌，哪里需要花钱哪里只需要自己动手也都心中有数。她寄希望于精打细算来弥补家里的亏空，可那亏空依然不时地叩响门环，这应了一句民间俚语：省着省着，窟窿等着。我八岁那年得了一场大病，浑身浮肿，生命岌岌可危。母亲没有心思"算计"了，她把家里能换钱的都换成钱（家里也实在没有什么值钱的东西），带着我去了县医院。母亲陪着我住院治疗了一个多月，很幸运，苍天眷顾，在生死的关头救了我。可因为给我治病花去了一大笔钱，家里的生计出现了"窟窿"，母亲又开始"算计"着谋划以后的日子了。

在穷苦中长大的我，一直幻想着发家致富，可是，孜孜不倦地奋斗了二三十年，也没有走进富裕的门槛，直到改革开放以后，随着社会变革和国家富强，我才和全体人民一道，过上了吃穿不愁、舒心随意的好日子。及至暮年，我深深感到：有国才有家，国强才能民富！如果离开整个社会的变革、国家的富强和民族的振兴，任何个人的致富梦想都只能是梦想，很难实现的。

（2017年于自由文斋）

茶　楼

　　酒有酒规，茶有茶道。我不喜欢喝酒，却喜欢品茶。春都市的茶馆大大小小的有几十家，我差不多都去过，还给很多家茶楼写过字。只要没事儿了，或者憋闷了，心烦了，我就会去茶馆，那里是我消愁解闷儿打发时间的所在。

　　临下班的时候，桃花对我说："今晚七星阁茶楼有活动，要请主任光临，主任知道吧？"

　　我说："知道，姜秘书长告诉我了，你也去吧？一起走吧。"

　　七星阁茶楼是最近新开的，也是目前春都市最大的一家茶楼。我们来到的时候，天还没黑下来，楼形灯早打开了。灯光照得远远近近一片通亮，把一座装潢考究的茶楼呈现在我们眼前，让我心里一震：好气派呀！整个茶楼横切在一栋新楼的下半部，有百十米长，茶楼占满了三层建筑。仿古式装修使茶楼的顶层向外伸出有一米多，飞檐翘角，如同为新楼装饰的美丽裙带，灯光下，墨绿色的琉璃瓦闪着绿莹莹的光。茶楼的外轮廓一色红木装成，看上去格外典雅。上下三排几十个窗子，全部采用明黄色万字花格，古色古香。正中间是一处迎宾的门楼。有二层半楼高，仍然是红木建筑。门楣上"七星阁"三个金色大字高悬,在夕阳里熠熠生辉。我看得出来,这金字匾额是市委书记梁尚君的墨宝。匾额下高大的门柱上悬挂着一副对联:吉祥伴侣茶如意;富贵佳人水润心。不用细看,我知道这是市书协宫主席的楷书。他的楷书端庄大气、笔力遒劲,气韵生动,在全国书展上拿过一等奖的。

单从这两处题字,我断定这茶楼的主人来头不小。恐怕书协的其他头头脑脑早就来过了,只有我汪笑林是第一次吧。

茶楼是早有准备的。一排迎宾小姐齐刷刷地恭候在门口。她们的个头儿差不多一般高,都穿着玫瑰色暗花旗袍。一个个发髻高挽,浓施粉黛,满面春风。旗袍的开衩很大,一走一晃,有白花花的大腿交替闪露。

这些迎宾小姐显然都经过正规训练,站有站姿,走有走相,遇有客来,含笑点首,热情适度,燕语莺声,悦人耳鼓。

我在小姐们的欢迎声中走进茶楼,顿觉心旷神怡。大厅金碧辉煌,钢琴乐音袅袅,茶香沁人肺腑。迎面的吧台并不大,却很精致。贴墙而立的漆木茶柜里摆满了各式各样的名贵茶品。侧面一个雕花木橱里,精心布置着专供茶客欣赏的各式茶具,当然都是十分珍稀的货色。

七星阁不仅装修气派,环境典雅,服务也格外周到,品茗、对弈、抚琴、听歌,随你享用。茶室里还配备了闭路电视,可欣赏七星阁独家播放的各色影片、视碟;同时设置沐浴间和沙发软床,可以招待贵宾洗浴并提供按摩服务。自助餐厅可以同时接待一二百人的集会、聚餐。

桃花肯定不是第一次来,她对这里太熟悉了。茶室、歌厅、听琴阁、按摩房……一应去处,她都了如指掌。这里的迎宾小姐看样子已经熟悉她了,一见面老远就喊她"桃花姐姐"。

我跟随着桃花的脚步走进茶楼,早有人报告了茶楼老板。

茶楼老板从里面迎出来，边走边热情地喊着："欢迎，欢迎！"宫主席和江秘书长一行人也跟在后面，看来他们是先到一步了。桃花迅捷地迎上前去，一面同宫主席热情地打着招呼，一面把手伸向一位衣着华丽的女子，拉着她的手向我介绍说："这是七星阁茶楼老板尤总经理！这是我们《春都日报》文艺部主任汪笑林、汪主任！"

"尤茗艳，叫我小尤也可以。很高兴结识汪主任！"那女子不慌不忙，把手伸过来。

我连忙伸过手去："幸会！幸会！"

宫主席站在一旁，打趣道："贵人姗姗来迟，汪主任来晚喽！"

我正不知怎样回敬宫主席，桃花抢先为我解围，说："做新闻的身不由己呀，我们主任得签完版样才能脱身啊！"

"不晚，不晚，我们都刚刚到，正在这里恭候呢。"尤总经理微笑着送上一句温柔的理解。我听了感觉很受用，不由得仔细打量起面前的这位尤总经理来：真是一位善解人意的美女子！看年龄多说有二十六七岁，高挑身材，体态匀称，面部清秀，天生丽质。一袭紫缎绣花旗袍紧贴腰身，十分合体，仿佛不是裁缝做好了穿上去的，倒像是她自身长出来的。精致的半高跟皮鞋托着一双玲珑小脚，行走起来，婀娜多姿，举止言谈也别有一番雅致和亲切，让人生出一见如故的感觉。

此刻，尤总经理也在端详着我，她显得格外高兴，话语也格外亲切："汪主任是第一次赏光来我们这里吧？我陪您去里面转转？"说着，又侧过头对宫主席说："宫主席，你们也再转转？还是去客厅休息一下？"

宫主席笑着说："转转吧，我们陪汪主任一起转转。"

我看了宫主席一眼，笑了笑，回道："宫主席此言差矣！笑林也是宫主席的麾下，岂敢让主席作陪？那岂不是倒转乾坤！"

"哪里话,哪里话?无冕之王,无冕之王嘛!"宫主席开着玩笑说,大家也都跟着笑了起来。

尤总经理恰到好处地转移了话题:"别争了,都是我的上帝,衣食父母,有你们的关照,我才能做点事情,也才有机会为大家献点殷勤!"说罢,莞尔一笑。众人也都面带喜色,跟着她向里间走去。

桃花一直跟在我身旁,陪着我走了看了七星阁该看的值得看的地方,她不停地向我介绍着茶楼的情况,还特别地介绍了尤茗艳的身世。原来,尤茗艳也是一位作家,曾出版了多部儿童文学作品,现在虽然经商,但并未弃文,还刚刚转会加入了春都市作家协会。看得出来,桃花与尤茗艳并不陌生,她们不时地交流着对茶艺生意的看法,倒很像是一对亲密的合伙人。

我仔仔细细地看过这茶楼,心中不免生出几分敬慕:真是一位能人!谁说文人不能经商?这要看什么样的文人。常听人讲,文人经商,散尽输光。现在看来,这话得改改了,眼前这位儿童文学作家不是创办了这么风光的一个茶楼吗?连市委书记都能亲自给她题写匾额,书协主席也来帮衬,势头了得!而今,茶楼才刚刚面世,就轰动了方方面面的人,尤茗艳,文人经商,也许用不了多久,她会搅得春都商海风生水起、云涌霞飞!

这些年来,有许多文人墨客,竞相悟上了茶道,不少人亲自开起了茶艺馆。也许是因为掺杂进了一点文人味道,他们的茶艺馆就有些别开生面,高人一等。他们高出点什么呢?文化韵味罢了。大千世界,芸芸众生,有谁不需要文化滋养?人一旦缺少了文化,就好比鲜花缺少了水分,不但开不出花来,还会连叶子都枯萎掉的。

眼前这座七星阁茶楼,真让人刮目相看。平平常常的十几间屋子,经尤茗艳这么一设计,一铺排,唐诗宋词,古韵清风,简直就成了文化天堂。

不光是设计精致，装潢考究，环境优雅；不只是迎宾靓丽，茶艺精湛，服务可人，单是这楼上楼下，里里外外洋溢着的一股子浓浓的文化情韵，便足以让你赏心悦目，怡神醉情，乐而忘返。

走进中厅，迎面的门柱上一副大红对联格外醒目。我站在门柱前，默默读着：岁月如诗诗如画；人生是梦梦是真。不禁脱口赞道：好联！再往左右两边排列的茶室看去，每间茶室的门上都有一副对联，这边是：粮乃酒根本；水为茶故乡。那边是：万卷诗书担世界；一只茶盏品人生。就近的还有一副魏碑体书写的：春宵苦短因衔梦；夏日偏长好读书。这些对联写得很朴实，也都有些哲思，有些意趣，没有功底是写不出来的。这些对联不管是不是尤茗艳所撰，能做这种选择把它们挂在这里，就说明了她的文化底蕴。

我又看了刻在各间茶室门楣上的名字，更觉有趣。七星阁茶楼共有16间茶室，分列中厅左右，左侧一排8间，是"一"字茶室，室名都是4个字，且都是"一"字领衔：一片花飞，一梦春雨，一片冰心，一树春风，一杯相属，一雁初晴，一汀烟雨，一夜潺湲；右边也是一排8间，却是"月"字茶室，室名也是4字，且都含着"月"字：轻舟泛月、西楼望月、五湖烟月、同来赏月，月照高楼，月落潮平，月榭故乡，落月摇情。

我觉得这些名字美而不俗，似曾相识，却又一时想不起来在哪里见过。这不免让我对茶楼的主人心生敬畏：文化人，文化人啊！小觑不得！桃花见我面对这些对联和室名动了心思，便笑吟吟地说："主任，这尤总可是地道的文化人啊！你看这些对联，都是她自己撰的，所有茶室的名字，也都是她从唐诗宋词中摘句而集的，主任早看出来了吧？"

桃花的一句话，让我茅塞顿开：啊，原来是这样，这"一片花飞"莫不是选自杜甫的《曲江二首》："一片花飞减却春，风飘万点正愁人。""一梦春雨"岂非李商隐《重过圣女祠》中诗句："一梦春雨常飘瓦，尽日灵风不满旗。"至于"一片冰心"，那更是许多人都耳熟能详的王昌龄的诗句："洛阳亲友如相问，一片冰心在玉壶"。

聪明的桃花点开了我胸中的疑窦，许许多多唐诗宋词的名诗佳句立刻涌上我的心头，"轻舟泛月"让我想起了李白的《东鲁门泛舟》："轻舟泛月寻溪转，疑是山阴雪后来。""落月摇情"的后面牵出了张若虚的《春江花月夜》，如此等等，我有些自鸣得意，为自己的记忆沾沾自喜，竟不自觉地吟诵出声来。

桃花告诉我，尤茗艳原名尤明燕，在东莞一带很有名气的。她的描写都市少年生活的长篇小说《羊城少年》，上中下三部，60 余万字，问世后广受欢迎，一版再版，发行总量达 600 万册，一时间轰动羊城。出人意料的是，没过多久，不知缘何，这位势头正劲的女作家突然急流勇退，改弦更张，下海经商。更令人惊奇的是，尤明燕干啥火啥，买啥啥赚，不到几年工夫赚得钵满囤圆，腰缠万贯。不料，让人猜不透的尤明燕又不知什么原因突然转舵，舍去了南国商海的顺风顺水，只身来到人地两生的北地春都，于是，便有了今天的七星阁茶楼。

说起尤明燕创办茶楼，桃花讲了一段故事。

尤明燕刚刚落脚春都时，似乎并没有什么明确的目的性。她整天东游西逛，观光赏景，倒是对东北民俗故事的搜集十分在意。

有一天，尤明燕走在街上，走着走着，她突然对楼角处的一个卦摊发生了兴趣。她走过去，蹲了下来。她没有说话，掏出一张 50 元的票子递了过去。

算卦的是一位睁眼的先生。人都说，两眼睁睁，算卦不灵，尤明燕没想这些，她也许只是心血来潮想消遣一下罢了。

算卦先生仔细端详一下面前这位长相和衣着都颇为出众的女子，没有伸手接钱，只是递过来一只装满竹签的竹筒，轻声地问了一句："何事占卜？吉凶？前程？婚姻？抽个帖吧，我这儿按帖说话，10元足矣！"

尤明燕递钱的手并没有收回来，她开口说了一句话："老师傅，收下吧，不用找了。我是个外乡人，不卜金钱、命运，也不问婚姻、前程，只想找个安身的地儿、养生的事儿。"

算卦先生又打量了一下尤明燕，似觉此人有些不凡。他收回竹筒，摆手示意她把钱收起来，依旧轻声地说："无功不能受禄。你的卦我算不了，不过，我可以给你荐举一位高人，你去他那儿吧。"说罢，他回身从卦箱里抽出一张竹签，递给尤明燕："这是地址，有兴趣你去试试。记住，要一个人去！"

尤明燕接过竹签，把手中的钱放在算卦先生面前，说了声："谢谢！"便起身离开了。

按照竹签的地址，尤明燕找到了春都市郊一处神秘而清幽的所在：一片葱葱郁郁的林子，遮蔽着阳光，掩映着小路，荒无人烟，草木葱茏，野花盛开，云生寂寥。一条细水长流的小溪，慢慢腾腾地流淌着，没有浪花，没有涟漪，也听不到一点水流的声音，很容易令人生疑：这溪水到底是不是在流动？

尤明燕真的是一个人来到这密林深处的小溪边。她看见了一间被丛林包围着的木板房。她拿出那张竹签，看了一眼，又抬头环顾了一下四周，点了点头，自言自语地说："应该就是这儿了。"她拔脚向木板房走去。

第一眼看到木板房的主人，尤明燕心里不禁抖了一下：这是一位白发银须的盲人老者，宽额大耳，慈眉善目，一副恍如隔世的仙风道骨。

尤明燕递上竹签，刚要说话，却见那盲人老者摆手示意她不要言语。他接过竹签，用拇指和食指轻轻摸了一下，开口问道："女子远道而来，莫非有什么心事卜问？"

奇了！尤明燕心头一震：我还没有言语，他怎知我为女子，又何以知道我是远道而来？她故意没有答话，依照自己的行事规矩，先递上一张百元大票。

盲人老者接钱在手中，用手指捏了一下，又递还给尤明燕："老朽算卦不为赚钱，只求济世。算得准，是你的造化，把钱捐给庙上；算不准，是我们缘分的终结，不要再来了。"

尤明燕心里一疑："怎么？还有不要钱算卦的先生？"

盲人老者开始给尤明燕卜卦。他卜卦的方法与众不同，不问姓名，不问身世，只把一只干瘦得如枯树枝一般的老手摸上尤明燕的脸颊，从上到下，从左到右，游蛇一样地游来游去，摸得尤明燕脸红耳热，心跳加剧，继而一阵恶心，突然有一种想吐的感觉。

尤明燕克制着自己没有吐出来，任凭那一段枯树枝在自己丰满而敏感的脸上游走。

突然，枯树枝在尤明燕的颧骨处停住了。弯曲的枯树枝开始像按摩一样地拿捏起来。

尤明燕的颧骨比一般人稍高一些，那儿的面皮颜色也略有些重，是那种即使涂抹了脂粉也不能完全遮盖住的暗红色。尤明燕平时并不刻意地去遮掩。她喜欢自然，很少在自己脸上涂抹那些电视广告里推介的东西。

盲人老者拿捏了足足有半个时辰，才收了手。他熟练地抓起桌上的一管毛笔，在砚台里杠了杠，便在预先铺开的草黄色纸笺上飞快地写起来。他的这一系列动作稳熟而有序，似乎与一个明目人没有丝毫差别,这让尤明燕感到诧异。

盲人老者写好了字笺,用手叠了叠,递给尤明燕,说:"我知道你是问卜事业,卦底就在纸上,回去再看吧。"

尤明燕听了盲人老者的话,心头的神秘感愈发浓重了。她一边接过纸笺,一边满怀虔诚地说:"谢谢老伯,我会把钱捐给庙上的。"

尤明燕匆匆地告别了盲人老者,来到门外,她迫不及待地打开纸笺,见上面端端正正地写着四行小楷,是一首打油诗:

> 天庭七座星,
> 地上树葱茏。
> 人有茶相伴,
> 心游茗宴中。

尤明燕思索片刻,立时恍然大悟。回到市里,她马上着手考察、选址、策划、设计,三个月后便投资兴办了这座茶楼,起名就叫七星阁。她还将自己的名字"明燕"改作"茗艳",期待着由茶而发,由"茗"而艳。

这世界,漂亮女人能办事,尤茗燕既漂亮又有文化,办事的能量自然不小。尤茗艳跑了三个多月,办手续,拜码头,租房子,结识达官政要、公安消防、文坛巨擘、艺苑名流,一应诸事,都很顺利,连市委梁书记都被搬动了,他亲自接见了尤茗艳,并为茶楼题写了匾额。包括大门对联在内的所有对联,她都请了春都市书协主席宫金楷等书法名家和篆刻高手题刻。这一切都办理完毕,还没用上四个月,七星阁茶楼便开业大吉。今天晚上的活动,是尤茗艳同书协宫主席商定的,主旨当然是庆贺茶楼开张,也还有另外一层意思,在宫主席的提议下,尤明艳赞同把七星阁茶楼辟为春都市文联书画创作基地,今天晚上一并揭牌,并要举行一个小型笔会。

我其实不大关注这些,你办你的茶楼,他辟他的基地,我由着我的兴致,随帮唱影罢了。

笔会是例行公事,我等匆匆上阵,各自写了一点,便草草收兵了。接下来是吃饭、喝茶、听音乐。有人提出要打会麻将,被宫主席低声叫停了:"算了吧,以后有机会。"

尤茗艳委婉地表示要为男士们安排按摩服务,也被宫主席婉言谢绝了。毕竟是公务造访,又都是有身份的人,哪能不分场合走到哪儿按摩到哪儿呢?

(2018年于自由文斋)

我和儿子的故事

每个父亲的心里都装着许多关于儿子的故事。这些故事像活蹦乱跳的小精灵，时不时地就会蹦出来，戳动父亲记忆的神经，引你重游往昔的岁月，品味那说不清道不明的感慨和温馨。

我就是这样的父亲，虽已年过古稀，很多事儿都已模糊了，淡忘了，但儿子的故事却清晰得很，常常从心底翻腾起来，不想都不行。

儿子一出生就给我出了一道难题：没奶吃。他母亲一滴奶水也没有。那是1971年，几乎所有食品都凭票限量供应，牛奶根本没处买，奶粉也很难买得到。幸亏有同事、朋友帮忙，从外地捎奶粉来，儿子才总算没有饿着。

父亲没有不疼爱儿女的，但疼爱的方式有不同。

中国素有"父为子纲"之说。在封建的教育观念中，"棍棒下面出孝子"，"棍教"代表着父亲的"恨铁不成钢"，应该也算一种别样的"疼爱"吧。我就是在父亲的"棍教"下长大的，深知其苦。

我很疼爱儿子，但没有选择"棍教"。我没有打过儿子，舍不得打。我心太软，连儿子小时候去医院打针，我都心疼。

儿子在那边哭，我在这边也抹眼泪。

儿子5岁那年夏天，我们带他去南湖公园。走到湖边，儿子想下水玩玩，妻子怕不安全，我抢着对儿子说："没事，爸先替你试试。"说完我就脱下鞋子，把脚伸进水里。不想，真的出事了，我的脚被扎着了。我迅速抽回脚，脚趾间已有鲜血汩汩涌出。妻子惊叫了一声，一边埋怨我逞能，一边打开背包找东西给我包扎伤口。我却嘻嘻地笑着，在儿子面前做出很坚强毫不在意的样子。

我对儿子从来没有过厉声斥骂，我们之间习惯养成了一种平等的交流，这也是我的一种疼爱表达。

儿子从小就很懂事。那时候我家生活很困难，很少给他买零嘴吃，他跟着我们上街也从来不张口要什么。他上学后，家里给他带一点零钱，以备不时之需，可是他从来不花，哪怕饿了也不买点啥吃。

有天中午，我采访归来路过儿子的学校，就顺便去看看他。那正是开午饭的时候，我看到别的孩子都在埋头吃饭，只有我的儿子坐在那里东张西望，一问，才知道他带的饭盒被别人偷走了。他没有饭吃了，也没有舍得花钱去买一点什么吃。我心里一热，拉起他就走："儿子，爸领你去下馆子！"那天我给儿子买了一碗饭，点了两个菜。这是那个困难年月里，我第一次领儿子下馆子，至今回想起来，我的眼角还有些发热。

后来我知道，儿子挨饿不止一次，他带去的饭菜先后七次被人偷走，他妈妈因此给他买过八个饭盒。儿子跟我说起这件事时，还有些愤愤不平。我听了心里当然也很生气，但只是轻描淡写地安慰他一句："丢就丢了吧，偷饭盒的孩子家里肯定也很困难。"我这样说，是不想因为这点事给儿子幼小心田里埋下仇恨的种子。

儿子渐渐长大了。多彩的春秋之笔在我们之间书写着一部气韵生动的《父与子》。已经完成的章节，充满了平等和挚爱，接续下来的生活还在珍贵的交流中塑造着儿子和我，也延伸着两代人既有共同又有差异的人生之路。

平等的交流，像一股和谐的风吹拂着我们的家庭生活，改善着我们每个人的心态和举止，让儿子和我的相处亲近而随便。儿子也会有过错的，有了过错也需要管教的，但我不用"棍教"，而是言传身教。比方说，儿子失手打碎了碗、碟，我只告诉他下回小心就是了。即使儿子犯了大错，我也不会高声厉骂，而是找他坐下来谈心，晓之以理，动之以情，有时能把他说得涕零如雨。实践证明，交流比"棍教"更有效力。

儿子读高中的时候，有一天，学校把我找了去，说儿子把大厅里悬挂的玻璃牌匾给打碎了。我一问，是他们几个男同学跳着高比赛着够那牌匾，不巧绳断了，牌匾掉下来摔碎了。我给学校赔了钱。儿子放学后，我找他谈话："这是你的过错，错处不在和同学比赛谁跳得高，而是没有选对场合，大厅需要肃静，那块牌子上写的就是'肃静'，而你们破坏了肃静的环境，以后一定要注意，做什么事都要注意场合，场合不对，效果不会好的。玻璃牌匾是咱碰掉的，咱应当赔，那是公共财物，咱们做事要有担当！"儿子听了，眼圈红了，不住地点着头。这件事让儿子长了记性，打那以后，他做什么事都能先动动脑子，三思而后行，再也不那么莽撞了。

儿子上大学了，平等交流变成了我们父子间生活的一种常态，每一次交流都会给我们带来愉悦。儿子喜欢和我交谈，每个周日他都要回到家里同我长谈一两个小时。我们平等交谈，各抒己见，不虑尊卑，认真争辩。儿子在交流中提高了认知，感受到现代家庭与社会的和谐，同时锻炼了思辨能力；我也通过交流，发现了儿子身上一些闪光的东西，感染了青春的活力，顿觉自己也年轻了许多。

我们父子之间最珍贵的东西就是平等。这种平等不是谁给予谁的，也不是只属于哪一方的，就像人们头顶的蓝天和太阳。父子之间的尊重是相互的，不能只要求儿子服从父亲，应当要求父亲和儿子一起服从真理。父亲也会有错，也需要儿子原谅的。那年高考前，儿子对他的复习成绩很自信，判断说可以比模拟考试提高50分，想报考吉林大学，我却不相信，固执地给他报了东北师大。成绩发布后，儿子果真提高了50分，可以进吉林大学的，却因为我的独断专行而错失良机。我很懊悔，懂事的儿子却来安慰我："爸爸，用不着后悔，只要我好好学，在哪儿都一样。"

下棋，是一种平等的竞技。对弈，在我与儿子之间构筑了平等交流的平台。我教儿子下棋，实在说来并无意于他棋艺的提高，心思和工夫原在棋外的。

我喜欢和儿子下棋。摆好一盘棋，父子对面而坐，一边切磋技艺，一边交流感情，弈棋之道可论，天伦之乐可享，岂非人间之快事也！

我们爷俩对弈，儿子常常输给我，我有时就想让他一子，可他不肯："别的，让了子再下，赢了也不光彩！"有时他连连败北，我便有意无意地让他一招半招。他识破了，嘿嘿一笑，说："爸，别这样，你好好走，我不在乎输赢！"

我听得懂儿子的话，倏然间为他的棋外之进步高兴起来。

我喜欢坐在儿子对面，在对弈闲暇时细细地端详儿子，看儿子的眉眼，看儿子的笑靥，看儿子已经长出的黑黑的髭须，看儿子充满青春活力的一举一动……在细细地静静地观察中，去体味一种语言无法表述的感觉，去获取一种从来不曾有过的满足。儿子的棋艺不如我,可他认真而执着的追求精神强于我,他屡败屡战、永不服输的韧劲让我感佩。看着儿子每走一步棋都眉心作结、思虑再三的小模样,我的心头总是一动一动的。有时见他半天不走一步棋,我便拿起一本书来佯装阅读,想给他施加一点压力,但儿子置之不理,依然沉着地思考,坚定地应对,这让我感到有一种底气从心底升起,熨帖、清爽,就像三伏天吃了冰淇淋。

这一刻,我忽然觉得,儿子真的长大了!他在我们平等自由的交流中长大了。岁月的泥沙掩埋了往日的天真,他已经大步向成熟走去。

(2017年于自由文斋)

守望晚餐

有一说,人不能活在回忆里。这大概是在蓄意强调面对现实的意义,尽量避免或减少因回忆而引起失落和伤感,影响了正常的现实生活。但依我之见,这也只是一说罢了。从另外一个角度看,人其实是很需要回忆的。每个人都有很多值得回忆的东西。走过的路,做过的事,经验也好,教训也罢,都会在心底留下印痕。记忆是人生的底版。回忆是一种检阅人生底版的思想过程。也正因如此,回忆常常发散着难以言状的魅力,让很多人无法抗拒。特别是一些老年人,更喜欢让回忆与自己相伴。回忆可以让他们在重温旧事中,重新体验奋斗的艰辛和人生的美好;重新分享往日的欢乐以忘却眼前的孤独和不快;重新获得人间的温暖和生命的力量。甜蜜的回忆可以在他们的夕阳晚照里辉映出现实的光彩。

我的晚年里就常常在回忆中打发日月,每一次回忆都带给我温暖和力量。

记得那是20世纪90年代初,我受领导委派去广州出差,办公室为我预订了机票。

这是我有生以来第一次坐飞机。我也是我们这个家族祖祖辈辈中乘机出行的第一人。出发前的一个傍晚,正赶上星期天,读大学的儿子也回来了,妻子做了好吃的,我们一家四口人刚刚坐到饭桌前,我便兴奋得迫不及待地发布了这则消息:"我要坐飞机了,明天下午,去广州。"

老母亲好像没有听清,问了一句:"什么?去哪儿?"我笑嘻嘻地说:"去广州,还坐飞机去呢,妈。"老母亲这回听清了,她放下筷子,望着我,眼里充满了疑惑,说:"坐飞机?不坐飞机去不了吗?咱最好别坐那玩意儿!没听说么,那玩意儿老出事,出了事救都救不了。"

儿子看着我高兴的样子,也笑嘻嘻地说:"爸,你真有福,坐飞机去广州,你是咱们家第一个坐飞机的,去吧,没事的!"说罢又看看奶奶,说:"奶,让我爸去吧,我爸都四十多岁了,还没坐过飞机呢,应该体验体验了。再说了,哪那么容易出事的。"

"什么再说不再说的,别说了!"妻子拦过话头,抢着说:"吃饭吧,出门儿前不说这些。"她的目光迅速地在我们每个人的脸上扫视了一下,然后低下头去扒了一口饭,那动作像做给我们看的。我感到了她目光中的热力,也听出了她话语间似乎有些担心和不安,就没有再继续这个话题。一家人谁都没有再说什么,闷着头开始吃饭。

我到底还是乘坐飞机去了广州。第一次坐飞机让我体验到从未有过的感觉。从走进机舱那一刻起,新鲜就开始侵入我的感官和心灵:漂亮的空姐,一样的个头儿,一样的服饰,一样的莺声燕语,一样的温馨服务;坐进舒适的座位,系好安全带,晃一晃身子,心里会感到格外的安稳;飞机滑翔的震动和冲向高空时的轰鸣,让我耳膜鼓胀的同时心也跟着飞了起来,兴奋得只想大声呼叫,但叫也没用,没有谁能听到你的声音,能分享你的兴奋,飞行中的机舱里,前后排说话也像隔着一座大山扔过来的一样；最幸运的是我捞到一个靠窗的座位，飞机落地之前我的眼睛就一直没有离开过窗外，白云朵朵，上下飘飞，在不同的飞行高度上编织出不同的图案，有的像绵羊，有的像奔马，有的像山峦起伏，有的像瀑布喷溅，有的像大江滚滚，波涛汹涌，有的像神兵布阵，金鼓齐鸣……晚五时许，飞机上升到云层上面飞行，白云像动画在游动，真切，自然，云的四周宛若清洁的净水，没有一丝波纹。云和水都在阳光照射下，很亮，好像太阳就在机翼上空不远的地方，我真有点担心，可别烤着了。已经看不见地面了，机下又像是一片汪洋，没有波澜的汪洋，只有一团团白云，像冬雪浸在水里，又像蜡雕浮在冰面。又飞了一会儿，飞机好像不动了，停在了云层上，白云也不动了，忽然间又一齐动了起来，花样繁多，瞬息万变，神奇美妙，幻化无穷，直到播音器播出飞机下降高度了，我还没有看够，准备把这点遗憾留在返程时弥补，可是，归程风云突变，妻子担心的事真的发生了。我们乘坐的班机从广州白云机场正点起飞，起初一直很顺利，飞到沈阳上空时，有人说快到长春了，还有半个多小时。机舱里开始热闹起来，有人大声说笑着，虽然听不清说什么，但他们的情绪足以感染别人。一些可能是离家过久的人甚至急于整理衣物了。我也有一点稳不住阵脚，看看手表，确实快到了。登机前我已经给家里打过电话，这会儿他们也一定是在掐算着时间呢。归心被调动起来，像箭在弦上，所有人都陷入了幸福的焦灼和盼望中。突然，播音器响了，播出了一条无异于炸雷般的消息：现在飞机出了一点故障，请大家不要慌，系好安全带，我们正在解决。这消息让整个机舱顿时静了下来，我的脑子"嗡"的一下子跌进了恐惧的深渊，家人、亲友，连同一些想办的事、还没办完的事，乱糟糟地一齐涌上心头，分不出个数。世界的末日真的到来了，没想到我竟然首当其冲。我心里一团乱麻，想什么都无法继续下去。有空姐送饮料过来，问你想喝点什么，依然是莺声燕语，可是没有人搭话。朦胧中听到有人问："什么故障？"朦胧中又传来空姐的声音："还不确定。"机舱里有空姐不断走动，一遍遍地送来饮料。播音器三番五次地播送通知，是在稳定乘客的情绪，可那温和的话语，此刻听来也变得低沉，令人心头发紧，不但不能给人以安慰，反而一次比一次地加重我们对空难的预感。短暂的嘈杂之后，是更加揪心的沉静。机舱里忽然又传出女人的啜泣声。我想起了爱妻，后悔不该把班机到达的时间告诉她，让她悬心。但很快，这种悔意便被恐惧和胡思乱想代替。最后，连恐惧也被驱散，脑子里一片空白……

　　谢天谢地！死神只同我们开了一个玩笑，轻轻地吻了一下我们的额头却没有带走我们。飞机原来是因为起落架打不开无法落地。这个可恶的空中"魔鬼"在天上转悠了两个多小时，直待夜色降临，燃油殆尽，它才以滑翔的方式降落在沈阳桃仙机场。我们走出机舱，立刻被眼前的景象惊呆了：停机坪如同白昼，四周的探照灯雪亮亮地照着，几十位白衣天使带着各种医疗器械守候在这里。我们走下舷梯，每个人都深深地吐出一口气。回头望去，那个把我们吓得半死的家伙若无其事地趴在那里，一点也没有受到损伤，一点也没有受到惊吓。我们内心里油然升起对机长和机组人员的敬佩，对所有接机人员的感激。是他们临危不惧，机智大胆，科学处置，化险为夷，才使我们转危为安。

　　机场安排我们在那里等候片刻，很快就换乘了另一架飞机。飞抵长春时，已是晚上八点多钟——整整迟到了3个小时。

　　3个小时，我如同过了30年！

　　我忙不迭地扑向家门。远远地，就望见了那熟悉的灯光。

我跑上楼，按动门铃。门开了，妻子、儿子和老母亲同时出现在门口。她们的身后是一桌没人动过的丰盛晚餐……

我看见妻子脸上布满了泪痕，老母亲的眼里也闪着泪光，儿子勉强的笑容中还残留着一丝没有逃尽的惊恐……

我没有听清她们说了什么还是没说什么，耳边回响着临行前那一席晚餐上的对话。望着眼前这又一桌晚餐，望着凉透的饭菜和摆放得齐齐整整的碗筷，我舔了舔干涩的嘴唇，想说点什么却又什么也没说。

事情已经过去二十多年了，可家人守望晚餐的那一幕，却一直像一盏灯亮在我心里。这充满挚爱的守望啊，给了我一生中多少温暖和力量啊。

（2014年于自由文斋）

秋天的期待

朋友约我为《中年回首》栏目写篇文章,我才忽然觉得我已经"人到中年"了。

我实在不情愿跨进这扇中年之门,它离我的暮年不是又近了一步吗?

但是,世界上有多少事情,不情愿它也要发生,你也要去做。这是没有办法的,你无可奈何。

不妨就"回首"一下吧,平时也难得有这机缘,难得有这兴致。不想这一"回首",竟是:遍地明日黄花,心底一片空蒙。怎么有这么多该做的事情都没有做呢?

青年时早该学学跳舞,也不至于步入中年忽发奇想,尝试一下人生的华尔兹,却无论怎样虔诚怎样卖力也还是旋转不起来……

该打扮的年龄是在不准你打扮的岁月中悄悄溜过去的。如今穿件西装连领带也不会打。讲起穿戴,不怕现代青年笑话,我竟不知晚礼服为何物……

光说玩乐了,大有不正经之嫌。想想正经的事吧,也是一种悔滋味。那日提笔想写篇东西,无奈遇上一个拦路虎——文中涉及一点生物学知识，我这个中文本科生竟被锩住了，终于无法落笔，只好向"拦路虎"缴械投降。读中文系时也曾几次动过要"兼学别样"的念头，可惜都做了"念头"，一"念"就到了"头"，终于没有学到什么，至今腹内空空，下笔无言，能填满方格子的只有遗憾。

评职称要考外语，翻出青年时学过的课本一看，那单词都似一位位好高贵好陌生的迎宾小姐，一脸嘲笑，死死地把住宾馆大门，不让进去……

往事不堪回首，回首就悔上心头。好在人到中年，对"悔"也有抗力，非但没有一"悔"而倒，反而于万千懊悔之中发现一处不悔，那就是我毕竟在青年的路上留下了自己的脚印，那是真真切切的一段文字，现在才看清楚：世间人所做的事情都是从不懂开始的，要趁着不懂的时候就去学，就去做。也许只有不懂才有热情，才肯去学、去做，等到懂了，就晚了，想学也学不会了，想做也做不来了。

"中年回首"的文章大都是写给青年看的，我想。但我这篇也想留着激励自己。已经走过了春之花园，再去寻那梦里芳馨，当然是徒劳的。但人生的秋天对于我也许还没有开始。我的心里还积蓄着夏之热烈，还深藏着秋之期待。我还盼望着在夏之热烈的诱惑下，大胆地奔向秋天，去采摘那枚殷实的秋之果。有这积蓄，有这期待，有这胆量，我的收获也许会有些滋味的，我这样想。

（1990 年于云鹤斋）

盛开的君子兰

如果有一天，我能迁进一处向阳的新居，我一定去花市上买回一盆盛开的君子兰——为了抚慰年迈的母亲的一颗心，也为了偿还我对君子兰欠下的感情债。

我原来是不大爱花草的。就是君子兰已被命名为我们的市花，长春居民几乎"处处人家都插之"的今天，我仍然是这"几乎"之外的一个。其实，这并不仅仅是由于我的性格所致，更主要的是——8平方米的居室里，容纳着老少三代的四口之家，哪里还有放花盆的地方啊。加上这居室是一座背阴房，只有一扇朝北的窗子，还被邻近的高楼遮挡得严严实实的，连一丝儿阳光也透不进来。

母亲却是喜欢养花的，她总想试一试。大约七八年前吧，一个夏日的早晨，她从外面散步回来，捧回一盆只有两片小叶子的君子兰，对我说："笑然，这是你王娘给的，咱们也养养君子兰！"我笑了："妈，咱们这么点儿的房间，站两个人就满了，哪还有地方养花呢？"妈妈也笑了："心宽不怕房屋窄呀，说不定就能养活，人家都说君子兰好侍弄嘛！"

母亲把花盆摆在了我们这个永远照不到阳光的窗台上，朝天每日地精心侍弄着。那认真劲儿，真不亚于当初照料她的小孙子。

君子兰成了母亲心中的一点慰藉。白天，孩子上学，我们夫妻俩上班，母亲便常常一个人坐在窗台前，眼盯着她的君子兰，就好像看着一块稀世珍宝。傍晚，我们在一起聚餐，有时饭都盛上了，母亲却还在那里跟她的孙儿讲述着莳养君子兰的乐趣。直到我和妻子再三催促："妈，吃饭了。"她才笑眯着眼睛从窗台前走向饭桌。我那八十高龄的母亲啊，从养花中得到了新的宽慰和满足。

记不清过了多久，母亲养的那盆君子兰真的长大了，又放出了两片新叶，翠生生，水灵灵的。母亲看着这绿叶，高兴极了，莳养得更精细了。她天天看着，天天盼着，盼着君子兰开花。可是，它始终没能开花，还差不点让我给弄死。那是一年冬天，母亲去姐姐家串门。家里来了客人。晚上搭床的时候，我把那盆君子兰搬到门口，却忘了再挪回来……

母亲回来一看，立时惊呆了：走时还翠生生的叶片，怎么忽然间变成了枯黄的烟叶。她捧起花盆，脸色很不好看。我的心里一阵难受，不禁有些迁怒于君子兰了：原来也是一种富贵花！

午休时，我特意赶回家，想安慰一下母亲。一进屋，见她正和孙儿迅来一起忙着：迅来手里捧着一张《君子兰报》在给奶奶读着。奶奶一边听着，一边用剪刀给冻伤的君子兰做手术。花盆上早已围上了一个用红布缝成的小棉被。迅来调皮地对我说："爸爸，爸爸，你看，奶奶给君子兰做新装了。"孙儿把奶奶逗乐了，我也跟着笑了起来。

时光荏苒，冬去春来。花盆由小变大，当年的君子兰幼苗如今已长成了壮年，可依然没有开花。

春节前夕，孩子说要买点礼物交由学校的慰问团转赠给边防军叔叔。母亲把他叫到跟前："迅来，别买了。你把这盆君子兰捎去吧，当兵的房子总会向阳的吧，让这花儿到那儿去开吧！"

　　孩子捧走了一盆君子兰，也捧走了母亲的一片心意，同时，却给我留下了一桩萦绕于怀的心事：什么时候我能分到一处宽敞一点的向阳的居室呢，我一定给母亲买一盆盛开着的君子兰，哪怕它价钱贵一点。母亲已经年至耄耋了，我真想让她陪我们一辈子，可是，人能长生不老吗？一想到这里，我的心就一阵阵发紧，鼻子一酸一酸的，说不出是一种什么滋味。

　　我盼着，盼着能有一间大房子，能把一盆盛开的君子兰摆进母亲的卧室，让她如愿以偿！

（1984 年于广州路八米居）

奔忙的岁月

在奔忙的岁月中,家,是停泊的港湾,是加油的驿站。家,给予你温馨的动力,让你乏了困了可以休憩,养足了精神再重新出发。有了家,你就有了依靠,就有了生活的信心。

家,其实也就是一座房子。有了房子就有了家。没有房子的时候,总觉得家是游游移移地飘浮在世间的,让人的心不落底儿。

岁月在奔忙,住房也在不断变化,很少有从一而终的,尤其是在城市里,种种情况促使你总是要换换房子的,换一次房子就要搬一次家,每次搬家,都会留下岁月变迁的印迹。

我搬过三次家。每一次搬家都使居住条件有所改善,起码是房子越来越宽绰,心里越来越敞亮。

我拥有的第一所住房,很小很小,只有 8 平方米。我的家就始建于这个名副其实的蜗居。那是 1971 年元旦,如今,时光已经流走了 44 个春秋。

那时候,我刚刚走上工作岗位。在我们那些刚毕业的年轻人中间,流行着一句很时髦的话:先立业后成家!大家都攒着劲儿干工作,要等做出一些成绩,事业上取得一些成果之后,才能考虑结婚的事情。可我没有，毕业才半年多，我就开始张罗结婚了。原因是我的老母亲守寡多年，居无定所，作为儿子，我得尽快给她一个安度晚年的家。女友懂得我的心思，什么也没说，什么也没要，就跟着我走进了婚姻的殿堂。

其实，我们那时候根本没有什么殿堂，命运安排给一对新人的家，只是一间8平方米的小屋。

这小屋破旧，背阴，终年不见阳光，是政府房管部门分房剩下来的，没人要的，但我要了。我刚刚走出校门，落脚长春，举目无亲，尚无立锥之地；我又急需房子，没有丝毫选择的余地。

小屋分到我手的时候，房管员也好像放下了一件心事。他郑重其事地发给我一张小票子（房证），上面写着我的名字，印着标示着地理位置的门牌号码：广州路29—1，还盖着一个市政府房管部门的大红印章，很庄重的哩！记得我们俩把房证捧在手上，端详了好一阵子，才小心翼翼地收了起来。因为这间8平米小屋坐落在广州路的一栋楼里，所以我在后来的一些作品中称之为"广州路八米居"。

分到了房子，结婚的核心问题解决了，离建家的目标又近了一步，我们的心里感到踏实一些了。接下来就开始收拾房子。那时候不像现在这样，一处新房，光装修就得很大的投入、很长的时间，需要请人设计，找人施工，都弄完了还得晾一晾，没个半年一载的交不了差。我们那时没那么大操持，没请工匠，也没花几个钱，只是自己动手收拾了一下：她负责搞卫生，里里外外、角角落落地擦拭得干干净净；我呢，上街买回来两条拉花，踩着凳子横竖交叉地挂在天棚上，完事儿！站在地上一看，五颜六色的，挺新鲜，还真像个新房样儿了！

家具也很简单，一张二人床，四把椅子，还有一张小饭桌，都是我的准岳父亲手给做的。他的手艺很好，是一家军工厂的八级工匠。被褥、枕头也是准岳母一针一线缝制的。这些东西都摆进来的时候,小屋也显得满满当当的了,初看去,还真有一种新婚的富足感。

我们举行婚礼那天是元旦。其实在今天看来,那也算不上什么婚礼,没有进教堂,没请主持人,也没租场地,更没拍婚纱照,总之,一切在今天看来必不可少的程序都省略了,只是买来一些瓜子、花生和糖块,请来亲朋好友坐一坐。

新娘没有乘车、坐轿,是我当天早晨用一辆自行车把她从娘家驮来的。她也没有穿婚纱(那年月还没有兴起婚纱热)。我的亲人因为离得太远,都没有来参加婚礼,只有辽宁的大姐寄了钱和信来表示祝贺。我们俩的同事来了不少,但那时真是君子之交淡如水,同志之间没有以钱为贺的。除了她们单位送来一锅一盆以外,其余的贺礼大同小异,都是一些铝板印制的毛主席像。记得客人走了以后,我拾掇了一下,一模一样的毛主席像竟有12张之多,房间里挂不下,放又没地儿放(不敢随意放),让我为难了好一阵子。当时那新房实在太窄小了,摆进去一张二人床就顶到了门口,进来三四个人都站不下,没办法,只好先客让后客,说句话吃块糖就走,不能久留的。特别要好的朋友,也只能后几天再来叙谈。这个新年期间,我们这个小家人气很旺,一连数天,客人不断,祝福也不断。

我们结婚后,就把母亲接来一起生活。一年后,儿子出生了。老少三代四口人挤在一张床上,住不开了。我琢磨着要改造一下——向空间发展。我把这想法跟时任报社经理处长的任沐群大哥说了,他很支持,马上派工匠来我家,沿着床的四围用三角铁焊制了一张二层床。这样,母亲带着孙子住一层,我和妻子住二层。由于房间举架低,二层与天棚间的距离还不到半米,我们俩每晚登梯子上床时都直不起腰来,只好爬上爬下,天天如是，但我们习以为常，心里并没有感到有什么不舒服的。

我们就这样在"八米居"里生活了15年。儿子的整个小学时代都是在这里度过的。由于房间太小，只能摆下儿子的一张课桌，因此每天晚上都得他写完作业上床以后，我才能伏在他的课桌上开始写作，时常写到凌晨两三点钟。让我们在回忆中感到欣慰的是，这15年的逼仄和艰难，没有耽误儿子的学业，也没有阻碍我的写作，我就在这张课桌上写下了100多万字的文学作品和新闻稿件。小小的"八米居"，成了儿子成长的基地，也燃旺了我心中的文学梦想。

1985年的夏天，报社为职工建造的一栋宿舍楼竣工了，我分得了一套，那是福利房，不需要自己交钱的。我分到的房子虽然只有29平方米，但比起"八米居"来简直是天壤之别了。那栋楼就建在比邻东朝阳路的东中华路与牡丹胡同的交汇处。这一带恰好是长春市"高干"居住区，省、市领导大都住在这里。我们的住宅能见缝插针地建筑在这一区域，这在当时是很不简单的一件事，对于我们这些有缘与"高干"为邻的平民来说，也自认为是一件幸事，就好像自己忽然间提高了一个档次，有些与众不同了。那天我去看房的时候，一进胡同口，第一眼就看到有哨兵来回走动，那是专门为"高干"站岗的。后来才知道，我的对门就住着省委副书记和省政府秘书长。

第一次分到新房，而且位置在"高干"区内，我的心里有一种得天独厚的自豪，尽管面积只有29平方米，远不如总编辑分得的三室一厅，但我已经很满足了。我们简单地装修了一下，就开始筹划着搬家。

从广州路到东中华路，是从城市的东北部到西南部，中间隔着几乎半个城，有很远很远的一段距离。我们这次搬家就如同蚂蚁搬家一样，是一点一点地完成的。我和妻子借了一辆手推车，把全部家当都分解开，打好包，捆绑好，一车一车地运送。从"八米居"到东中华路，推一趟车要走两个多小时。每天吃过晚饭，我们就要忙着捆包、装车，然后推车上路。妻子推车时特别卖力气，也特别有兴致，她脸上流淌着汗水，也流淌着喜悦，就像推着希望推着好日子一样。每天晚上我们都要推两趟，最后一趟回来的时候已经夜深人静了。就这样，记不得推了多少次，反正是一块砖瓦也没有扔下，全部推到了新家，终于让"八米居"剩下了一个干干净净的空壳，最后离开的时候，已经无物可运了，我们才感到了一阵轻松。

我们住进了"高干"区，开始时还真有一种格外受到保护的安全感。每天上下班，我都要有意无意地看一眼游动的哨兵，心底不禁萌生出些许的敬意来。可是时间长了，内心便有了一些变化，那种特殊的自豪感渐渐地淡去了，接续而来的是一种轻微的不满足：这里的公共交通太不方便了，公交车的站点离我们的住处都很远，大约是因为领导们都不需要坐公交车，公交公司才这样设计的吧。于是我们又有一点抱怨公交公司，但也只是抱怨而已，谁让你不是"高干"还要住"高干"住宅区呢？世界上的事物就是这样：有一利就有一弊嘛！这样一想，我们又释然了，人也许就该是这个样子的，不论遇到什么样的情况，你都要调动自己的适应能力，去给自己一个可以获得安慰的理由吧，不然，你怎么能获得平衡呢？

居住在"高干"区和居住在平民区一样，日子都在平平淡淡地度过，四年之后，我遇到了又一个搬家的机会。

当时，正是普天下都在强调知识分子作用的时候，市委为了落实中央关于改善知识分子生活条件的政策精神，建了一栋"高知楼"。经过市里有关部门审核并报请市领导批准，我很幸运地被列入了"高知群体"的分房名单，一套90多平方米的新房分到了我的名下。我如愿以偿地住进了这栋"高知楼"。

这次搬家，我们没有再用手推车，尽管距离不远，但东西比过去多了，我找了一位开车的朋友，很顺利地就把家搬完了。

"高知楼"坐落在西中华路附近的云鹤街旁，离我原来的住房只隔着一个文化广场（那时叫地质宫广场）。这是一个三居室。母亲住进了属于她自己的这样宽敞明亮的房间，心里的喜悦明显地写在脸上。她每天早晨照例都去广场散步，回来后还要在大院里流连一阵儿，和邻居们唠唠家常，她很快就熟悉了这里的环境和邻里的人们，与大家相处得十分融洽。

已经上了大学的儿子迅来也第一次拥有了自己的房间，高兴自不待言。我们都在亲身感受着住房的变化和生活的美好，从8平方米到29平方米再到现在的90多平方米，房子越来越大，条件越来越好，本该越来越满足了，可是，人有时候真是欲壑难填啊！生活好了，东西多了，90多平方米的三居室竟也显得不够用了。慢慢地，乔迁时的喜悦被日子冲淡了，"高知待遇"带来的兴奋也随着秋去冬来渐行渐远了。我看见邻里中的王导演和刘教授都先后搬走了，一打听，他们是换了更大的房子。我的心也蠢蠢欲动起来。

欲望中的日子过得更快，不知不觉间六个年头过去了。92岁的母亲本来身体硬朗、精神矍铄，想不到却在一天早上无疾而终，离我们而去，只把无尽的悲痛留给了我们。

母亲去世不久，单位便开始了房改。1998年，我赶上了房改末班车，真的又换了一套更大的住房。

这是我第三次搬家。这次搬家，我们不仅没用手推车，也没去借用朋友的车，而是雇了一家搬家公司，全程服务，又快又好地完成了搬家任务。望着装满家具的汽车缓缓驶出庭院，我的心里忽然升起一丝感叹：这可能是我今生最后一次搬家了！

我远离了文化广场,住进了桂林路的闹市区。房子更宽敞了,我第一次拥有了自己的书房,且新购置了书柜,从前积压在床下箱子里的书籍都得以重见天日,堂而皇之地登上了大雅之堂。我再也不用去抢孩子的课桌了,可是,回想起离开"八米居"的这许多年来,一次又一次地搬家,居住条件一次又一次地改善,可我却不像在"广州路八米居"时那样勤奋和刻苦了,反倒越来越懈怠了。悠长的岁月似乎磨蚀掉我身上的一些东西,但究竟磨掉了什么呢?一次次搬家也让我无意中搬丢了一些东西,可到底丢掉了什么呢?

我常常躺在沙发上沉思默想,却想不太清楚。闲下来,有时翻一翻我在那些拮据岁月里出版的书籍,读一读旧时的文章,便不由自主地起了那些奔忙的岁月,和那些在奔忙的岁月中还来不及品咂的生活味道,只觉得日子是越过越好了,而我的心思和追求却越来越少了,真有些一天不如一天了。

难道人就应该是这样的吗?

(2015 年于自由文斋)

母 亲

我总是忘不下八百里旱海中那个孤零零的小村子，忘不下村中一棵白杨树旁那间矮趴趴的小房子。那是寄寓我童年梦想的地方，也是我尽享母爱的小小巢穴。

我至今也不知道，那个小村子为什么起了那么一个让人猜不出也悟不透的名字：舍力。后来，我从书中看到：佛教称释迦牟尼遗体焚烧后结成的柱状物为舍利；我还从生物学课本里得知：有一种外形像猫的动物叫猞猁。我于是想：这村名会不会是它们其中一个的谐音呢？但我的故乡开发较晚，史上没有宗教传承的记录，百姓中没有佛教信徒；方圆百里也根本看不到那种像猫的动物。看来，村名很难同它们联系到一起了。其实，村里的人从来都不愿意为一个村名而费力多想的，多少年来，就这样一直地莫名其妙着。

我对我小时候的居住地——那个叫作舍力的小村庄，没有多少了解，也没有多少眷恋，经年不忘的是母亲哺育我的那一段童年岁月。现在，母亲离开我整整 20 年了，我也已经年近古稀。这么多年来，小村的背景早已模糊，但有一个清晰的人物始终活跃在我的心里，那就是我的母亲。在我童年的视频上，母亲育我成长的片段随时在脑海中映出,让我眼角湿润。

我刚刚学会走路,母亲伸过一只手,扶着我站稳,再领我迈开第一步,鼓励我:"走啊!孩子!自己走下去!"说着就松开了手。我趔趔趄趄地差点摔倒,但母亲并没有去扶我,依然鼓励我:"走得好!走下去!"

我已经能四处乱跑了,母亲开始教我喂鸡,喂猪,这是农村孩子最基本的劳动技能啊!我跟在母亲身后,亦步亦趋地模仿着,学习着,实践着。

我上学了,母亲是我最好的伴读。每天晚上,油灯一盏,我伏在炕桌上写作业,母亲就在我身旁纳鞋底,缝衣裳。灯花跳跃着,把我心里的喜悦映在母亲的脸上。冬夜里,炕上又多了一个火盆。母亲常常扒开火盆里的火与灰,把烧好的土豆取出来,扒了皮,送到我面前。我吃着母亲烧的土豆,真香啊,世界上再没有比这更好吃的东西了。长大以后,我再也没有吃到那么好吃的土豆。

我的童年说不上很快乐,但因为有母亲的陪伴,我感到很满足。母亲在我童稚的心间点亮了一盏灯,照亮我人生最初的那段路。

母亲是没有童年的,她只有被苦水浸泡过的一段时光。正是应该享受母爱和天真快乐的时候,她却被剥夺了这一切。她生下来,连个名字都没有。她6岁就没了母亲,旋即被卖到一家做了童养媳,从此,苦难就像影子一样伴随着她,超出一个孩子所能承受的辛苦劳动和打骂、凌辱,埋葬了她童年的全部欢乐,她在苦海里挣扎着。

童养媳的经历,折磨着她,压抑着她。她在压抑中悄悄地生长着抗争的智慧和力量,每一天都在寻找着改变命运的机会。

9年后。

一个月黑风高之夜,这只深陷虎穴的羔羊终于逃出了虎口。

她一路乞讨着逃离了山东大地。她第一次感到了蓝天的高远。她在望不到尽头的田野间徘徊,茫茫四野,向何处去?天底下举目无亲,该投奔哪里?她陷入了一种新的恐惧。

她是在走投无路的那一刻碰上他的。那是一个交叉路口,她已经因为饥饿和劳累昏倒在地上,瘦小的身躯在风中瑟缩着。

他心生怜悯,叫醒了她,把她领进了自己的家门。他给她吃了一顿饱饭,让她歇息了一个时辰,又把她送回到来时的路口。

如果当时她真的从这个路口走开,她的人生轨迹也许会是另外一种样子,起码不会成为我的母亲,也自然就没有了我现在叙述这段故事的机会了。可是,她没有走开。他转身向回走去的时候,她迟疑了一下,随即也跟着走了回来。她的确不知道自己应该往哪里走。她也实在是没有地方可去。她已经在这陌生的大地上走了不知多少天了。她也记不清因为饥饿昏倒了多少次。刚刚吃了一顿饱饭,她觉得身上有了些力气。面前这个大男人,让她似乎看到了一点希望。她感觉他是个好人。她想留下来,帮他干活,换口饭吃,剩下的日子,慢慢再计较。她心里这样想着,忽然又看到他回过头来再看自己。她停下脚步,两眼盯盯地看着他,一句话也没有。

他愈发可怜她了。尽管她还没有张口向他叙述自己的身世,但他已经看得出来:她说不定也和自己一样,是逃荒出来的。

他想起了 23 年前。

那时,他家住在山东省登州府文登县,就是说书人常讲的"秦琼夜打登州"的那个地方。

他家也很穷,但他有名字,叫于长富。那年他 15 岁,山东大旱,颗粒无收,民不聊生,死人无数。春起,长富的母亲病逝,全家竭尽全部家底儿,埋葬了母亲,不幸却相跟而来,不久他的父亲又撒手人寰。真是祸不单行！一年之中父母双亡，长富一时没了主张。他才15岁啊，看着父亲的遗体，看着哭爹喊娘的弟弟妹妹，他的心揪作一团，欲哭无泪。怎么办？拿啥来埋葬父亲？往下的日子怎么过？天灾人祸，逼得小长富团团转，父亲的遗体在堂屋里停了一天了，可安葬的事情还是没有一点着落。邻居也都在艰难度日，谁能伸手帮他一把呢？真是呼天天不应，叫地地不灵。实在无路可走了，小长富把心一横，买来两刀烧纸、登梯子上房，把烧纸压在了房顶上——他要用这间草屋权做棺椁，把父亲就葬在这里。四周的邻居看见了，这回慌了手脚，总不能与死人为邻吧？他们纷纷前来劝阻，并且串联起来，捐款捐物帮助长富把父亲入了土。

面对众邻的真诚相助，小长富感恩不尽，轮番叩谢之后，他将草房留给邻居，挑上弟弟妹妹，走上了闯关东的漫漫征途。

闯关东的一路，是小长富满腹辛酸的一路，也是他渐渐长大的一路。他挑着担子，前后两个箩筐里，一头放着弟弟，一头放着妹妹，一路讨要着前行。没过多久，为了能给妹妹找条生路，他不得不把她送给了一户没有孩子的人家；他挑着弟弟继续走，还没过山海关，弟弟突患疾病，不治身亡，剩下小长富一个人满怀悲愤继续走下去。

他走过了许多地方，也在不少地方做过停留，但这些地方最终都没有成为他中意的居所。后来，他走到一个叫"黄龙府"的地方，这片传说着民间故事和英雄传奇的土地让他落定了脚跟。他在这里挣扎了许多年，也曾娶妻生子，但是中年丧妻的灾难又把他推进了痛苦的深渊。他带着三个没娘的孩子苦苦地跋涉着，当爹又当娘的日子让他终日里手忙脚乱，愁眉不展。就在这个时候，老天爷让他遇上了逃荒讨饭的她。

农民，天生的慈善。穷苦出身的于长富，看不得穷人受苦。

她的无着无落让他心生疼痛。他没想别的，只觉得自己应当帮她一把。他相信好人总会有好报，救人一命，老天爷也会赐予你好运的。

他把她从岔路口又领了回来，从此，便再也没有把她推出门去。

他让她和自己的女儿住在一起，她们年龄相仿。

他想暂时先这样，走一步看一步，过段时间再说。

他的想法是善良而纯洁的。虽然前妻过世扔下的三个孩子亟须人照顾，虽然自己的身边也渴望有个女人，可是现在他不敢这样想，他觉得这不合适！眼前的她还是个孩子，如同自己的女儿一般，这怎么可能？

日子就像老牛拉着破车一天一天地向前滚动着，她在他的家里也平平常常地生活着。每天她都做着该做的活：做饭，洗衣，扫地，喂鸡……捎带着给三个孩子洗洗涮涮。孩子们渐渐地熟悉了她，对她也很友好。她的脸蛋儿渐渐地红润起来，也多了一些笑容。

世事难料。

天底下有多少不可能的事情后来都变成了可能，又有多少乍看上去不太合适的后来也都变成了"顺理成章"，关键在于"后来"，时间可以改变一切！

真的是这样。

后来，再后来，在乡邻们的善意撮合下，从山东逃婚而来的她，选择了这位比她年长20多岁的男子，与他一同走进了一个并非从爱情出发、一生也缺少爱情滋润的婚姻。于长富和于杨氏（她姓杨，"于杨氏"这个名字是结婚登记时由丈夫和她的姓氏拼凑起来的）结为连理，成了我的父亲和母亲。

婚姻是人生的驿站，绝大多数人都要在这里停留。爱情是通向婚姻的捷径，有很多婚姻是爱情的归宿，但也有一些婚姻是没有爱情的。获得婚姻不一定就拥有了爱情。没有爱情的婚姻在过去有很多，有的是爱情已经死亡，而婚姻还残留着；有的是压根儿就不曾有过爱情，这种婚姻充其量不过是男女之间的配对生存，和感情与爱恋是关系不大的。我父母的婚姻就属于这一类。他们为了生存而走到一起，共同生活了几十年，先后生育了六个子女，但依然无爱可言。他们心甘情愿地被无爱的婚姻捆绑了一辈子。有人说，如意的婚姻是恰好的时光里遇上了恰好的人，但我父母的婚姻完全不是这个样子。父亲是在母亲走投无路的时候收留了她，给了她善良的安妥和温情救助；而母亲接纳父亲的理由，完全是生活所迫和感恩情结。她从走进这个家庭那一刻起，就确定了要用一生来报答父亲。

我的父亲早已是做过父亲的人了。妻子过早地逝世留给他一个残缺的家，他需要另外的女人来弥补。与其说他的再婚是为找个爱人，还不如说是找一个能够替他操持家务的帮手。

母亲和父亲过了一辈子，直到把他送到另一个世界。但两个人彼此间都不曾燃烧过爱恋的火焰，当然也不会留下生死与共、地老天荒的誓言和承诺。他们的心里从未相互拥有过。他们在一起，只是生儿育女过日子，除此而外，别无所求。这使他们的婚姻生活变得简单而麻木。

我的父亲长得高高大大，一脸络腮胡子。他的眼睛总是很明亮，总能在我们淘气的时候一眼就发现。不知道是因为家境不好还是心情不顺，他的脸总是阴沉着，轻易不同我们说笑。我特别害怕父亲，总是躲着他。

害怕父亲的不止我一个。父亲先房的三个孩子都已经长大成人挑门另过了。母亲亲生的我们几个都很怕父亲，我是最小的，怕得更厉害一些。

父亲很能干，也很能说，在乡里乡亲中很有威信，谁家有个什么事，或者邻里间发生了什么纠纷，都要来找他去说和。每到这时，父亲也不推辞，总是应邀前往去做说客，经他左说右说差不多都能化解矛盾，使问题得到解决。久而久之，父亲成了村里一言九鼎的人物。他把这一套带到家里，也就成了家里的"不二法门"。在我们家，无论什么事，从来都是父亲说了算的。他说什么就是什么，连母亲也不同他争辩的；他叫怎么做，母亲就怎么做，从来不敢违拗的。父亲对母亲说话，常常高声大气，有时还吼起来，在我听来多少有一点霸道，母亲却像没有感觉，她跟父亲说话总是轻言轻语、谨小慎微的。这让单纯幼稚的我百思不得其解。

在很长一段时间里，我误读了母亲，以为她有一种与生俱来的胆怯。是童养媳那一段挨打受骂的生活遭遇，在她的心中打下了恐惧的烙印，才使她唯唯诺诺，逆来顺受。后来，我渐渐长大了，也慢慢地读懂了母亲。原来，她对父亲的唯命是从并非出于恐惧，那是一种忍让，一种由感恩而升华的谅解和忍辱负重。

母亲不能忘掉童养媳那一段黑暗中的生活。她也不能忘掉自己人生岔路口上父亲给予的那顿饱饭。后来的生活教她学会了感恩。在自己的恩人面前，她只有报答，只有忍受。眼前的一点屈辱比起童年时的苦难，那是天地之别。既然他给了自己家庭，给了自己现在的生活，忍受他一点责骂又算什么呢？况且他是自己的丈夫，他的责骂在更多的时候也是为了这个家，属于那种"打亲骂爱"的范畴。这样想着，她就自觉地放弃了一些争辩的机会。有许多时候，她是明明占着理的，是可以和父亲争一下的，但她没有这样做。她放弃了据理力争，低下头默默地去做手中的活，在无声中主动认输，而把胜利一次又一次地让给了父亲。这反而纵容了父亲的居高临下和盛气凌人，由此而形成了我们家的不平等格局。

生活让母亲学会了忍耐，苦难使她变得仁慈、宽厚。母亲的一生遭遇过很多苦难，她没有在苦难中倒下，而是坚强地生活下来，活出了自己的滋味。她育有六个子女。不幸的是，六个孩子中有三个先她而去，令她尽尝丧子之痛，苦不堪言。

母亲的二女儿3岁时就不幸夭折。那时候，我还没有出生，后来听姐姐说，那一次给了母亲致命的重创，她整日以泪洗面，两眼总是红肿的，见谁都不说一句话。

我两岁的时候，母亲的大儿子在部队牺牲了。当时，父亲不在家。镇上的人领着部队首长来家里看望，送来慰问金和一块嵌着"烈属"字样的门匾，可是都被母亲婉言谢绝了，那块标志性的门匾母亲也没有挂出去，她说："眼珠子都没了，还顾啥眼眶子？挂上它，我瞅着难受！"

母亲咽下悲痛，擦干眼泪，继续着自己的日子。每逢年节，当地政府总要派人来家里慰问，送来米、面和一些生活日用品，母亲都如当初一样一一婉拒："谢谢啦！东西拿给别人家吧，我们过得挺好的，不用挂念着。"

世上真是祸不单行！转过年的秋天，中年丧子的剧痛还在母亲的心里翻滚着，一个晴天霹雳又炸响在她的头上：我的父亲在一次赶车运粮途中，因惊马翻车而被砸伤。

母亲赶去的时候，已经有乡邻帮忙把父亲抬了出来。父亲下肢血肉模糊，人事不省。

父亲被送进医院。医生很快做出了诊断：双腿骨折，伤及坐骨神经。医生说："治疗一段看看吧，弄不好得下肢瘫痪。"

事情不幸被医生言中：我的父亲真的半身不遂、瘫痪在床了。

雪上加霜，痛里加痛。母亲的日子更艰难了。

父亲瘫痪以后，一家的重担就全压在母亲的肩上了。她既当妈，又当爹，家里外头一起忙，白天要下地里侍弄庄稼，歇晌时回家给父亲做饭，倒屎倒尿；晚饭后还要给他洗脚，擦身子，每天都忙得脚打后脑勺，脸上写满了疲倦，一副灰呛呛的样子。

我原以为父亲已经躺在床上不能四处走动了，火气应该小一些了吧，对终日侍候他的妻子态度也该好一些了吧，但我想错了。父亲一如既往，脾气暴躁，躺在床上也吆五喝六。母亲并不计较。她耐心地照顾着父亲，为他四处奔波，寻医问药，总相信有一天他的病会治好的。她给他换着样儿做吃的，一日三餐，尽量让他吃得好一些。那时候家里并不宽裕，好吃的只能做给父亲一个人吃，我们几个孩子都捞不到，当然就更没有母亲的份儿了。

我心疼母亲，但又帮不了她，很为她抱不平，时不时地流露出对父亲的怨艾情绪。母亲却安慰我说："你爹也是因为有病才这个样子的呀！你想想，把谁按在床上不让动弹，心里能受得了？你小孩子家，别管大人的事。好好读你的书，一级一级地念下去，不上大学能有出息吗？"我是个听话的孩子，虽然不完全懂得母亲的深意，但还是照着她的话去做了。

父母之间的情感问题，做儿女的是永远解不透的——这是我后来才悟到的。

母亲一生受到的打击接二连三。她73岁时候，我那刚刚42岁的老姐又因病故去了。白发人送黑发人的痛楚让她几天几夜没有合眼。

痛苦是一把刀，会在心灵割出伤口，心灵的伤口不容易愈合，刻骨铭心的伤痛也不容易忘掉。有些人一辈子都生活在痛苦的记忆里，总被阴影笼罩着，郁郁寡欢，甚至忧思成疾。但我的母亲不是这样。她经受的痛苦和打击太多了，很少有人经历过，但她排解痛苦的能力也是一般人所不及的。她在自己最痛苦的时候，也最能听得进亲人特别是儿女们的解劝和安慰。痛过了，哭过了，慢慢地，她也就跨过了这道坎儿，挺起身子，把日子撑下去，用母爱来继续浇灌自己的花园。

母亲的爱是温和的，很少能表现出激情和热烈，但却能持续得很长久。她心中好像有一轮太阳，总有暖暖的光发散出来。她让跟她相处的所有人都能感受到她那种随和与温暖。她用一生的爱喂养了她的孩子们。无论先房的还是自己生的，她爱得都那么真实，那么无私，既有慈母的情怀，又有朋友一样的平等。先房的三个孩子因为没了母亲而得到她格外的关爱。在母亲心里，他们是优于我们的，当然，他们也用如同亲生儿女一般的真诚回报她，从心里往外把她当作亲生母亲，这使"后妈难当，继子难为"的俗语被彻底打破。对于她亲生的孩子，母亲更是爱之切，责之严，不断为他们的血肉之躯添加生命之钙，期望他们的人生能够挺立起来。

母亲个子矮小，身材瘦弱，但她很能干，肯于吃苦，遇事也敢于担当。母亲一生中带大了三个孙子，有两个是在他们失去父母的时候。她带大的第一个孙子叫成信，是我哥哥牺牲时留下的孩子，那年刚刚3岁，他妈妈改嫁以后，奶奶就把他留在身边了，奶奶说："这是老于家的后，我得把他养大，不然对不起我死去的儿子！"

成信开始和我们一起生活了，成了我们家的新成员。他的到来，动摇了我在家里的地位。因为没有父母，我的母亲便格外看重他，非常周到地照顾他。他抢走了我童年仅有的一点点欢乐，有些原本属于我的东西，也被母亲拿去给他了。我比成信小半岁，也正在吃奶的阶段。母亲的两只奶子，原来都是我的，现在变成一人一只了，母亲要同时奶着我们叔侄两个。他比我能吃，很快，母亲的奶水就不够了，我的奶便被不由分说地掐了，小米糊糊成了我每天的主食，我为此还哭闹了一阵子。今天看来，那时候的我，太不懂事了！想想当年那种情况，母亲为了养活没爹没娘的孙子，不得不让自己的亲生骨肉忍辱受屈，她的心里该承受怎样的煎熬啊！

我和侄子一起成长，但我们的身体却大相径庭：他长得又高又胖，我长得瘦骨嶙峋。我们的性格和爱好也不一样：他性格粗放，快言快语，且有些任性，不喜欢读书，小学没毕业就说啥也不念了，跟着村里一位木匠去学做木工活了。我性格比较内向，不爱说话，也不爱干活，但愿意念书，总记着妈妈的话：一级一级地念下去，将来考大学，好离开这又小又穷的村子。

父亲也疼爱我，但不懂得我，男人的爱总是粗心的。全家只有母亲最懂得我的心思，知道我想做什么，喜欢干什么。

我小时候很喜欢画画，上图画课时很用心，老师经常表扬我，也在父母面前夸过我，说："这孩子画画有天赋，好好培养，将来兴许能成个画家。"父亲听了，并没在意"画家"不"画家"的，农民的眼光没有那么远。他只是从老师的话里听出了一个希望：这孩子可以学画匠啊！画匠，就是农村中走乡串户画炕琴、画衣柜、画棺材头的那种手艺人，在我们家那一带，很吃香的。父亲想让我念完这个学期就停下学业，然后找个师傅专门教我学画匠手艺，将来和做木匠活的侄子一起干。父亲的算盘打得很如意：真要是学成了，叔侄俩一个是画匠，一个是木匠，联起手来，还不吃香的喝辣的。

父亲在为我谋划未来的生活，但我不愿意。我不想按照他的设计，学一门看家的手艺，过富足的农村日子，我想走出去！但我这想法只能憋在心里，不敢对父亲说。

我跟母亲说了心里话。一遇到什么为难的事儿，我总是先找我母亲的。母亲也总能在关键时刻为我拿定主意。这一回，母亲同样支持了我。她告诉我："你好好念书吧，别想别的，你爹不会逼着你去干你不愿干的事的。"

我又耍了一点小聪明，在暗中配合母亲一下：我不再好好上图画课了，老师讲我也不用心听，老师让画我也不认真画。啥啥都搞得一团糟，图画的成绩一落千丈。老师很奇怪，到家里去找我父母，我父亲因此大发雷霆，把我狠狠地骂了一顿，但他没有舍得打我。我哭着跪在地上向父亲求饶，我说我真的再画不好了。父亲阴着脸子看着我，没再说什么。

我的学业没有停下来，父亲也再没有逼我。我知道这是母亲在背后做了父亲的工作。她一定是费了很多心思，说不定又受到父亲蒙头盖脸的一顿责骂。但为了孩子，母亲是不怕挨骂的。只要为了孩子，多么重的担子，母亲都会一个人挑起来，不会留给孩子一分压力的。

我的父亲也是一个很有责任心的男人，得病之前，"主外"的一应诸事都由他来做，母亲只在家里操持家务。可是，他瘫痪以后，情况完全变了。父亲不能下地了，春种秋收的庄稼活转嫁到母亲身上。父亲感到有些过意不去，他主动地学起了针线活，穿针引线，习练女红，缝衣做裤，连连补补，很快就替换了母亲的角色。那几年，我们穿的衣服和鞋子都是父亲缝制的。我们从父亲身上读懂了什么是毅力。

家庭角色的转换，让母亲承受着超常的压力。一年四季，没有一天得闲。尤其是农忙季节，她每天鸡不叫就起身，做好饭菜，打理完父亲，陪一家人吃了饭，收拾好碗筷，就赶忙下地去侍弄庄稼，等到收工回到家里的时候，日头已经落进了山沟。

离家近一些的地，母亲起早贪晚就可以侍弄了，可有一块地离家很远，父亲没病的时候，他一个人去那里搭窝棚住下，也需要干个十天八天的才能回来。现在父亲不能动了，地又不能扔，母亲只好求亲戚来帮忙照顾父亲，然后带上我，去那里搭窝棚住下来，一住就是十天半月的。那时我才四五岁。母亲在地里做活，我就在窝棚里睡觉。母亲累了就回到窝棚里喝口水，抽袋烟，看看我醒没醒。多数时候，我都在睡梦中，母亲便又去地里干活了。记得有年夏天，母亲还在田垄间抓住一只小兔子，给我送了回来。我高兴极了，陪伴着小兔子玩了好几天，最后，又在母亲的劝说下把它放归了田野。最难熬的是夜晚，野外的夜黑如墨染，四周静悄悄的，静得让人害怕。为了壮胆儿，母亲把一头老黄牛拴在门口，让它担当我们的守护神。为了驱蚊虫，母亲点起长长的艾绳，艾绳燃烧着，火星一闪一闪地，仿佛点亮了我的梦想，让我陶醉其中，很快就进入了梦乡。

我5岁的那年秋天，不知什么原因，村里招来了狼。几乎每天夜里都有狼群光顾，不是咬伤了这家的驴、马，就是叼走了那家的猪羔，弄得人心惶惶。那时我们家养有一头驴和两头猪，为了保卫它们，母亲每夜都要值更到很晚，直到确认平安无事才能上炕睡觉。有天夜里，狼群真的来骚扰我家了。大约有四五只狼，低声嘶叫着奔向我家的毛驴。这时，我看见母亲飞快起身，拎起一支大棒和一个铜盆就向外冲去，吓得我狼哇哇地喊叫："妈妈！妈妈！"我不敢起身去看，心里却担心妈妈的安全，躲在被窝里呜呜地哭起来。过了好一会儿，妈妈回来了，急三火四地奔过来哄我。我发现妈妈放下的铜盆，盆底已经掉了。原来，妈妈是敲打着铜盆把那群狼给赶走的。我心里还不住地替妈妈后怕，妈妈的脸上也流露出一丝没有逃掉的胆怯。

从那以后，狼群再没有骚扰我们村子。

我8岁时得了一场重病，全身浮肿，两条腿肿得像大象腿，两只脚肿得穿不上鞋,连走路都困难,去镇上看了几次医生,给开了几服药,吃了都不见效,眼瞅着不行了,母亲果断地做出决定:"去安广,找你老姐去!"

那时我的两个姐姐都已参加革命工作。大姐离得远一些,在辽宁那边;老姐离我们挺近,在30公里以外的安广县妇联工作。母亲带着我找到我老姐,让她帮着拿主意。老姐看着我病得不轻,心疼得落泪。我那时好像还不大懂得生命的可贵,一点没有怕死的感觉,还觉得初到一地儿挺新鲜的。

老姐领着我去了县医院。大夫看了我的状态,查体后对我姐姐说:"这孩子得的是重度肾炎,浮肿已经过了胸口,很危险了,还有二分的指望。我们治疗上没把握,但有一个人差不多,比我们把握大一点,那就是我们科原来的杨主任。不过,他是右派,那不,在那边扫地呢!要不,你去找找院长,看能不能通融一下,破破例,让杨主任给你们看一下,或许有希望,这是生死攸关的事啊!"

我老姐就去找院长,恳切地表达了求助的心愿。院长很开明,查看了一下我的情况,对姐姐说:"老杨医术高,可自从被打成右派以后,从来就没让他看过病。你这孩子太危险了,可以让他给看一看。不过,你得签个字据。"

老姐爽快地答应了,在院长出具的一张纸条上签上了自己的名字。

戴着右派帽子的杨主任开始了对我的治疗,母亲的心还一直悬着,不知道这个杨主任能不能有回天之力。

杨主任果然名不虚传,经他施治,不到一周,我的两条腿已经开始消肿。母亲脸上的阴云也开始消散。她没日没夜地陪伴在我的病床前,照顾着我,陪我说的话也渐渐地多了起来。老姐经常来医院看我,还有我的一个侄媳妇李青云也常来医院探望,并做一些可口且又少盐的菜肴给我送过来。大姐(有时我也叫她三姐,那是连父亲的先房子女一起排行的)因为离得远,工作脱不开身不能前来,也有书信问候,并寄些钱来帮助我治病。大家的关怀和医院里舒适的环境,让我觉得住院比在家时更有意思,以至于后来出院时竟有些恋恋不舍了。

回到家里我才知道,因为护理我而日夜操劳,母亲一个月内瘦下去将近10公斤,身材显得更加瘦小了。

瘫痪的父亲在炕上整整躺了10年,离去时已经瘦成了一把骨头。10年间,他受够了病痛的折磨,早已心灰意冷,对世间再无留恋,撒手而去也是一种解脱吧。

这10年,对母亲来说,更是酸甜苦辣咸五味杂陈。对丈夫的尽心,对家庭的致力,对子女的关爱,三位一体的动力推着她走过了三千多个日日夜夜。重担压弯了她的脊梁,却也磨砺了她的意志;苦难肢解了她的生活,却也淬炼了她的心灵。当父亲闭上眼睛,把他最后一个灾难抛给了母亲之时,母亲似乎有了一点应对能力。她拂去悲伤的泪水,挺起刚强的身躯,冷静地处理好丈夫的丧事,又开始考虑下一步的日子了。几个成年孩子都像飞出的小鸟飞向四面八方去各自发展了,身边的未成年者还如嗷嗷待哺的幼鹰。该怎么样培养、教育他们,让他们更快地成长起来?这一年,母亲55岁。

大姐和老姐自然都赶回来为父亲送葬,父亲先房的两个女儿也相继赶回来了。他们安慰母亲:"妈妈,别哭,伤心会伤身子的。我们的父亲病了10年,你侍候了10年,跟着遭了10年的罪。现在他走了,他也不遭罪了。咱们家的日子还得过下去呀!弟弟和侄子还得吃饭,还得念书,还得妈妈支撑这个家呀!有什么困难还有我们呢!"

母亲知道孩子们的心意,但她不想更多地牵累她们。她觉得自己还不算太老,还能干动,日子会好好地过下去的。她对孩子们说:"你们放心吧,去好好做你们的工作,不用惦记我。剩下的日子,妈会好好算计着过的。小的能念书就让他们念,考到哪儿就供到哪儿!不能让他们像我一样,一辈子睁眼瞎。"

　　探家的孩子们都走了。母亲怀着一颗空落落的心,带着哥哥、我和成信又开始了琐碎的日子。姐姐们不断有书信寄来,开始时都由哥哥读给母亲听。后来哥哥也到外地去读书了,读信和回信就成了我的活了。

　　大姐和老姐常给家里寄些钱来。每次收到钱,母亲都催促我赶紧写信告诉她们:钱收到了,以后不要再寄了,家里不缺钱。

　　其实,家里不是不缺钱,而是根本没有钱。那时候的农村,生活就靠那几亩地,吃粮自己种,吃菜自己产,根本没有市场交易这一说,连小鸡下个蛋,都不能拿到市场上去卖。天上不掉钱,地里不长钱,农民上哪儿去弄几个钱?

　　居家过日子谁能缺了钱呢?钱当然不是万能的,但没有钱也是万万不行的。父亲去世以后,哥哥和我还继续读书。读书就得花钱,那些钱都是母亲想办法、出力气挣来的。

　　春天,母亲听说供销社收购烧柴,就去野地里搂草、砍柴,背回来卖。母亲个子小,背上压着一大捆柴火,把她的整个身子都吞没了,远远看去,只见柴捆,不见人形。很多时候,日头已经下山了,母亲还没回来。我站在门口盼她归来,远远地看见一个大柴捆向前慢慢移动,一直移动到我家门前,等她仰身放下柴捆的时候,我才看清:这是妈妈呀!

　　夏天,母亲得知药店里收购甘草、防风等中药材,就拎把桶锹去山坡上、洼地里到处寻找,挖回来晾干了卖钱。整个一个夏天,她的手不知磨出了多少个水泡,结成了多少层老茧。

　　秋天,养牛场为储备过冬饲料,大量收购羊草。这是母亲赚钱的好机会。她每年秋天,都早早地预备好钐刀,抢先去割来一车车羊草,卖给养牛场,换回钱来,贴补家用,供我们念书。

冬天是母亲最受苦的季节。别人家要"猫冬",可母亲没有一个冬天是待在家里的。我们家乡那一带碱地多,泛着碱花的碱土可以熬出碱来,这碱可以卖钱。一入冬,母亲就要顶风冒寒去刮碱土。她推着车子,把刮来的一车车碱土运回来,堆放起来,等到没有风的好天儿,在院里支起一口大锅,放进碱土,添上水,点着火,去熬,熬到一定时间,再把熬好的碱水加以沉淀、过滤,最后结晶出白亮亮的土碱块。这是国家统一收购的土产品。母亲一个冬天要重复好多遍这样的程序,熬出不少碱块,换回不少的钱来。可她的手却被碱水泡得裂成了一道道的血口子,让人瞅着心疼,不忍入目。

我们年龄小的时候,母亲干这些活是从来不让我们伸手的。等到我们稍大一点的时候,就常常跟在母亲身后学着干活了,因此,像搂柴火、割羊草、挖药材的活,我们都会干,但熬碱的活谁也没有尝试过,一来这活需要技术,我们很难掌握好火候;二来这活又脏又累,母亲舍不得叫我们去做。

母亲挣来的钱大都花在我们身上了;她种的粮食、蔬菜也足够我们全家享用;她养的鸡、鸭,下了蛋还可以改善我们的伙食;她养的猪除了过年用和一年的油水而外还能卖给国家一部分。这使得我们家基本上可以自给自足,平时还能有一点零用钱,再加上姐姐时不时地寄些贴补的钱来,母亲从来没有让我为上学的费用为难过。就是在最艰苦的三年困难时期,由于母亲的勤劳节俭、智慧持家,我们虽也感受到整个社会的饥饿威胁,但始终没有断炊,总能填饱肚子。那时候,从上到下都喊着节约粮食,可是越节约越不够吃。母亲想尽办法让我们吃饱。她先把米都磨成面粉,再把采来的野菜用水焯好,放上油盐和佐料，跟面一起用水搅拌成糊状，然后上锅蒸好，我们吃了都很受用。

母亲白天出去采野菜。因为采的人越来越多，地里的野菜越来越少，母亲来不及辨认，常常是好的坏的一起捋，剜进篮子里就是菜。等到了晚上，母亲再去油灯下细细分辨，把有毒的和不宜食用的剔除掉。有一天晚上，我做完作业，也凑到油灯下帮妈妈择菜。那晚我戴了一顶帽子，是那种当时很流行的样子，类似铁路职工戴的大盖帽，是大姐从沈阳给我寄来的。我非常喜欢，除了睡觉摘下来，其余什么时候都戴着。可能是因为我择菜时离灯火太近了吧，一股风吹过来，火苗"呼"地蹿上了我的帽檐儿。那帽檐儿是塑料的，顷刻间化为灰烬。我摘下帽子一看，秃秃的，只剩下了一副帽圈儿，很难看。我的眼睛一热，立时涌出了泪水。母亲放下手里的菜，接过帽子，看了看，对我说："哭什么呀，都上中学了，还这么没长进！这么点小事就哭鼻子，以后还能干点大事不？"听到了母亲的批评，我止住了眼泪，但心里还是很疼痛。第二天，我给大姐写了封信。一周后，大姐又给我寄来一顶更漂亮的大盖帽。这顶帽子我一直珍爱着，戴了好多年，它是我们姐弟情谊的象征，也成为三年困难时期的一个纪念。

母亲一生都在自己的戏剧里演绎着自己的角色，从开幕到结局。无论外面的世界如何精彩，她的内心总是静如止水，不会因为任何波动而泛起微澜。她安于平静，默默前行，虽然说不上有什么理想和追求，只是一个平平常常、不声不响的乡间女子，但她有良知，有爱心。她把善良与爱给了她的孩子、她的家人，给了她的亲友和邻居，给了她周边所有的人。同她生活在一起的，与她友好相处的，甚至连那些偶尔碰面互不相识的路人，也都承受过她的善良与慈爱。

母亲与人为善，但她又是非分明。她自己讨过饭，因此对讨饭的人向来充满同情。每逢遇到讨饭的，她不单是给点吃的，有时还给点钱或旧衣物。碰到带着孩子讨饭的老人，她会让到屋里，端来饭菜让他们吃个饱。可有一次，她生气了。一个年轻人乞讨，母亲给了他一个热馒头，他收下了，又说想要点大米，母亲又拿了米给他。他走了。母亲在门外墙脚处忽然发现了那个馒头，她捡起来，还没凉透呢。她从心底蹦出一句："饿死的货！"打那以后，再见到年轻的讨饭人，她总要数叨几句："这年头，捡破烂儿都能养活一家人，你年轻轻地干吗伸着手向人讨要呢？真不要强！"

母亲要强了一辈子，也无私地付出了一辈子。我用了几十年的时间，才读懂了母亲。善良与慈爱，这是母亲难以割舍的情怀，也是她背负了一生须臾都不肯放下的重载。

母亲抚育了12个孩子：3个是父亲前妻扔下的；6个是她亲生的；还有3个是隔辈儿人，一个是前面提到的成信，另一个是晓光。晓光也是在3岁的时候因父母离异而被奶奶收留下来的。这两个都是失去了父母之爱的孩子，是奶奶的挚爱温暖了他们一度冰冷的心，为他们铺平了成长的道路。

母亲抚养成信的时候，还年富力强；收留晓光的时候，已过了知命之年；等见到第三个孙子——迅来出世的时候，她已经年近古稀了。迅来也是在奶奶的怀抱里长大的。

我读大学的时候，母亲已经62岁了。大学是我少年时代的梦想，也是母亲一辈子的期盼和愿望。

我们于家祖祖辈辈还没有一个上过大学的人，母亲特别希望我能考上大学，实现于家的零突破。

父亲因为穷怕了，心里头只藏着一个"两亩地一头牛，老婆孩子热炕头"的狭隘理想，一直不赞成我上大学，他说："识俩字就行了,小学、初中、高中再到大学,都念完那得半辈子!不如早点学个手艺找个事干,挣俩钱娶个媳妇,早一天成家立业,早一天安心过日子。"

可母亲不这样看,她虽然自己不识字,但她希望自己的孩子能够识文断字、知书达理,将来有点出息,不说出人头地,也要名正言顺地当个国家干部。

母亲从小因为家里穷念不起书,再说,在那个重男轻女的世道里,哪个家长能给一个女孩子创造念书的条件呢?后来,她又当了童养媳,每天都得挨打受骂的,想要读书识字那比登天还难。再后来,她倒是真的碰上一次读书识字的好机会,可惜又被丈夫的蛮横无理给断送了。

那是中华人民共和国成立初期,我的家乡土改工作已经接近尾声。

母亲因为心地善良、办事公道被村民推举进了农会,当了一名妇女委员。母亲有生以来第一次受到尊重,激动得流下了眼泪。她跟着妇委会的姐妹们兴高采烈地参加了农会的工作,每天走村串户,宣传土改政策。母亲虽然不识字,但她心里不糊涂,世事洞明,是非清晰。领导交办的工作,每一件她都做得很出色,因此,深得妇委会主任的赏识。当时农会正兴办夜校,教授政治理论课和文化课,为土改培养农村工作干部,主任特意把母亲送进夜校学习。可是,母亲进夜校学习没几天,就被父亲发现了。当时母亲做的这一切都是瞒着父亲的,因为她知道,如果告诉他,他肯定不会同意的。开始时,母亲去参加农会工作,父亲并不知道,以为是去外面干活了,可是她一连几个晚上都回来得很晚,这让他有些生疑,便去邻居家打听,结果让他大吃一惊:这简直是要造反啊!他害怕母亲学了文化、参加了社会活动,就不再受他管束了,所以坚决不允许母亲再去农会!

他把母亲叫到面前，连损带骂地教训了一顿，最后还放了一句狠话："再去我就打断你的腿！"

母亲默不作声，没说去也没说不去，也没有跟父亲争辩。她一般是不和他争辩的。母亲的容忍更让我感到父亲的霸道。看着父亲凶焰万丈的样子，我感觉我的父母好像不是一对夫妻，而是一对主仆，一个是吃租子的地主，一个是被雇的长工。

母亲还是舍不得夜校的学习，她趁着父亲睡熟以后偷偷地去参加。奇怪的是又被父亲知道了。这一次父亲几近疯狂了。他举着一把不知从哪里弄来的侵刀（专门杀猪用的一种尖刀），声嘶力竭地叫喊着："你不听我话，我就毁了这个家！我先杀了你，再杀了'四儿'（我的乳名），然后跟你们一道去！"

我被吓得哭都哭不出声来了，紧紧地抱着母亲的大腿，浑身直打哆嗦。

母亲似乎没怎么害怕，但她真的动了心思。她沉默了一会儿，终于说话了，那声音像沉雷一般："收起你的刀吧，我不去了！"

这场凶恶的表演，就像那把刀扎在我心上一样，久久不能忘掉。它常常出现在我的梦里，把我吓得惊叫一声坐起来。

人生不能错过，错过就是过错，这过错无法弥补。由于父亲的拼死阻拦，母亲错过了一次绝好的机会。尽管农会干部几次来家里做说服工作，但父亲固执己见，不肯让步。母亲为了维持一个完整的家，为了不给儿子带来伤害，她强迫自己违心地放弃了妇委会委员的职务，放弃了夜校的学习机会，重新回到"日进三餐，不知汉魏"的混沌生活当中。

母亲的学习愿望被旧时代的刀剑击碎了，她把读书的理想寄托在儿子身上。为了能让我继续读书，一级一级地念下去，直到考上大学，母亲不知受了多少屈，挨了多少累。我知道，少年的我，是母亲心中的一颗小星，她时时刻刻都盼着它升起来，亮一点，而且越亮越好。

父亲去世后，没人反对我念书了。但母亲的年龄越来越大了，体力和精力都大不如前了。我心疼母亲，想帮她做点什么，可母亲不让我伸手。她总是重复着那句话："好好念你的书，一级一级地念下去，不上大学怎么能有出息？妈还指望着你呢！"

为了让我能集中精力念书，母亲不让我管家里的任何事。即使在最困难的时候，她也一个人包揽了家中的所有事务，承担了来自各方面的压力，决不让我有半点分心的地方。

我考入高中，出去住校了。学校离家很远，坐火车得走两个小时，不到放假我是回不了家的。母亲这时在万般劳碌的同时又增加了一份深深的思念。放假回家的时候，我看见她的头发已经有些白了。

高中毕业后，我真的考上了大学——东北师范大学。母亲像了却了一桩最大的心事，笑容整天挂在脸上。

东北师范大学是我报考的第一志愿。它是一所以培养中学师资为主要方向的师范院校。国家对它的支持力度比较大，学生的伙食费一律由国家供给，家庭困难的还可以另外得到每月一份儿的助学金。母亲对我能考入这样的学校非常满意。那时的她因为家境变迁，已经和老闺女住在一起了。她知道自己老了，再没有能力供儿子上学了。她更清楚，儿子的中学是在两个女儿的资助下读下来的，连儿子的寒暑假也大都是在大女儿家度过的，上大学再不能拖累她们了。幸好考上这样的大学，不用自己掏一分钱，完全免去了家里的负担，毕业后还能当老师，这是多么可心的事情啊！

母亲心满意足，几天来一直为我忙着准备行装。我如愿以偿，自然也非常高兴，围着母亲身前身后地转，不时地遐想着大学里的情景，想到如意处，忍不住笑出声来。每到这时，母亲就停下手中的活计,定定地瞅我一阵子,两眼眯缝着,笑意盈盈地,安详中透着甜蜜。

要开学了,同学来找我一起去火车站。母亲执意要送我一程。我背好行李,又从母亲手里接过床垫子,这些都是她一针一线地为我缝制的。

母亲陪着我走了很长的一段路,我停下来向母亲告别:"妈,回去吧,注意身体!放假我就回来。"母亲笑着对我说:"放心去吧,孩子,好好念书,别惦记妈,妈一切都会很好的。"我看了看母亲,母亲的头发又白了一些。她瘦削的脸上漾着浅笑,深邃的眼里似有波光闪动。我的心头忽然有一种别离的刺痛,眼角有些发热,我转过身去离开了。

我在母亲的目光注视下渐行渐远,脚步沉沉,思绪翩翩,总觉得身后有一根线在牵着我的心。我停下脚步,慢慢地转回头,母亲还站在那里,昏黄的阳光下,一个瘦小的身影,我只觉得我的灵魂已经留在那里,留在了母亲身边。我的眼里又一次涌出泪滴。

在我读大学期间,家里发生了一点变故。

母亲已经把成信抚养成人,又为他办了婚事,寄寓我童年梦想的那间舍力小屋,变成了他们这对新人的婚房和永久居住地。母亲把自己唯一的一点房产留给了孙子,一个人来到儿子家,同我哥哥一家生活在一起。不久,她又带着另一个孙子晓光来到在白城市工作的老闺女家居住。

母亲的迁居让我有一点颠沛流离的联想,我的心里很不是滋味,暗暗地盼望着,快点毕业吧,好把母亲接出来,我要亲自侍奉她安度晚年。

我的大学一半是在学校里读的,一半是在社会上读的,我们原有的学习秩序被彻底砸烂了,"停课闹革命"的浪潮掀翻了所有学校的课桌,打倒了所有学校的领导和教学权威。普天之下,到处都是红卫兵组织在造反、夺权、建立新的战斗指挥部,派性斗争日甚一日,不断升级,武斗的枪炮声不绝于耳,流血事件时有发生。街头的大喇叭整日里喧嚣不停,墙壁上贴满了血淋淋的布告和声讨对立面的檄文。

"烽火连三月,家书抵万金。"武斗最激烈的时候,连通信都被切断了。那时我正被圈在长春电影制片厂的大楼里搞大批判,很长一段时间里没有办法给家里通信。母亲得不到我的消息,却经常听到长春某某大学又有多少人被打死打伤的传闻,惶惶不安,心急如焚。她便常常背着家人去市里看那墙上的布告,看那上面伤亡的人里有没有她儿子的名字。那时我叫于加强,母亲认得这几个字。有一次,母亲在一张布告上发现了"于加强"三个字,立刻紧张得血脉偾张,五内无主。她恳请身边人代读了那布告的内容,这才恍然大悟,长长地吐出一口气,原来那是一张"关于加强社会治安管理的通告"。这让母亲虚惊一场。直到运动接近尾声时,我赶回家看望母亲,她还说起了这段笑话。但我丝毫没有以为这是笑话,我感到了母亲牵挂儿子的一片赤心和思念儿子的火热情肠。我真后悔,那时怎不早一点回家报个平安,也不至于让年迈苍苍的老母亲为我的安危而悬心。

我甚至有些迁怒于我原来的名字,回校后,立即抛弃了它,改新名叫于笑然。

五年的大学生活很快过去了。1970年夏天,我和女友姚桂珍一同走出东北师范大学的校门,奔向生活的新驿站。

我的心里一直惦记着母亲,放心不下她的生活,就和桂珍商量早一点结婚,早一天把母亲接过来。桂珍善解人意,赞同我的意见,于是,我们匆匆准备了一下,就在转过年儿的元旦结婚了。

我们的婚事办得很简单,也没花上几个钱。那时我们也没有多少钱,两个人的月工资加在一起才92元钱,上班还不到半年,除去生活用度以外,积攒下来的只有300元钱,幸好大姐从辽宁寄来300元钱作为贺礼,这600元钱就是我们走向新生活的第一桶金了。

新房是市政府分配给我们的,很小,只有8平方米,但我们刚刚毕业,还没有做出什么贡献,就得到了组织的照顾,心里已经很满足也很感激了。

新房是我们俩自己动手布置的。桂珍把屋子的角角落落都打扫得干干净净;我在天花板上横竖交叉着拉起五彩缤纷的拉花。再摆上准岳父为我们亲手制作的二人床和我俩花17元钱买来的一张两屉桌,屋子里就显得满满当当的了。

新娘也没有乘轿车、坐花轿,是我用一辆半旧的自行车把她从家里接过来的。为了省点钱好过以后的日子,她连一套新装都没有让我给她买,当然也没有穿那漂亮的婚纱了。但这并没有妨碍我们把日子过得越来越红火,妻子在勤俭持家方面绝对是一把好手。

很快,母亲就来到了我们的小家。

母亲和妻子一见如故。其实,她们只见过一面,那是毕业前的那个假期里,我带着桂珍回白城去看望母亲,也有意让她老人家相看相看。当时母亲就很满意,觉得她人很实在,长得也不错,还出身于工人家庭,肯定会过日子。母亲背地里曾嘱咐我:"好好待人家,不许耍驴脾气!"但她没有想到这么快就成一家人了,因此更觉得亲切。她拉着妻子的手东走走,西看看,问这问那,一点也不拘束。我看着她们亲密无间的样子,心里很甜蜜:看来,母亲对这个儿媳妇还真是满意呀!

妻子也高兴地和母亲拉起家常,还告诉她:"这里有煤气,专门用来做饭的。"母亲听了,心里更乐了:"那好啊,再不用预备柴火喽!这房子挺好的,挺好的,心宽不怕房屋窄,屋子大还累人呐!"一句话逗得妻子和我都笑了起来。

母亲在农村待久了,养成了起早的习惯。刚来两天,她就对桂珍说:"从明天起我做早饭,你们年轻人缺觉不行啊,得多睡会儿!"桂珍说:"那怎么行呢?妈,你老这么大岁数,更该多睡会儿!我在娘家就起早做饭,习惯了。"母亲依然坚持,说:"早晨鸡一叫我就睡不着了,总得起来,闲着也是闲着。你看我这身板儿,做点儿饭还是问题吗?"我接过话来逗母亲说:"妈,这里没有鸡叫啊!"妈瞪了我一眼:"一边去!还那么没正经的。"

我不知道她们娘俩最后达成了什么协议,反正我得睡早觉。

妻子喊我吃早饭的时候,我看见母亲正跟她一起往饭桌上端菜,摆筷子、碗,忙活得挺开心的。

一家人都上桌了。妻子盛了一碗饭,送到母亲面前:"妈,吃吧。"她又盛了一碗给我,最后自己盛了一碗。大家开始吃饭,一支快乐的碗筷交响曲伴着早餐奏响了。

吃完饭的时候,妻子对我说:"笑然,从明天起,你也别睡懒觉了,起来领妈到外面走走,锻炼锻炼身体,去胜利公园也行。妈说她早晨睡不着,今儿就跟我起来一起忙这忙那的。早晨这点活,我一个人就够了,不能再劳动妈!"

我连声应答:"好,好,明早我起来,我起来。"

母亲坚持要做早饭,我猜想她是有她的想法:一来以前做惯了,对这点活不打怵;二来想为这个新家做点贡献,留个好印象,把婆媳关系处好点儿。我暗笑母亲在用智慧,心里说:我的妈妈,你就放心在我这儿住着吧,慢慢就体会到了,桂珍不是个计较的人,她是个孝顺的人。日子长了,你会了解她,也会喜欢她的。你们之间一定能处好的。

婆媳两个友好地争来争去，最后达成了一项妥协：早饭还是由桂珍来做，但晚饭的安排要归母亲了。

我也被妻子调动起来，每天早早起床，带母亲出去遛弯儿。

母亲的身体真是很好，快70岁的人了，走起路来，我都有点儿跟不上。

那时候，妻子在小南的一所学校教学，每天得坐火车去坐火车回。我家离火车站不算太远，她每天早晨六点钟必须走出家门，不然就赶不上火车。妻子上班去了，剩下收拾桌子、洗碗、刷锅的活本该由我来做，我在市内一家报社上班，做完这一切也都来得及的。但母亲不让我伸手，她把这些活都揽过去了。她说："这都是女人干的活，你个大老爷们儿忙你的去吧。"

我争不过母亲，再说，我也懒得做那些零散八碎儿的活，就顺势而下，笑嘻嘻地干自己的事去了。

自打父亲去世后，母亲就一个人撑门过日子，已经养成了独立性。她是个很有主意的人，但到了我家以后，她却很少自己拿主意，凡事总要先征求一下我们的意见，连每天晚饭做什么都要事先问问儿媳妇："晚上想吃点儿啥呀？"时间长了，妻子觉出了母亲的心还没有踏踏实实地放下来，就劝她说："妈，咱家的事，你说了就算数！你做什么我们吃什么，你想做什么就做什么，不用问我们俩。"母亲听了，笑了，笑得很熨帖。

妻子早出晚归，她的中午饭是早晨用饭盒带走的；我的单位有食堂，就在那里吃一口，也不回家。家里就剩下母亲一个人。渐渐地我发现：母亲的午饭大都是简单地对付一口，常常是就着一碟咸菜下饭。早晨剩下的菜原封不动，留待晚上我们回来一起吃。我跟妻子说了，妻子说："妈是舍不得自己吃，劝她也不一定有效果。这样吧，从明天起，你只要不出去采访，就回来同妈一起吃午饭,妈肯定就不会只咬口咸菜了。"

我照着妻子的话做了,果然奏效。每天中午,只要我一跨进家门,母亲就把热气腾腾的饭菜端上来,即使是早晨的剩菜,经母亲一调理,吃起来也格外香甜。我像又回到了舍力白杨树旁那间小小的巢穴,久违了的童年那种感觉重又泛上心头。

自从母亲来到身边,我和妻子下班回到家里,就可以吃现成的了。母亲做的饭菜很合我们的口味。妻子也是在农村长大的,和婆婆的饮食习惯很相似,一样有些口重,一样不挑不拣。一家人其乐融融,每顿饭都是一次欢快的小聚。

俗话说,当年媳妇当年孩儿。妻子怀孕了。母亲高兴得不得了,千叮咛万嘱咐,让儿媳妇多加注意,保重身体,保重胎儿。儿媳妇答应着,依旧没事儿似的料理着家务。但母亲明显地在保护她,这也不让她干,那也不让她伸手,怕她闪了身子,动了胎气。妻子嘴上说着:"没事儿。"心里却充满了感激。

十月怀胎,一朝分娩。1971年10月20日,妻子生下一个男孩儿。我一看日历,刚巧是我心中的文学偶像鲁迅先生逝世35周年纪念日,灵机一动,便给孩子起了一个名字:于迅来,利用谐音,取"鲁迅去,迅来"的意思。我自己酷爱文学,很希望儿子也能成为文学的继承人,谁想到儿子长大以后并没有如我所愿。他按照他自己的意愿和追求,去做自己的事情了。这是后话。

儿子降生以后,家里平添了许多欢乐。在很多时候,儿子的身上会同时聚焦着三双目光。当他睡在那里,红扑扑的小脸蛋像苹果一样闪着光泽的时候;当他开怀朗笑,小胳膊小腿儿随意舞动的时候;甚至在他稍不如意,咧开小嘴微儿微儿哭起来的时候,我们这个窄小的房间里都好像充满了意趣,变得格外温暖。

快乐让母亲更加忙碌起来。她彻底剥夺了儿媳妇的劳动权利，让她老老实实地待在床上，坐月子。只有她自己忙来忙去，一会儿洗尿布，一会儿烧开水，一会儿又去给儿媳妇煮小米粥……忙得脚不沾地儿，脸上却总是漾满笑意。在快乐的奔忙中，她好像年轻了许多。

妻子产后一滴奶水也没有，孩子是靠奶粉喂大的。那时候奶粉是很难买到的，我就四处托人去买。我的老科长王忠志就曾多次从内蒙古为我买回奶粉来，至今我和儿子都不忘这份恩情。

喂奶粉给母亲又添了一份活儿：煮奶粉。白天还好办些，一到夜晚就麻烦了，特别是冬天。当时屋子取暖不好，冷得很，夜里降到零下三四度，母亲和我们都得起身给孩子张罗喂奶粉，孩子冻得哇哇直哭。后来，我弄回来一套煤气取暖炉具，把煤气管道引进屋里，点燃炉具取暖。半夜三更点燃炉具的时候，成了全家的幸福一刻：燃烧的炉盘闪烁着火光，发散着热量，儿子可以光着身子在褥子上玩耍了，一双小脚蹬来蹬去。母亲和我们守在一旁，看着他那调皮又可爱的小模样，心里都很甜。遗憾的是这种情景持续的时间不能太长，因为这种煤气取暖炉具设计上有缺陷，避免不了煤气的微量泄漏，如果点燃时间过长，就会引起头痛。我们只能点一会儿，关了；冷了，再点一会儿，就这样反反复复，度过了好几个寒冬。

妻子满月后没几天，产假还没休完，就上班了，因为学校里的工作需要。那时候的人不像现在这样讲科学，生了孩子不休满产假是不能上班的，那会影响妇婴的健康。

妻子上班后，孩子扔在家里，由母亲带着。迅来是奶奶带大的第三个孙子。

迅来5岁以前一直在家里，由奶奶看着。冬天屋子太冷，奶奶就把她搂在怀里，他就蜷缩在奶奶怀里，听着奶奶哼唱小曲；春天来了，憋了一个长长的冬天，该出去活动活动了，奶奶就抱着孙子出外走走，晒晒太阳；迅来长大一些了，可以满跑满颠的了，奶奶开始领着他逛街，观光赏景。夏天天热的时候，还能给孙子买根冰棍儿；秋天，有水果上市了，奶奶会挑便宜的给孙子买一点尝尝。只买一点儿，给孙子吃，奶奶是从来不尝一口的。

　　那个年月是我们家的困难时期。母亲的户口和粮食关系都不在我家，她的口粮需要我另外花高价去买。我们的工资都不高，再加上白手起家，用钱的地方多，因此手头总是很紧的。那些年里，我们家四口人，只有两个人能过生日：母亲和儿子，我们夫妻俩是没有条件过生日的。

　　母亲和儿子的生日都是祖孙俩一起过的。不论她们俩谁的生日到了，我们都会把她俩送到家对面的包子铺，买上两屉灌汤包子，让她们吃；有时候也会选一家小饭店，给她们娘俩买上两碗大米饭，再点两个菜，只点两个菜，这就是她们的生日宴了。每次都是给她们点完了饭菜，埋了单，我们俩再回家去吃饭。

　　妻子是我们家的财务主管。她不乱花钱，当然我也没有钱可以乱花，兜里比脸还干净。但妻子对母亲有特例：每月领了工资后，都要给母亲5元钱，让她平时零花用，这是她给母亲的专用款项，此外还要再给她一点儿，用作给孙子买冰棍儿等零食。

　　母亲逐渐习惯了在长春的家，但她也挂念着其他的子女，特别是大女儿。她每年都要去辽宁的大女儿家住些时日。大女儿也给她钱花，但她舍不得花，连同儿媳妇月月孝敬她的一点儿钱，她都攒起来。十多年后，迅来考上大学了，奶奶拿出1 000元钱送给他，叫他好好念书。这1 000元钱，母亲得积攒多少年啊！

　　迅来5岁多就上了小学，那是因为家里发生了一件事情。

我在白城子工作的老姐突然病重，我陪着母亲匆匆赶回白城。妻子没有办法，只好带着孩子去上班。也就是从这时起，迅来接触了学校生活。他听老师讲了几堂课，居然喜欢上了课堂，喜欢上了那些小朋友。妻子索性给儿子办理了入学手续，他从此便插班读书，比较早地开始了学习生涯。

　　白城之行给母亲和我带来了一次沉重打击：我的老姐不幸病逝。母亲已经结痂的心灵上又被重重地划了一道。回到长春后的很长一段时间里，她都沉浸在痛苦的煎熬中，终日闷闷不乐。我和妻子尽力解劝，有空就陪她唠唠嗑，帮助她排解心中的忧伤。为了让母亲白天有点事儿干，不至于寂寞、空虚，我们给迅来办理了转学手续，让他回到家跟前的上海路小学读书。这样一来，迅来放学后的大块时间就又能和奶奶在一起了。母亲每天接触孩子的时间多了，心里想着孩子的事情自然也多了，不痛快的事情就想得少了。

　　时间是治疗心病的良药。母亲终于在时光的疗治下丢弃了悲伤，饱经沧桑的脸上重新露出了笑容。

　　母亲勤劳、奉献了一生，淳朴、善良、乐于助人是她的本色。母亲曾经给我讲过一段往事：我出生的前一年，家乡闹鼠疫。邻居王家有人病了。日本人马上把他们家隔离起来，不准里面的人出来，也不准外面的人进去，想等他们家人都死了，再点把火一烧了事。母亲想到王家人被圈在里边，没人出来打水，还不得活活渴死吗？她就冒着生命危险，趁着夜深人静日本人打瞌睡的时候，偷偷地送水过去，一连送了多少天。等到隔离解除了，王家的一老一少还真的活了下来。

　　母亲为人厚道，富有爱心，经常帮助邻居家做点事情，诸如，做双鞋子啦，偶尔帮助带带孩子啦，教教年轻人做棉衣啦，等等，深得邻里的爱戴和信赖，邻居出门，也常常把门钥匙留给她，有时她一天能掌管三四家的门钥匙。

母亲爱管闲事,经常替居民委收卫生分,代邻居家接收信件,只要是她力所能及的,她都愿意帮助大家去做,像一个认真而又可爱的志愿者。

母亲的认真有时也闹出笑话来。有一天,她出外散步。不巧,来了一小偷,把邻居李家的门给撬开了,但可能是因为受了惊动,小偷没翻到什么就仓皇逃走了。

母亲回来时看到李家的门开了,想都没想就给关上了,可是没关住,母亲刚一回身,那门又开了。她又关了一次,一松手,那门又开了。母亲心里想:得告诉他李叔,这门该修一修了。这样想着,她回屋拿了张报纸,叠了叠把门给掩上了。傍晚,邻居回来一看,门怎么开了,还用报纸掩上了?母亲赶忙过来说明情况,这才知道是小偷来过了。大家都善意地笑了起来,母亲也忍不住笑了起来。

母亲和我们一起在8平方米的斗室里蜗居了15年。区区8平方米,如今是一个厕所的面积,却容纳了老少三代四口之家,困难可想而知,窘迫在所难免。更令人难堪的是,我们的住房是一个套间的里屋,外面的一间五六平米的小屋归邻居家使用。他们摆进来一张单人床,一个十几岁的男孩子就住在这里,像是我们的门卫。我们的进进出出都要在这孩子的眼皮底下经过,一家不一家,两家不两家,你说闹心不?但就是这样的窘境,我们和他们竟然和谐相处了15年。母亲善待他人,善待邻居,善待那个守卫着我们的大男孩,视他如亲人,每逢家里做点好吃的,母亲总要盛出一碗让我们送过去。15年中结下的情谊让我们在搬家时难舍难分,那孩子眼里含着泪叫着奶奶,竟如亲孙子一样,让我的母亲也潸然泪下。

母亲跟着我们一起窘迫了15年,从没有听到她一声抱怨,每天都能看到她满意的笑脸。

1985年，报社自建的一栋福利房竣工。我分得了29平方米的两居室，居住条件有了很大改善。母亲高兴地同我们一起迁入新居。她和迅来共居一室，祖孙俩有了自己的活动空间，每天都沐浴在欢乐之中。

四年后，市政府为落实党的知识分子政策，在西中华路的云鹤街建成了一栋"高知楼"，又奖励分配给我一套一厨一卫的"三居室"。这时母亲已经86岁了。在妻子的提议下，我们把面积最大、采光最好的一间朝阳的房间给母亲居住，让她好好享受一下阳光的晚年。母亲开始时一再推辞，但在我和妻子的执意坚持下，最后同意了。母亲高高兴兴地搬进了新居，每一天都过得快乐而又充实。我们万万没有想到，母亲只在这里度过了五个春秋，便离我们而去了。

母亲走得很突然，前一天她还好好的。那是1994年4月21日下午两点多钟，我从北京回来。刚一进院，母亲老远就看见了我，一边同我打招呼，一边奔我走过来，对我说："你不是去北京开会去了吗？怎么回来啦？会开完了？"我拉着母亲的手，回答说："会还没开呢，我回来看看，想你啦！"母亲感到有些奇怪，笑了笑，说："想我干啥？妈这不好好地吗？你刚走这么几天就往回跑，可别耽误工作啊！"

事后想起来，我也感到有些奇怪，本来，我是去中央电视台协调在京召开电影节新闻发布会的事。到京的当天就接上了头，按人家要求，还要等两天才能洽谈具体事宜。这时不知为什么，我忽然想回家看看，特别想。我叫同来的恩林处长给我买了张机票，就心急火燎地飞回来了。

我怎么也想不到事情会是这样！头天下午母亲还在院子里与我谈笑风生，傍晚时还曾去路口迎接下班归来的儿媳妇，怎么竟然在第二天早晨梳洗完毕时却倒在了床上,不省人事。当时,妻子正在做早饭,我们俩一时都惊惶无措,慌忙给在医大一院工作的准亲家老邬和常姐打电话。他们很快就赶过来了,并且安排了救护车,马上把母亲送到了医院,但终因回天乏术,母亲再也没有醒来。

母亲走时很安详。她静静地躺在那里,像是睡着了,面容舒展,仪态平和,一副无牵无挂的样子。是啊,她的确是没有什么可以牵挂的了。她养育的子女都已自力更生,各有所成,这足以使她宽怀和欣慰了。母亲的灵魂有知,在她弥留之际,孩子们都在她的身边,连家居外地的也都赶过来了,女儿毅辉带着外孙小昆从铁岭赶来,儿子国强带着孙子成信、晓光和外孙曙光从白城赶来,她们为母亲送了最后一程,把无尽的哀思和满怀的崇敬都谱进了母亲的安魂曲。

过了很多年以后,回想起来,我曾庆幸,多亏我那天突然想回家,并及时从北京飞了回来,不然,我就见不到母亲的最后一面,无法为她老人家送终了。但转念又想,说不定我不回来,母亲为了等我,还会多活一些日子呢!到底如何才是呢?冥冥之中,何为因果?至今不得而知,只有对母亲的深深怀念时时萦绕在心头。

母亲一生克己守规,安于平静,从来不曾惊扰过别人。她与我们共同生活了23年,全家和睦,婆媳间连脸儿都没红过一次,和邻居也相处得和谐友善。在告别人生的最后一刻,她依然那么安然、恬静,脸也洗了,头也梳了,连衣服都穿得整整齐齐……

母亲走得很从容,很平静,像一条静静的溪流,汇入了浩瀚的大海……

(2014年于自由文斋)

老人的故乡

走进周庄，我们走进了一段历史的变迁。四周，是石桥、老屋构筑的古朴；眼前，是流水、人家书写的新生；响在耳边的吴侬软语或南腔北调，使我们领略了慈祥与亲切；赏心悦目的江南水墨画卷，让我们读出了山水情怀……

我们这些老人来到周庄的时候，恰是初秋的一个傍晚。从上海到周庄没多远，汽车载着我们飞也似的离开国际大都市的喧嚣，一瞬间就融入了古镇水乡的安逸与静谧中。细细体味着清心如水的单纯与洁净，确有一种疾行者突然停住脚步，落座于宁馨的茶室，随兴漫品香茗的感觉。

周庄以中国古典式的淳朴与敦厚接待了老人们。我们下榻的客栈是一幢同许多旧房连缀在一起的二层楼老式民居，黄昏中只看得见它朦胧的轮廓，却猜不出它建造的年代。走进厅堂的触目所及，可以证明它的高龄，木制的楼梯已被岁月的牙齿咬得凸凹不平，雕花的家具上，留下了过往时光的流年碎影，一切都透着颇富神秘的古色古香。

店主人是一对温让而慈祥的老人，会说普通话，但不很标准，夹杂着浓重的江浙口音。老人对老人，格外热情，也更显实在，他们不断地向我们介绍着周庄,哪里有好看的,哪些是好吃的,哪块儿有好玩的,对我们关照备至,唯恐不周,就像接待远道而来的亲人一样,这使我们见到周庄第一面就感到了亲切。及至游历了周庄之后,这种亲切感便愈发浓烈而明晰起来:周庄宜居,更宜老人。周庄是老人的故乡啊!

历尽沧桑的周庄就像一位饱经风霜的老人。九百春秋是老人的年龄;潺潺流水是老人的血脉;古老的建筑是老人的风骨;喧哗的市声是老人的歌唱。保留完好的明清建筑,古意朴拙的拱桥驳岸,"镇为泽国,四面环水"的水乡格局,"咫尺往来,皆须舟楫"的生活模式,源远流长的"阿婆茶""腌菜苋"和"三味圆",名噪江南的"万三蹄""万三糕"和"全福贡酥",银子浜下埋藏的千秋典故,沈万三、叶楚伧、章腾龙等传奇人物,……历史老人传下来的人间瑰宝,时刻彰显着"中国第一水乡"的古典魅力,也让现实的周庄走进了联合国教科文组织主持评选的"世界文化遗产预备名录"的队列,并荣获迪拜国际改善居住环境最佳范例奖,成为世界最佳范例中的百佳范例之一。

有人说,周庄是水做的,信焉!周庄身处澄湖、白蚬江、淀山湖和南湖四水环抱之中。水乡历史悠久,渊源于唐,起始于宋,经历了元、明、清等各朝各代的兴衰更替,走到了今天的厚重与繁华。因水而生,以水为伴,曲折而漫长的历程,就像一位老人走过的道路,历尽坎坷,由小到大,一路走下来,让时间陪着自己,不,是让自己陪着时间,执着地走下来,一直走到今天。那些临水而筑的古宅院、砖雕门楼、过街骑墙和水墙门,不过是老人行走间留下的一些印记和符号而已。

古宅院,就是老房子,周庄管它叫作"民居"。古镇景区里的民居是名副其实的"水乡泽国"。看到古镇的水,缓缓轻流,无浪无波,似动非动,坦然自如,会立刻让你想到周庄的老人。

周庄的老人就像这水一样平静、安稳，随性生活，待人处事，温润平和，不张扬，不矫情，也不计较，很好相处。

在周庄古镇里买东西是可以讲价的，不，确切地说，是买那些老人卖的东西可以商量，可以讲价。一个水汽氤氲的早晨，我们来到一个卖烤鱼的老人面前。她刚刚把一盘盘烤好的小白鱼端出来，扑鼻的鱼香立刻吸引了过往的游人。有几位客人走过来打听价格，听口音像是东北人。卖鱼老人抬起头，和善地看着他们，一边热情地介绍着这种周庄特产的美味，一边说出了价格。客人们笑着，习惯地砍价，其实，看样子他们也是初来乍到，哪里会知道这里的价格呢？不过是按照买卖的常规做法想压一下价罢了。老人又看了看他们，笑了笑，说："刚打上来的，尝尝鲜吧，价钱好说，看着给吧。"谁也没想到这卖鱼的老人会这样通达，这样爽快，没怎么争讲就答应了客人，弄得客人反倒有些不自在了。几位客人没再说什么，端起老人烤好的鱼很快就吃光了，临走时连声道谢，并没有少给一分钱。

在周庄古镇，老人经营的摊床、饭店、客栈很多，给客人留下的美好印象也很多。在这些做生意的老人身上，你看不到"卖瓜王婆"的影子，也听不到高声大气的叫卖和"假一赔十"的吆喝，但这里真正奉行着"货真价实，童叟无欺"。老街上有一些老人开办的民间作坊，烧瓦片的，织土布的，做木梳的……都是些老手艺，很传统。走进这些作坊，看着老人操作，我们的目光在同历史对话交流。这些年迈的匠人都有很金贵的手艺。这些手艺有的已经濒临失传，因此，这些老人是在用辛勤的劳作抢救着历史遗产和文化遗存。他们的劳动是崇高的，他们的奉献是默默的。不管走进多少人来参观，他们都只是闷头认认真真地做着自己手上的工艺，没有一丝一毫想要展示的意思。真是一种可爱的沉默！无声的创造！

周庄古镇的史册,集入了许许多多老人绘制的彩页。那些飞檐翘角的明清建筑,明亮的厅堂和幽暗的陪弄,缆船石上系着的一艘艘游船,高高耸起直指蓝天的古塔……哪一处没融进周庄老人的血汗?如今,踏上狭窄的石板街,在咯噔咯噔的响声中,倾听历史对那些过世老人的深沉悼念,令人无法抑制一种虔诚敬意的油然升起。

夜晚是通向历史的便捷隧道。如果在静夜里坐上周庄老人摆渡的摇船,悠悠然慢行在急水巷中,你会变得像历史一样沉静。游客都进入了梦乡,白天裹着夜色入睡,喧闹逃得无影无踪。只有水中的古镇还没有歇息,一闪一闪的灯光是它眨动的眼睛,船行是它在走动,流水是它在述说,它在讲述着:急水巷夏禹治水的典故,吴王少子摇的传说,沈万三"梦里买蛙放生"因而幸得"聚宝盆"的趣事,祈求丰年的"划灯"和"丝弦画卷"的演出以及木梳匠人"疏而不漏"的广告语……

周庄是天然的艺术杰作,它同时展现着古典之美和现代风华。它曾迷醉了多少古今中外的艺术家而使他们情不自已挥笔泼墨,为这美妙的历史画卷增添了充满生机的现实笔触和生命元素。著名的中国画家吴冠中老先生晚年曾来周庄采风。他惊讶于周庄之美情不自禁地发出了"周庄集中国水乡之美"的赞叹。周庄之美也点燃了这位老艺术家的创作激情,他在写生作品《老墙》中,酣畅淋漓地倾诉了对中国历史古迹的欣赏、热爱和期许。他将这幅作品的义卖所得全部捐赠给灾区,传递了老人与周庄的慈善为怀和道义担当。

新老镇区交界的石牌坊,是周庄老人的一枚胸章。牌坊北面镌刻着"贞丰泽国"四个大字,那是中国著名书法家沈鹏老先生的亲笔题字。

旅美著名画家陈逸飞在周庄留下了享誉世界的绝笔之作。

他离世的时候还未及花甲，说来有些可惜，可惜他发现了周庄之美刚刚用画笔把这世间的绝美介绍到大洋彼岸，正是将周庄融入生命的开始，他的生命却结束了。他走得太匆忙了，带走了许多关于周庄、关于江南水乡系列创作的构想，只把一幅令美国和西方艺术家都望洋兴叹的油画《故乡的回忆》留给了世人，也把艺术家的永恒追求连同不老的生命之树一起留在了周庄的"陈逸飞故居"里。如今，时间在故居的庭院里种了草，也开了花。青草茵茵，花香袅袅，仿佛还飘荡着画家的生命气息。每当走进故居，流连在画家用过的书案和调色架之间，凝望着墙上悬挂的那张神采飞扬的照片，人们的心头都会升起一种幻觉：陈逸飞没有离开我们！他还在专注地创作，他还在用画笔饱蘸心血描绘着周庄的现实与未来。

1984年11月，美国西方石油公司董事长，86岁高龄的曼德·哈默老人将自己买下的陈逸飞的油画《故乡的回忆》作为礼物赠送给中国老人邓小平，表达了对中国人民的友好和敬意。

1996年10月，被誉为"画坛上的保尔柯察金"的俄罗斯圣彼得堡的油画家普及村·列昂皮特做客周庄，他用失去双手的臂肘夹着画笔，绘出了中国江南四大名镇之首——周庄的神韵。

香港年逾八秩的摄影家陈复礼，冒雨来到周庄参加国际旅游摄影节，拍下了弥足珍贵的永恒的一瞬。

熙熙攘攘的"周庄之游"的队伍中不乏老人的身影，一些身有残疾行动不便的老者也在其中。我看到他们坐着轮椅，由亲人推着，沿着中市街的窄路慢慢前行。他们的目光搜寻着周边的景物，他们用心灵感悟着古镇风情。他们中，有的也许曾经是周庄的建设者，火样的年华融进了古镇生长与繁荣的步履；有的也许与周庄毫不相干，他们只是兴奋的旅游者，但有一点不容置疑，他们一定是把青春和力量献给了周庄以外的东方厚土，他们同样是伟大的奉献者和创造者，他们同样在历史上书写了华夏子孙的勤勉与光荣。

周庄啊周庄，这些天来，我们一直在你身边，听你在述说，看你在动作，感受你跳动的脉搏，你和我们的心贴得如此之近，你和我们的情感维系如此密不可分，这让我们离开你的时候，心头还总是丝丝缕缕地牵挂着，翻来覆去地思念着。刚刚迈进周庄时，粗略看去，好像还没有体会出它有多美，但告别周庄时，细细回味，才觉得它有那么一股很强大很持久的吸引人的力量。它有很多让人看了便不忍放弃的东西。这些会时时刻刻地缠绕着你的心，牵绊着你的足，让你看了走不开，走了忘不掉。这是真实而铭心的人间之美啊！

（2014年于自由文斋）

啊，小镇

小雨，淅淅沥沥，像恋人间悄悄的情话，温存了古朴秀雅的松花江镇，空气变得格外清新、爽人。

雨点，敲打着窗棂，淋湿了路面，又在这条东西走向的马路边，汇成一股涓涓的小溪，一直向东——向着滔滔的松花江汩汩流去。

一夜喜雨，涤翠了青山，滋润了禾苗，洗去了空气中的污浊，连街道两旁绿柳掩映下的那一个个火焰般飘动的酒幌，也仿佛比先前更加洁净、鲜亮了。

雨后晨曦中的小镇，像一个刚刚出浴的俊逸青年，显示着活力，展示着新容，同时，向人们捧出了舒心的欢笑。

晨风徐徐，推开了一扇扇明亮的玻璃窗。于是，一个个窗口伸出一双双白嫩的小手，继而又探出一张张充满稚气的娃娃脸，此起彼伏地响起一阵阵童声童气的呼唤和歌唱……

垂柳依依，拂过人们匆匆而过的肩头，农家的路上涌起如赶海般的潮头。挑担的，推车的，赶着毛驴的，开着小四轮的……结结实实的农民们，从四面八方赶来，把一担担、一车车鲜嫩的蔬菜运到镇政府对面的市场，同时也运来了新的一天的希望和欢乐……

　　我信步走进市场,仿佛走进一个五光十色的世界。姹紫嫣红,琳琅满目。顶花带刺儿的黄瓜,清脆鲜嫩的豆角,绿油油的芹菜,紫油油的茄子,红莹莹的西红柿,亮黄亮黄、喷香喷香的干豆腐……简直比城里的蔬菜副食店还要齐全哩!这里的卖主一色全是农民,买卖中也透着质朴与憨厚,你绝对听不到那种铺天盖地震耳欲聋的叫卖,也看不见为了讲价而争得面红耳赤的场面。这里的商品可以任意挑选,卖主的秤头总是高高的,短斤少两的事情绝对不会发生。每一处摊床都是这样,顾客满怀希望地来了,也保证能满心欢喜地离去。卖菜的排成一排,井然有序;买菜的喜笑颜开,川流不息。一位穿着很讲究的中年人,拿了一个鸭蛋来换黄瓜,卖黄瓜的老汉竟然让他自己动手拣了一根最大的。我有些奇怪;这么一个农村小镇,怎么有这么多买菜的顾客?我问身旁的一位同志:"来买菜的都是镇上的干部吧?"他摇摇头:"哪里,哪里,来买菜的大都是农民。眼下农村富了,劳动分工细了,做工的专门做工,种菜的专门种菜。商品经济有了较大的发展,正在打破那种传统的自给自足的小农经济,这也许是一种观念上的改变啊!"我细心听着,漫步走着,不知不觉间来到一处服装摊前,这里展销着各色各样的时髦服装。有几位姑娘正在挑选试穿一种新式短裙。我忽然想起,昨天来时,海南曾经指着胡兰穿的裙子开玩笑说:"你这身打扮,到了松花江镇,怕是要惹眼喽!"谁想,我们一踏进松花江镇的领地,就不止一次地看到农家姑娘穿着红红绿绿的裙子在田里做活——八十年代了,农家姑娘穿裙子下田已经不稀奇了。这个新鲜的结论现在又在这个小镇的市场上得到了验证。看来,我们的思想观念已经落后了,眼下的农村,今非昔比,新农村的繁荣景象,不是你凭想象就可以描绘出来的。

从市场出来，我们信步拐进一条小巷，随便走进一个绿意葱茏的院落。女主人热情地迎出门来。

这是一个和谐的六口之家。四代同堂，也是一个教育世家。女主人姓李，她和婆母都是退休教师，丈夫和儿子、儿媳也都是教师，还有一个小孙子刚刚两岁。李老师从事小学教育三十多年，曾多次被评为省、市、县模范教师。她刚刚退休，但还没当够"孩子王"，于是，让出了小学教师的位置，又走上了镇办幼儿园的幼师岗位。李老师五十多岁了，但精力很充沛。白天，她把热情和精力都给了孩子们，下班后，又同家人一起饲养长毛兔。如今，她养的长毛兔有一百多只，去年光兔毛一项收入就超过了2000元。自己富了，她又想到了左邻右舍乡里乡亲，于是又主动帮助他们一起养兔，一块儿致富。她低价卖给他们兔仔儿，无偿传给他们技术。在她的带动下，全镇已有三十多户人家参与养殖，方圆几十里，远近闻名。

我看着眼前这个能干的女人，看着她精心饲养的一只只白毛、红眼睛、活蹦乱跳的长毛兔，禁不住脱口称赞："真是能人啊！不容易！不容易啊！"站在身旁的县委书记崔立兴接过我的话头，说："是啊，当初我们从国外引进这种长毛兔时，的确克服了不少困难和阻力啊！不过，难关毕竟是闯过去了。现在，全县已经养起了长毛兔3万多只，光天台一个乡就养了15 000只，已经取得了很可观的经济效益。今后我们还要大力发展这项养殖业。两年后要达到10万只，条件成熟时，还要办个毛纺厂。到那时候，光这一项收入就可以相当于全县的农业总产值。"说到这里，他幸福地笑了，目光里充满了憧憬和自信。

（1987年于牡丹巷）

感　觉

　　游历了无数名山大川，没有过这种感觉；领略过多少人文风景，没有过这种感觉。

　　躺在天成地造的大碴子山坡上，躺在松针落叶铺成的地毯上，仰望蓝湛湛的天空，浮云游动，浓笔酣墨，在漫无边际的长卷上，勾勒着北国秋高的壮伟；谛听莽苍苍的林中，山雀啁啾，风唱峡口，于静动契合的妙境里，谱写着关东独有的神韵……

　　这时，任凭一颗多么老成持重的心都会变得年轻、狂放起来。摇荡的心旌随着风涛起伏，有如一叶归帆，驶向故乡浩渺的烟波，酥软的四肢放松开来，贴近每一寸泥土，仿佛要把母亲赐予的全部阳刚和阴柔都融进大地的血流里。

　　闭上眼睛，舒展心灵，屏声静气地躺上十分钟，什么也不看，什么也不想，一任风传山谷的回声梳理着疲顿的思绪，静穆之间，便会有一种感觉袭上心来。

　　一种淡淡的渐渐变得浓浓的感觉，搅扰在心头，像有初春的细雨滴进胸窗，像有蛰后的小虫爬过肌肤……

　　一种朦胧的渐渐变得清晰的感觉，恍惚在眼前，宛如一群精灵般的银色蝴蝶从蓝空飞过,翅膀拍动的美丽间,留下一个洁白而纯净的世界……

这是什么感觉?自然的回归?人性的幻化?抑或是灵魂的淘洗?也许都不是。

睁开眼来,山林仍属于山林,大地仍属于大地,满山红叶无私地燃烧着自己。大自然和昨天没有两样,两样的是创造者的心境和膂力。

山也依旧,人也依旧,只是这条弯弯曲曲的登山小路,走到今天,迥然一变!山路上不只飘来自由的人们自由的欢笑,还飘下山珍野味,飘下富庶和丰足。榛子顺山滚下,蘑菇沿路急行,蕨菜在敞着怀的山口排好了队,正准备登上远渡东瀛的船只……

感觉让人忘掉一切,感觉又使人想起一切。

谁能设想,一条弯弯山路绕来绕去几十年,竟给山河人留下那么多艰辛和磨难;谁又能料到,恰是这条弯弯山路为大将村接通了富裕的长桥,第一次在山里人眼前洞开一扇新窗,一下子摄进了两颗太阳——一颗闪烁着五谷的光芒,一颗交响着文明的歌唱……

踏着松软的落叶走下山来,感觉已经从心头悄然飘走,我却还没有弄懂这感觉的真实含义,无法言其内容,不能状其声貌,只好抱憾而归了。也许,在这个世界上,只可意会不可言传的才是感觉吧。

我盼望着,什么时候多情的风能带着我再来这里感觉一次。

(1990年于双阳)

闪亮的国徽

小时候，常听妈妈讲关于星的童话。每次讲到结尾处，她总要用粗糙的手指抚摸着我的头，絮叨两句："为人可要做好事，好人死后才能升天，变成一颗颗亮星，永远亮亮的。"于是我常常梦见自己长大了，做了好事，后来又变成了星，于是也常常从梦中笑醒……

岁月倏飞。我终于长大了，也做了父亲。我有时候也向我的儿子讲述那个不知是不是由妈妈创作的古老童话。只是我从来没有见过人死后变成的星。科学教我认识了天体和星辰，我知道妈妈讲的是"瞎话儿"，也理解了妈妈的心意，便不再去寻找孩提时梦中的星了。但不知从什么时候起，我却明晰地感到了真的有一颗颗亮星慢慢地升起在我心灵的天幕上。渐渐地，他们充满了我的心宇，那么多，那么亮……

是20年前吧，记得也是新年前夕。不过，那时候的年没有人当作年过。硝烟还没有散尽，谁还有雅兴鸣鞭守岁、辞旧迎新呢？

深夜了，窗外飘着雪。我们一家人正围坐灯下，展读母亲托人代笔写来的一封信。信是几经周折才到了我的手的。

忽然有人敲门。接着是一个男人的声音:"于老师,开门吧,你母亲来啦!"接着又有人呼唤我的名字,我听出了是母亲的声音,喜得赶紧叫妻子:"快,开门,妈来啦!"

真的是妈来了,从千里之外来了,顶着大风雪来了。她是因为几个月都没有收到我的信,心里被那些贴得满街满巷的血淋淋的露布搅得坐卧不宁,才不顾家人的劝阻一个人偷偷地跑来了。母子见面,喜泪横流。不意间却冷淡了那位送母亲来我家的民警同志。等到我醒过腔来他已经走了。我追出去,喊他,他只回头向我招了招手,便大步奔向了风雪之中。我没有看清他的面孔,只看到他头顶上那颗国徽在月光下闪亮,像一颗星。后来才知道,他是我们附近派出所新来的所长。再后来,听说他调走了。调到哪里去了呢?我不得而知,但那颗国徽却永远地印进了我的心中。

其实,我对这国徽并不陌生。我的心头珍藏着许许多多关于国徽的故事。六七月间那时候,枪林弹雨呀,我们这一带是居住当权派比较集中的地方,有好些户人家当官的男人都被抓走关进了牛棚,他们的妻儿老小躲在家里不敢上街,买粮成了最困难的事。于是我常常看见派出所的民警们背着粮走进这些院落,他们的帽子上都有一颗闪亮的国徽……

那场毒天害地的瘟疫终于过去了。可它留下的一些病毒却还在侵蚀着社会的肌体,毒化着一些心灵。于是许多人自觉地加入了治疗的行列。就中,我又看见了这闪闪的国徽。

在少年犯管教所,我聆听过一位年轻的管教在给那些年轻的犯人上课。我惊异于他的耐心、细腻和惊人的感召力。这位刚刚走出师大校门的血气方刚的风华青年,此时俨然一位柔肠百转的慈母。黑板上只有他用力写出的一个"人"字。他在讲述做人的道理和人生的意义。娓娓的谈吐竟然使在座的几十名少年犯,痛定思痛,泪湿青衫。年轻人讲的已经不是第一课了。我相信他会讲下去的。他热爱和执着于自己这拯救心灵的事业。他在通过自己的言传身教,努力把党和政府的法令、政策和关怀都化作阵阵春风,吹进每一个受伤的心灵。我更相信,在这春风的抚慰下,那些虽然已被虫蛀或者局部霉烂的小树,一定会剔除病叶、再发新枝的;在这颗闪亮的国徽前导下,说不定会有多少不甘堕落的回头浪子,会从这里幡然醒悟,重新跨出人生的第一步!

　　这一颗颗威严而庄重的国徽啊,对于人民,是含笑的眼睛,闪亮的星星;可对于敌人和不法分子,却是敏感的雷达和不可逾越的山峰。正是这一颗颗国徽的明光闪耀,才营造了我们今天这和平安谧的环境。也正是这些舍生忘死的坚强卫士,以自己的英勇无畏保卫着我们的家园,为我们创造出安宁、幸福的生活。他们不是作家,可谁能说他们没有作品?他们终生都在创作,在倾注满腔心血撰写着一部卷帙浩繁的长篇巨著,那书名就叫作《人民的忠诚卫士》;他们不是歌手,可有谁没听见过他们的歌声?摇篮那边一声声轻柔美妙的催眠曲,有他们胸腔里飘出的音符;年轻人情意绵绵的恋歌中,谱进了他们豪爽的祝福;共和国改革的进行曲里,洋溢着他们的赤子之情……

　　啊,国徽,你照亮了我们头顶的星空……

(1987年于牡丹巷)

美丽，有一种力量

美丽，有一种力量，一种可以渗透心灵、支撑生命、焕发勇气、排除万难的力量。

你见过胡杨林吗？胡杨林就具有这种力量。

遥远的塔克拉玛干，荒漠连绵，风沙弥天。就在那水源缺失、人迹罕至的苍凉沙漠上，生长着一种神奇的树。他们不是一株、两株、三株，而是密匝匝的一片。它们生下来仿佛就为着这个不可分割的集体，手牵着手，肩并着肩，相互扶助，患难与共，倔强而坚韧地挺立在漫漫风沙中，这就是胡杨林。

胡杨在维吾尔族语中被叫作"扎呼拉克"，意思是"最美丽的树"。但胡杨的外观看不出有多么美，普通而又普通，树干和枝叶都没有什么特别的地方。特别的只是它的根。根须是胡杨的生命线。胡杨的根有着无与伦比的穿透力，无论多么深厚的沙层，只要底下有水，它就会深扎下去，所向披靡，进取不止。

据记载，胡杨树一千年不死，死了一千年不倒，倒了一千年不烂。胡杨树因此被誉为"三千年的树"。

我见过死去的胡杨林，那是一片死而不倒的木雕。树已经死了，死了多少年不得而知，可它们的身躯还站立着，站立在风吹沙打之中，一点惶恐的样子也没有。那仍然是一片林子，一片巍然挺立着的胡杨林。那真是一种视死如归的坚强，一种令人肃然起敬的壮丽。

最美丽的树！胡杨不像白杨那样挺拔，也没有青松的碧绿，但它的确可以称为美丽的树。胡杨的美丽不在外表。胡杨的美丽是一种力量，一种矢志不渝，迎难而进的精神。

2005年9月，有一片年轻的胡杨林被移来内地，栽种在长春希望高中的校园里。80名新疆地区少数民族的青年学子，作为第一批考入长春希望高中内地新疆高中班（以下简称新疆班）的学生，满怀希望和憧憬来到长春求学。

这是一群富有潜力的青年。他们身上蕴含着胡杨的坚韧和顽强，倔强的性格和永不服输的精神常常溢于言表。他们要在这里学习和生活四个年头。他们将在新疆班的老师和汉族同学的帮助下，不断地丰满羽翼，去完成一次理想的飞翔。

新疆学子来到长春希望高中，与之俱来的是一份重重的责任。校长林絮挺身承担了这份责任。新疆孩子走进了希望高中校园，也同时走进了林校长心里。她把新疆班的工作摆到了相当重要的位置，成立了专门的领导小组，委派了得力的干部和教师，制定了相应的管理措施和规章制度，一点一滴地去抓落实。

她狠抓师资建设，强化师资培训，规范师资行为，科学地组织开展新疆班的教学工作。

她提出了一个响亮的口号："新疆班是旗帜！"她要用"旗帜意识"去培养和激发这些新疆孩子的自信力和创造力。她语重心长地对孩子们说："你们是新疆的骄傲，你们也是希望高中的骄傲！你们应该做得更好，你们也能够做得更好！"

孩子们从林校长这里获得了自信和尊重，他们开始了为"旗帜"而奋斗的新生活。

"新疆班是旗帜!"这成了新疆班的工作目标,也激发着全校师生不断攀越的精神力量。林校长用"旗帜"引领着她的团队,包容和关爱着这些从胡杨林的故乡来到东北求学的新疆孩子。

徐恭才是分管新疆班的副校长。他严格遵循学校的整体部署,一步一步地实施着新疆班的教学战略,以爱的甘泉滋润和浇灌这一片年轻的胡杨林。

善歌者使人继其声,善教者使人继其志。徐恭才是这样的善教者。从接手新疆班开始,他就把这里当成了家,大部分时间都耗费在这里,甚至没有了休息日。新疆"七五"事件发生后的一段时间里,徐恭才几乎长在了新疆班。他主动找孩子聊天,帮他们认知事实真相,为他们澄清模糊认识,引导他们树立正确的思想观点,使孩子们及时受到教育,提高了分辨是非的能力。暑假时孩子们回到新疆各地,都表现出坚定正确的政治立场,积极主动地协助当地政府做好宣传工作,在维护新疆社会稳定工作中发挥了积极作用。

新疆班创办的历程,是一部色彩斑斓的画卷,也是一部动人心魄的演出。一段精彩的创业之路,由一群善良、执着、孜孜不倦、追求不已的人们以身心劳瘁的智慧开发而演绎铺就。每一位参与者都有说不完的故事,每一个人的经历,都可以写成一部长篇巨著。

王云龙是第一任新疆部主任,他负责新疆部的教学管理工作,同时又担任班主任。他每天早六点半到校,晚九点半回家,经年累月地为新疆部超负荷地工作着,没有丝毫怨言。

苏英杰从2007年接手新疆部主任工作起,一颗心就时刻牵挂着新疆部。新疆孩子的事都是她心中的大事,无论哪个孩子病了，病榻前总会有她的身影；不管哪个学生的思想上出了毛病，她都会以耐心细致的工作去化解学生心中的疑虑，用慈母般的关爱去温暖孩子们的心灵。

苏英杰关心新疆孩子胜过自己的孩子。儿子第一次远行去珠海上大学，她因为要去乌鲁木齐接新疆学生，没有去送他；儿子因脚部受伤回到长春治疗，她也因为新疆部的工作太忙，一天都没有在家陪他。

韩雪艳是新疆部的元老教师，她和许多语文老师一道，推行"一对一"导师制教学法，分片包干，落实责任，一个一个地帮助新疆孩子过好"语言关"。

高原也是新疆班的第一批教师。她在化学教学中引入比喻和图解法，引导学生接受和实践"从化学走向生活，从生活走向社会"的化学新课程教学理念。把枯燥变成多彩，把僵板变成灵活，收到了事半功倍的效果。她还从化学课本中常用汉语词汇的读、写入手，帮助学生们一边学习化学知识，一边练习汉语读写。

吴晓霞在语文教学实践中创造了肢体语言教学法。在讲《安塞腰鼓》中的《蛙舞》时，为了给学生一个形象的启迪，她甚至两手伏地模仿青蛙动作，天真中透出的纯情，消解了孩子们心头的疑云，燃旺了他们学习汉语的兴趣。

关艳老师在教学中十分注意对新疆孩子进行"养成教育"，循循善诱，语重心长，引导孩子们自觉克服懒散的习惯，帮助他们快速成长起来。

佟海容面对新疆孩子的鲁莽和不理智行为，努力克制自己，避免正面冲突，用冷处理的方式淡化不愉快的情绪，给学生们留下足够的思考时间，并选择适当时机去做思想工作，结果不但消除了学生和老师之间的隔阂，还建立起真诚的师生友谊。

赵彦清老师班上的撮子连连丢失，她在调查研究中发现是一个新疆学生倒垃圾时将撮子一块丢掉了，但她没有向这名学生发火，而是抓住这个机会召开了一个主题班会，组织全班同学讨论："撮子哪儿去了，我们究竟丢掉了什么？"经过讨论，同学们提高了认识："撮子虽小，却是公物，我们应当爱护；倒垃圾时丢掉撮子，就是丢掉了好的品德，这是不应该的。"

青年教师艾红梅和宋艳秋，用青春之火点亮民族教育希望之光，把一腔慈爱都献给了新疆孩子。

在老师们的带动下，汉族同学也把真诚的友爱给予了这些初来乍到的新疆学友，大家都像对待兄弟姐妹一样关心着他们。民族团结之花在希望高中的校园里盛开不败。

希望高中的阳光，照亮了新疆学子的心灵；老师们的奉献之树，结出了丰硕的果实；第一批毕业生中，有93%的同学考入全国各地的高等学府，其中，46%的同学考取了中国人民大学等名牌重点大学。还有两名同学的科研项目在"吉林省第二十三届青少年科技大赛"中获得二等奖，有一名同学的发明成果获得全国NOC大赛高中组发明创造新项目个人单项金牌和国务院设立的"青少年发明创新奖"，有三名同学在毕业前夕光荣地加入了中国共产党，走进了中华民族先锋队伍的行列。

时光淘尽沙砾，岁月窖藏真情。当学业有成的新疆学子即将告别希望高中踏向新的征程之时，校长和老师们的眼里都闪动着恋恋不舍的泪光。学生们也在泪眼婆娑中望着他们的校长、老师和有着慈母般胸怀的温馨校园。林絮和徐恭才的心里同时升腾起一种苦痛和甜美交织的热浪。他们真的舍不得这些孩子啊！几年的学习生活，朝夕相处的岁月，已将他们和新疆学子融合在一起。时光在他们之间建起了一个多民族和谐友爱、亲密无间的大家庭。但是，他们又无法挽留他们，孩子们羽翼渐丰,他们需要飞向新的天空,飞向更高更远的地方,作为师长,唯一应该做的,只有一条:给他们继续飞翔的力量!

徐恭才的办公室墙上,挂着一张新疆地图,那上面凝聚着他的热爱和畅想。空闲的时候,他常常站在地图前凝视,也常常站在窗前远望,他深邃的目光穿越了空间,眼前又现出一片片风吹不倒沙埋不没的胡杨林……

(2012年于自由文斋)

你的夜，在台灯下

你的夜，是在台灯下。那么安谧，那样恬静。听不见隔壁舞场中热闹的乐曲声，听不见长街上车鸣人嚷的嘈杂声，你只能听见自己的呼吸声，只能听见笔尖在纸上奔走的脚步声。那一篇篇稿件，像一个个神奇的消音器，把此刻世间一切喧哗都吸入其中，化为乌有，只给你留下一片安恬和宁静。你就在这宁静中思索，你就在这安恬中劳作。你的笔在那不同笔体的字里行间疾行，留下一个个鲜红的脚印，他们凝聚着你的全部心思。

你的夜，是在台灯下。那么宽广，那样幽深。一篇篇稿件，一条条新闻，来自四面八方，涌起波谷浪峰，带着创造的艰辛，带着生活的深情，带着人们热烈的期望……这每一篇稿件都要经过你的手，是你把紧了编辑这道关，才把社会生活的面面观真实而生动地再现给人们；你用自己的心灵铺路，把编者和读者之间的桥梁架起。你用踏踏实实的工作，使得人民的心与党报贴得更紧。人民因此才感谢你啊，我们的编辑同志，你的每一个深沉的夜晚，都在为人类编织着进步和光明。

你的夜，是在台灯下。那么温馨，那样迷人。轻柔而和谐的灯光，不只照亮了你面前的稿件，而且给了你温柔的慰藉和幽远的寄托,振奋了你的精神。你大概也记不清了,曾有多少次,你乏困了,握着笔就睡着了。于是,甜蜜的梦境中,展示出一幅幅美好的图景,再现了一篇篇生动的文章,组成了一张张富有魅力的版面,飞向了天南海北、四面八方,你激动得从梦中醒来,情不自禁地以手扶额,细密的汗珠竟然溢满了深沟似的条条皱纹。你突然感到精神焕发,心血沸腾,仿佛一下子年轻了二十岁,像当年怀着青春的梦想刚刚迈进报社的大门……

你不止一次地说过,你喜欢台灯下的宁静的夜晚,那里蕴藏着你沉思的热点和写作的冲动。其实,你更该感谢那台灯下多思的夜晚,它记录了你俯首案头的甘苦与忧乐;见证了你敏捷的思维和绚丽的文采;同时帮助你谱写着一曲多声部的编辑进行曲,让你生命的意义在默默的奉献中得到升华。

(1984 年于广州路八米居)

海南风景

四月的海南之旅，让每一位出行的长春老人都享受了一路的阳光、一路的风景。

海南到处都是风景。走在海南的风景里，你说不出哪一地儿没有风景。

海南的风景格外迷人。迷人的风景是天地的赏赐、造物主的神工。

海南在中国的南海。游历海南，接受大海的洗礼，会让你吸收海的气韵，舒展海的胸怀，增长海的抱负。你站在三江入海口的金色沙滩上，望海天一色，无际无涯，听巨浪排空，涛声贯耳，胸中也会有万钧雷霆滚动。

大海是旅人心中的菩萨，无论是谁，只要贴近大海，心胸便不再狭隘：天下之事，皆可包容；眼界也变得宽广：宇宙之内，洞若观火。我们这一群来自北国春城的老人，亲历了一回舒心畅意的海南之游，在海风的抚慰下，个个变得心怡神爽，夕阳的爱恋燃烧在心头，仿佛一下子年轻了三十岁。

海南是中国的生态园。这里没有四季的概念，到处是恒久的绿色。天然的植物，品种繁杂，千姿百态，美不胜收。你走在大街上：一排排高大的棕榈树沿街挺立，宛如一枚枚射向天空的导弹；你放眼四周：一片片椰林顶天立地，不惧风雨。椰树是一种神奇的树。据导游说，它遍身是宝，有360种之多的科学用途。椰子是椰树的果实。一棵椰树生长8年才会结果，而一经结果，便接连不断，一批接着一批，直到"死而后已"。椰树对人类的贡献可谓大矣！椰汁可饮，椰肉可食。战争年代，椰汁常被用来代替葡萄糖救治伤员，因此椰树也被称为英雄树。至于大片大片的可可林、香蕉林，还有许许多多的叫不出名的树种，更是千奇百怪，让人眼界大开。

海南的花也多，开得也旺，红的像火，白的似纱，黄的赛金，紫的如霞……

海南人爱花，连我们下榻的酒店都命名为"四季花开"。

兴隆热带花园是海南植物的集萃地。这里生长着2000多种热带植物。走进这座花园，就像走进一座自然界的迷宫，小路曲径通幽，遍布稀世珍宝。"见血封喉"渗透着武侠小说中的侠义传奇；千年古榕述说着人间多子多孙的快乐；高大的美人蕉遮天蔽日；温馨的香草兰芳气袭人……

海南的动物别具风姿。水族一类自不必说，单是那蝴蝶谷里五颜六色翩翩飞舞的各种蝴蝶，就足使你赏心悦目、叹为观止。在这里，耄耋之年的老寿星们得知了一个令他们惋叹的信息：每只蝴蝶的寿命只有15天！如此短暂！呜呼！魅力只在一瞬间！

老人们在唏嘘之中沉思，水有源，树有根，幸福不忘党之恩。珍爱生活和生命，欢欢乐乐度余生。是啊，这些年迈的老人，在以往的岁月里，曾以自己的忠贞和勤勉为人民的共和国作出贡献，他们是人民的功臣、共和国的财富。如今，他们老了，但年老力衰的他们精神不老，走在海南岛的椰风海韵中，他们依然年轻！连绵的绿色，洗亮了他们的眼睛；无边的大海，扩展了他们的心胸；老有所乐，老有青春。老人们在与大自然的亲切融合中，忘掉了昔日的宠辱和眼前的喜忧，又一次让心灵之花自由绽放。

（2010年于自由文斋）

前进，古城车队

你还不满 40 岁，还像三年前我刚刚见到你那样，风风火火的，洒洒脱脱的。虽然已经担任了县商业局的副局长，大小也是个官儿，在一般人看来也许应当有个派头了，可你还是那样随和，那样侃快，那样让人感到亲切。你周围的人对你没有变，年长的照例叫你小耿，同龄人依然称你青年，除非陌生人很少有人称呼你的官职的，因为你不高兴人家叫你耿局长，因为你在人们心目中扎根的只是那个响亮的名字——耿青年。

三年前，我采访过你的运输公司，我见过你组建并训练出的那支雄壮的车队，它从黄龙府的古塔下驰过。

那是一个风雨交加的夜晚。农安县商业运输公司值班调度员刚刚接到电话，说由于道路翻浆，车队的五辆运粮车全部"误"在距县城 37 公里外的黄金大坡！这消息让调度员心里一惊，耿经理刚刚带着准备卸车的人回去吃饭了，怎么办？得马上报告给他。调度员推开门，拽过一辆自行车冲进雨幕里。

耿青年正在吃饭，见调度员急匆匆赶来，料到是运粮的车出了问题。他简要地问了问，顺手扯过外衣披上，对调度员说："走！赶快分头通知，半小时内公司院内集合！"说着他已经闯进了风雨里。风声搅着雨声,淹没了身后的呼喊:"雨衣!雨衣!……"

简直神速!住在四面八方,远远近近的二十几名司机和维修工人,得到通知竟在二十几分钟内齐刷刷地赶到了调度室!半小时后,解放车载着这支神奇的小分队向县城西南方向飞驰。

耿青年站在飞驰的解放车上,两眼定定地望着前方——那一片被风雨搅成混沌的夜色,他的心头猛然涌起一股热浪,他转过脸,看了看身边,看了看这些同自己一样淋在雨里的弟兄们,一种强烈的自责在烧灼着他的内心:光顾催大家集合,怎么忘了提醒他们带雨具呢?真是糊涂!糊涂啊!

他伸手拍了拍驾驶棚,喊了一句:"能不能再快点?"

风雨赛着伴儿喧嚣,吞没了他的声音,但同时,却点燃了他的思绪。刚才的一切,让他激动不已。借着闪电的一线光亮,可以看见,他那张平素不苟言笑的脸上,此刻正流露出一种志得意满的神色。雨点打湿的眉毛下,一双大而明亮的眼睛眨动着,眸子里含着笑;紧咬着的嘴唇上方,圆圆的鼻头翕动着,鼻翼四周漾着笑……这令人不易察觉的笑容,分明在诉说着他心中的骄傲和自豪:多棒的一支队伍!多好的一群青年啊!

这已经不是第一次了。在商业运输公司,有一条约定俗成的规矩:不论天多晚,只要该回来的车还没进院,大家的脚就不能迈出院门。谁的车在外面抛了锚,只要打电话过来,用不了多久,援兵准到。司机们说,在这里开车心里踏实,什么样的意外都不怕。

在这个公司里,服务第一,货主是皇帝,信誉是生命。你要租车吗?时间,听你的!半夜出车也成。人手不够吗?司机帮你装卸。需要暂存吗?公司给你腾出库房……

都说司机是自由神,车一开出大门,就是大姑娘梳歪桃

——随便了。可这里的司机不是这样。他们无论走到哪里，心里都想着那个古塔脚下的小院落，想着那个给他们以温暖和力量的集体，当然也想着时刻告诫他们不要见钱眼开的耿经理，谁也不愿做出给公司抹黑、让经理不痛快的事。

有一次，孙树范出车，他刚刚坐进驾驶楼，货主突然塞给他20元钱，想求他多跑20千米。他急了，腾地一下跳出驾驶楼，扯着货主连人带钱一起送到耿经理面前……

刘纪本单车外出运白菜，货主中途改变计划，另外给了他100元钱，要他多跑一段路。他回来后把那钱如数交公了。

由中和单独出车往四平运洋葱。车到四平，货主又央求他给送到辽源，并且掏出200元钱塞给他，说："一点儿小意思，天知，地知，你知，我知……"由中和答应了，200元也收下了，可全部交公了，自己一分也没留。一年后，那个货主经济上出了问题，交代出这200元钱是支付了司机小费。办案人来农安一查商业运输公司的账，才知道由中和当时就把那钱交了公。办案人连声称赞："了不起啊，这样的司机！"

这样的赞美来之不易。方圆百里谁都知道，这些司机从前可不是这个样子。那时的车队——散漫成风。八点上班，九点也不到。来了点个卯，一转身就找不着。要出车吗？货主预定的时间不算数，谁把着方向盘谁说了算！队里队外，公事没人办，私活干不完。制度吗？有，也贴在墙上，可是没人动真格的，落实不下去，顶啥？

赌博成风。成天不干事儿，干什么？赌博！赌具么，不只是扑克、象棋、麻将牌……随便拿过一个什么物件，哪怕是一根火柴、一枚硬币，都能用来赌，输赢少则几元，多则成百上千。赌博上瘾也伤人。因为赌博，夫妻反目的，父子生分的，兄弟不和的，不乏其人，以致后来耿青年下狠茬子刹住这股歪风时，费了九牛二虎的力气！

酗酒成风。商业车队酒仙多。全队四十多人，酒量在一斤以上的占三分之一。有的人顿顿喝，天天喝，闲着喝，出车喝，经常挂在嘴边的一句话是："不喝酒挂不上挡！"

喝酒误事那是常事。有位青年司机从农安往伏龙泉运送木材，临走前喝得醉醺醺的，竟把装满木材的拖车丢在出发地，开着单车背道而驰直驶长春，硬把路上一辆正常行驶的汽车撞进沟里。

喝酒闹事更不新鲜。谁都记得那个"五洲震荡四海春"吧？几个司机跑到"四海春"饭店喝酒，与顾客吵翻了，于是爆发了一场恶战，直打得"五洲震荡"。上灶的跑了，服务员溜了，酒仙们晃晃悠悠离开战场时，那儿真成了一个"无人饭店"！

醉酒也出笑话。有年夏天的一个晌午头，修理工李洪全酒后睡在一辆拖挂车底下。来开车的司机也喝多了，醉醺醺地驾车就走，车轮硬是从李洪全大腿上轧过去。疼得他抱着大腿杀猪般嚎叫。被人送到医院一查，真幸运，骨头硬是没伤着。李洪全破涕为笑："这么多年我就练这条腿了，嘿嘿！"

偷拿成风。前几年有个相声说到大家拿。我猜想那素材是不是从这个车队搜集去的。这里可真是大家拿，一点不掺假：车队请人做了6扇门，还没等安上，一个中午都丢了，一扇不剩；办公室新打的写字台锁在屋里，一夜之间不翼而飞；队里唯一的一台三用对讲机也被人偷走了；建筑用的木材、红砖和暖气片，上午刚运到车队院里，下午就被一些"神偷""转移"到自己家里去了。至于车队里的备胎、喷灯和小来小去的值钱物件，那更是来时有影，去时无踪，丢得神不知鬼不觉……

一台新车进来，就有一场风波跟来。分给谁开？队领导说了不管用，管用的是那路子宽、门子硬、早把名字写上车门、在上头有靠山的主儿，当然免不了要演出一幕幕由靠山导演的双簧，有时还打得不可开交。至于遇到涨工资这样的敏感问题，那仗就常常打得"通天"，师徒俩也要互相掘出祖坟来……

那年月，这样的事太多了，能讲上三天三夜。不过，这都是过去了。今天的商业运输公司已经成为一支远近闻名的"文明单位标兵"了。

出勤率百分之百。大家忙起来一天要工作十个小时，但没一个迟到早退、叫苦喊难的。

赌博的现象已经绝迹。不要说在班上，就是回到家里，也看不见打扑克、下棋、打麻将的，许多人把兴趣的中心转移到读书上了。

酒，第一次在这里失去了吸引力。奇迹首先出现在姜杰身上，他戒了酒，近一年来竟然滴酒未沾唇。他也不再因醉酒打老婆了。小两口和和美美，小日子火炭一般红。老邻居"四海春"的掌柜见到耿经理，就问："你们的司机怎不到我这儿喝酒了？有意见啦？提提！"

办公室备品齐整，摆放井然有序。再没有人从这里往家里拿什么了。有人看到废品站收进了队里用得着的车件，就马上跑回来找块废铁把它换回来……

过去的真的过去了，它变成了一个个十分古老而陌生的故事，也许很快被一些人遗忘了。但是，这里的人们不会忘记，是耿青年带领他们绷紧生命的纤绳，把这支陷入泥潭的车队拉出绝境引上光明的坦途。他们想起了小耿同大家一起奋战过的日日夜夜。

那时，车队像一个兜里光光的穷汉，不，简直就是叫花子，每一天都在张着手讨饭吃的叫花子。公家的活没人愿意干，可劳保用品却争着抢着去领。需要不需要的一样发，用着用不着的一样领。这情形不是一天半天了,从前也有人看得明白,可就是没人敢说,没人敢管。

耿青年来了,他要下决心管一管这种事情。他把职工们召集在一起,对他们说:"居家过日子,得看着米囤算计吃粮,咱们办企业也是这样。现在车队家底薄,不能打肿脸充胖子,硬把穷日子当富日子过,丫鬟没钱还偏学小姐摆阔。从今天起,咱们得节衣缩食,咬咬牙渡过难关。先把补助停发,劳保用品不能再按月平均分配了。谁的工作需要就发给谁,不需要的不能领。我想,大家会同意我这个想法吧?不这样,一旦把囤底吃光了,把家底掏空了,不用说补助费,就连工资也开不出。到那时候,怎么办?咱们卷铺盖回家?五尺高的汉子去卖康乐果?"

话说得干脆,火爆,点燃了人们的热情和思索。屋里一阵沉默。人们的眼前又浮现出1997年车队刚满周岁就夭折的情形。那种久沉心底的痛苦煎熬重又泛上心头。唉!那时候有多少人是在希望之火刚刚点燃又迅即熄灭的时刻走了,现在又扑奔着新的希望回来了吗?

耿青年真的给大家带来了希望。不是用语言,而是用行动,用他带领和调动起来的这支车队的艰苦奋斗!

他从走进车队的第一天起,就把自己同工人们牢牢地捆在了一起。每天清晨,不论多早出车,司机来了,耿青年也早到了。每天傍晚,只要还有一台车没进院,他的双脚绝不迈出院门。

他实施的改革方案是经过周密调查研究和反复修改的,同时也是靠他身体力行身先士卒的规范行动去维护和贯彻的。他给自己也给全体干部规定了一条看似简单但很多人都不容易做到的准则:当干部的,一点好处不要贪,一点便宜不要占!否则,腰杆不硬,腿脚发软,其身不正虽令不从。他手下管着几十台大小车辆，可自家买煤却要雇车运。他的住房年久失修，暑天漏雨。妻子嘴都磨破了，求他拉车碱土抹一抹，可他一拖再拖，他真忙啊！又一个雨季到了，他跑到商店买回一块大塑料布，上房苫上了，笑着对妻子说："嘿嘿，这不就不漏了吗？"弄得妻子哭笑不得。

他抓工作真狠，对同志要求真严，有时严得让人受不了。车间主任孙树范有一次工作打了折扣，耿青年当着大伙儿的面把他好一顿剋，剋得他脸红心热，但又心服口服。

他不光是严厉，还懂得慈爱。公司职工的家，没有他不知道的。谁家婚丧嫁娶，有个天灾病热，你看吧，耿经理准到场。他跟姜杰谈心少说也有几百次。他的话像滴滴春雨，润开了小姜心头的块垒。修理工林琳年轻不定性，工作时间常常溜号逛大街，耿经理待他却像亲人，经常同他谈心，耐心帮助他改正缺点和错误，使他有了很大进步。

耿青年珍重友谊，比谁都看重朋友间的交往。可他更珍重原则，从来不肯为友情牺牲原则。有一次，他很要好的一个司机出车把苫布丢了。他知道后一边做他工作，一边按规矩罚了他的款。这位司机想不通，背地里骂他。他听了，没有生气，还主动去他家走访。当了解到他家生活确有困难后，就从自己的工资中拿出一部分钱接济他。一次，他师父用队里车顺路捎了点东西，他自己掏腰包替师傅交付了汽油费。

这一切，都是默默中做的，他不让人知道。他觉得做人应当这样。他不是不知道钱好花，他的家里并不富裕。按惯例，经理也应该拿奖金，可以拿司机奖金的平均数，至少每月可得一百多元，可是耿经理不要，他一个子儿也不拿。发奖金了，他看着职工一个个在喜笑颜开地数着手里的票子，咧开嘴笑了，笑得真甜，仿佛这一瞬间他自己变成了百万富翁。

耿青年的生活中并非一帆风顺，也不是只有欢笑。他有苦恼的时候，也有悲痛的时候，但他能吞下痛苦，咬住牙关继续走下去。

耿青年 37 岁的时候，遇到了一道坎儿，或者说是一股湍急的涡流，其来势之猛是他始料不及的。

一封匿名信飞到检察机关，有人告他贪污公款！这封信来得很是火候，他选择了耿青年刚刚遇到人生一大悲痛——中年丧子的关键时刻，无疑是想一棍子把他打倒。

此时的耿青年，的确是挣扎在悲痛的旋涡中。儿子已经长到 13 岁，聪明伶俐，像父亲一样英俊，像母亲一样善良。

可现在，儿子走了，抛下了父母双亲，一个人走了。伊通河浑浊的波涛无情地吞噬了他年轻的生命，把无尽的痛悔和悲伤留给了父母。耿青年的心在哭泣：这么多年来，自己给儿子的太少了，除了严厉还是严厉，连一点微笑都很吝啬啊！他摆脱不了这种自责的痛苦，儿子的小模样总在他眼前晃动。那是儿子出事的前一天晚上，耿青年从外面回来，儿子撒着娇跑过来递给他一双拖鞋。他忽然觉得这举动有点不像自己的性格，他不愿让儿子小小年纪就学会逢迎。他教训了他一句："别来这个，学点正经的！"现在想起来他多后悔呀！他真想再让孩子递一回拖鞋；也真想再亲眼看着儿子那一双像自己一样的飞毛腿，在运动会上再创纪录啊！

可是，晚了，一切都晚了。耿青年的心在颤抖着，滴着血……但他毕竟是个刚强汉子。他不能让自己倒在悲痛的旋涡里让泪水泡软筋骨。他咬着牙，忍受着内心的痛苦，同时也挺身承受着外来的压力：妻子终日啼哭，痛不欲生；母亲、岳母和妻妹都患有精神病。三个家同时乱成一锅粥。社会上有人幸灾乐祸：叫他六亲不认，这是老天报应。

内外交困，悲愤交加。耿青年没有被压倒，他从从容容地生活，认认真真地工作。检察院的工作当然也是认认真真的，办案人认真的调查和严细工作的结果证明了他的清白和无辜。耿青年当然知道自己没有什么事，用不着担惊受怕。他也知道像这样的诬告也许今后还会有，生活就像海洋，海洋怎么会没有风浪呢？他笑了笑，回头看了看他的车队、他的战友。战友们从他的脸上读出了两个字：前进！

（1986年于牡丹巷）

生命如花

生命如花。

人的一生是要开出许多花朵的。有的花开得很早,可是只能芬芳一阵子;有的花开得很晚,却会弥香一生。

许仲的一生也开过许多花,但最硕大最光艳的一朵是开在他晚年的生活里。

如今,年近八旬的许仲老先生在回忆那一段充满挑战和创造的岁月时,还常常激情不减地感喟:在出版社的那些日子,天天想着选题,夜夜梦着出版,每时每刻都在向新的命题挑战,很有意思。出版了一部好书,就像生下了一个孩子,或者新发掘出一宗财富,心里面滋润得很,很有一种成就感和幸福感。

许仲晚年的花朵是同长春出版社的诞生一起绽放的。

1989年2月1日,距离花甲生辰只有四天的许仲本已到了退休的年龄,应该交班了。可恰在此时,他又接了一个新的班。市委组织部的一纸任命将他推上了长春出版社社长兼总编辑的位置。他于是离开了经营多年的长春市新华书店,开始了生命途程中新一轮的拼搏。

此前的一年中,他与长春市委宣传部新闻出版处处长杨德宏一起受命,去跑省里和国家新闻出版署,请批成立长春出版社。

当时,长春市作为吉林省省会、计划单列市,还没有一家出版社,图书出版业的空白障碍和滞后着长春的发展和文化繁荣。市委决定筹建长春出版社,并把主持筹建工作的任务交给了许仲,那是在1988年4月,正是春风乍起、柳绽鹅黄的季节。

许仲和杨德宏的心头鼓荡着春风。他们开始在广袤的长春大地上播种希望。许仲时年59岁,两鬓已见初雪,但精力十分旺盛。从接受任务那天起,他心头就像有一团火在燃烧着。杨德宏年富力强,他们的组合可谓黄金搭档。他们做了大量的调查研究工作,写下了数十万字的调查笔记,起草、修改了无数次报告,一次次向市委和省主管部门汇报,一次次得到具体的指示。他们又一次次奔赴北京,与出版署相关职能处室沟通,向总署领导同志汇报。

精诚所至,金石为开。1988年11月2日,新闻出版总署向吉林省新闻出版局发出〔1988〕新出图字第1261号文件,正式批复同意成立长春出版社。并规定了出版范围:社会科学、科技、教育、地方风物、旅游对外宣传等方面的图书。属地方综合性出版社。

1988年12月10日,中共长春市委办公厅长办发〔1988〕35号文件向全市县以上各级党委发出《关于成立长春出版社的通知》,明确规定长春出版社的性质、任务、方针。

出版社成立起来了,但只有三个人,许仲和他的两位副职:杨德宏和李军。三个人面对的也只有一张同意建社的批文。此外,一无人员,二无房舍,三无资金,名副其实的白手起家。

许仲主持召开了第一次社长办公会,研究了领导分工,并根据市委编办批复的意见,讨论确定了内设机构,先把架子搭起来,一边招兵买马,一边组织出书。

许仲深知筹建长春出版社的意义和自己肩负的使命。出版社成立伊始，他就把出书工作作为重中之重抓了起来。

许仲首先抓方向，明确提出"走正路，出好书，重质量，讲效益"的12字方针，作为全社出版、经营的指导思想。要求全社同志要增强社会责任感和使命感，把好出书关，决不能让政治上有错误和内容不健康的图书出笼，流入社会，毒害群众；要增强法治观念和纪律观念，坚持依法办社，绝不能违反协作出书的规定或出现变相卖书号的行为；要增强竞争意识、经营意识，通过抓好出书选题、拓宽发行渠道、缩短印刷周期和活化资金运用等正当手段，提高经济效益，为出版社增加积累。

长春出版社的工作人员都是通过公开招聘来的。新人聚合，互不了解，如何增进他们之间的相互沟通，尽快形成一个团结互助的战斗集体，这是作为党支部书记的许仲深而思之的问题，他注重思想政治工作，经常找大家谈心，关心这些新人的成长，主动为他们解决思想上的顾虑和工作中的问题。并要求他们努力做到："五互助"：政治上互相关心，思想上互相帮助，工作上互相支持，业务上互相学习，生活上互相照顾。他还针对个别编辑出现不大尊重作者的思想苗头，明确提出编辑要虚心向作者学习，向专家请教，在同作者研究书稿时，绝对不能摆出"大编辑小作者"的架势。为了规范工作，许仲亲自拟定了"编辑工作职责"和"校对工作细则"等有关文件，落实了工作责任制度，使出版社的工作很快步入正轨，迅速打开了局面。

长春出版社一诞生就遇到了资产阶级自由化思潮的冲击和黄色书刊利益的诱惑。一批有问题的书稿蜂拥而至。其中有十几部相书方面的稿件，还有十几部名为介绍性知识实为渲染性技巧的书稿。这些书稿的作者和发行人以为长春出版社刚刚成立，书稿奇缺，肯定会饥不择食，有的发行商还许以高利。面对这些，许仲和两位副总编辑带领编辑认真审阅书稿后，坚决把住了关口：这些相书宣扬了封建迷信思想，不能出；描写性技巧的书稿对读者特别是青少年一代会产生毒害，更不能出，这样的钱不能赚。长春出版社绝不用坏书来换取不义之财。后来的事实证明了他们的正确，当时涌来的书稿之一《从面向看女性》，就是经许仲阅后亲批"荒诞，不出"而毙掉的，后来在另一家出版社出版后被认定为"淫书"而遭到查禁。

"东欧事件"发生前，有一部很有价值的学术专著书稿投到长春出版社社科编辑室。时任副编审的王占通审稿后认为有价值，但须删掉四万多字有关介绍戈氏新思维和匈牙利经济模式的部分内容。作者不同意删掉。许仲亲阅书稿后，同王占通认真研究，表达了坚定的意见：要出版必须删掉那部分内容，不删掉不能出版。作者最后同意了出版社的意见。经删节后出版的图书反响良好。不久"东欧事件"爆发，这位作者几次来出版社致谢，感谢出版社帮助他把关，避免了一次政治错误。

许仲常说，一个出版社，如果不能给一个民族留下精神财富，那还不如不办。他在坚决抵制有问题书稿的同时，积极组织全社人员，强化阵地意识，努力多出好书，促进文化繁荣。

出版社成立后，许仲把记述吉林省模范共产党员黄永洲先进事迹的《创业·改革·公仆》作为第一部书推出，用共产党员的形象为出版社定向。之后，又推出了描绘共产党员群象的《龙的脊梁》和《我们身边的共产党员》等一批优秀的政治思想读物，受到广大读者的好评。

仅建社第一年中，他们就出版了各类图书120多种。其中包括：《马克思主义哲学学习辅导》《中国社会主义四十年》《社会主义在实践中前进》等一大批政治理论书籍；《唐令拾遗》《信息光学基础理论及其应用》《动物适用药理学》《大学生人格学》等价值较高的学术论著;《土地大辞典》《中国法律大辞书》《20世纪多国党政首脑辞典》《敦煌遗书汉文卷编年》《中国历朝帝王概览》《金属材料管理知识技术手册》等大型工具书;还有长春作家创作的纪念长春解放四十年、反映长春历史的《丢在佛门前的屠刀》《关东粮行》等长春版的特色图书。这些图书题材丰富,思想内容健康,格调高雅,品质优秀,展示了长春版图书的生命力,也为出版社的进一步发展奠定了基础。在长春出版社成立一周年的座谈会上,省委主管文教的副书记谷长春高度赞扬了长春出版社的创业精神和职业操守,号召全省出版界向长春出版社学习。国家出版总署和中宣部新闻出版局的领导同志也称赞长春出版社办得好,路子走得正,起步很稳,事业发展很快,扫黄中也没有出现问题,希望再接再厉,坚持方向,多出好书。

长春出版社白手起家,经济上自负盈亏,不能不考虑效益问题,但是不能只看效益忘记了社会责任。这是许仲经常说在嘴上也落实在行动中的一个原则。

有一天,一位著名学者送来一部书稿《唐令拾遗》。这是他历经数年的研究成果。曾投向多家出版社,都因订数不够而未得付梓。许仲看了书稿,觉得很有价值,他又交给两位副总编辑审读。三个人的意见不谋而合:这样的好书应该出!即使赔点钱也值得!他们果断地接下书稿,选择最好的编辑着手工作,在很短的时间内使书稿问世,在学术界引起了强烈反响。出版社虽然贴补了2万元,但为国内相关研究方面填补了一项空白。

编辑出版《马克思恩格斯列宁斯大林毛泽东著作大辞典》,是长春出版社建社初期创下的辉煌之一。这是一部规模很大的工具书,被列为国家"八五"出版规划重大选题。这部大辞典容量大、资料全、体例新，全书共34 470个词条，收入了马克思、恩格斯和列宁的全部著作，斯大林的代表作，毛泽东已出版和发表的著作，是马克思主义学说诞生以来第一次出版的全面系统的大型辞典，是一项填补空白的重点工程。这部大辞典的书稿由中共中央、国家机关、全国高校和研究机构等36个单位的300多名热心于马列主义、毛泽东思想研究的老中青理论工作者撰写，具有权威性、科学性和实用性。面对这样一项宏大工程，要完成这样一个具有划时代意义的艰巨任务，刚刚成立不久的长春出版社显然有些力不从心。许仲也看到了其中的风险：订数上不来，不能开机印刷；技术上如果出了问题，可能变成一堆废纸，不但会造成经济上的损失，而且可能产生政治上的难以挽回的不良影响。但许仲更看到了出版这部巨著的重大意义。他多次召开班子会和编辑工作会，分析本社的编辑出版能力，预想可能遇到的困难，研究对策和解决方法，最后拍板接下了这项任务。他亲自担任大辞典的副主编和终审、终校人。他把编辑出版这部大辞典作为一项重大战役，调动全社力量，集体攻关。他亲自参与编辑校对并负责终审。在那些日子里，他心系大辞典，常常因为编校工作而废寝忘食，有时连做梦都梦见了自己在校对。已经校对第七遍了，他还不放心，还要亲自校对第八遍，直到交到印刷厂。在他和全体编辑的精心努力下终于打了一个漂亮仗，保质保量地完成了任务，首次印刷11 000套，很快销售一空。这部书的出版，受到中央领导同志和相关学者、专家的高度重视。陈云、薄一波、宋任穷亲为大辞典题词，邓力群为大辞典作序。首发时在人民大会堂举行了高规格、大范围的座谈会。老一辈革命家薄一波、王任重等出席座谈会，时任国家副主席王震的亲笔致信，表示肯定与祝贺。《人民日报》以很大的篇幅发表了《为走向新世纪做理论准备》的评价大辞典的文章。中宣部和新闻出版署的领导同志称赞说：长春出版社干了一件大事，国家出版史要给你们写上一段。1991年，中央电视台在回顾全国出版成果时也对这部书给予高度评价。

许仲领导着新建的长春出版社本着"坚持方向，勤俭办社，精简机构，自负盈亏"的原则，脚踏实地，稳健前行，实现了社会效益与经济效益双赢。1992年，他们靠自力更生新建的办公大楼和宿舍楼竣工投入使用，员工们高高兴兴地搬进新楼，都把感激的目光投向他们的社长们。

1994年2月，65岁的许仲在长春出版社社长兼总编辑的岗位上工作了五年之后，光荣离休，他把出版社的未来交给了自己最放心的接班人——杨德宏。

杨德宏驾驶着这只初试风浪即表现不凡、志搏沧海的航船，披风斩浪，驶向前方。长春版的图书饮誉国内，并已经打开了国际市场。

如今，许仲已经离开工作岗位十多年了。赋闲在家，颐养天年。可他不曾忘却自己奉献过的图书出版发行事业。他为党工作了47个春秋，大部分心血和精力都奉献给了中国的图书出版发行事业。他做过《长春演唱》的主编，以激越的情感为人民推出歌唱的范本；他当过新华书店经理，孜孜不倦地拓宽渠道，为人民献上优良的精神食粮；他发表过《大城市新华书店实行跨区发行的探讨》《实行商品购进定额资金管理的构想》等多篇论文，为推进图书发行事业发展留下了珍贵的思考；他作为《中国高考大全》主编之一，为中国新一代学子的成长提供了动力支持。党和人民肯定了他的工作，他先后荣获东北新华书店系统工作模范、长春市劳动模范、吉林省特等劳动模范、吉林省省级优秀专家、吉林省有突出贡献拔尖人才，荣立振兴吉林特等功和吉林省英才奖等，并荣获中国出版界最高荣誉奖

——全国首届韬奋出版奖。他的业绩也被收入《中国出版年鉴》《发行家列传》《中国出版人名词典》等大型辞书。

　　为人民做过贡献的人，人民是不会忘记他的。今年2月，在许仲79岁生日的时候，长春市新华书店为他在网上订赠了花篮，祝愿他生命之花，盛开不败；一向尊重创造，看重友情，富于人性化工作理念的长春出版社杨德宏社长，派专人赶赴大连看望许仲老社长，带给他全社人员的绵绵情意，深情慰问这位曾为长春出版社做出杰出贡献的奠基人，也为这位准八旬的老人的晚年生活送去了永不消逝的抚慰和快乐。

（2008年于自由文斋）

奔 马

看了这个题目,有人或许要想到徐悲鸿,想到出自那位辞世大师笔下永留天地人间、活跃如生的奔马图,或许以为笔者是在人云亦云地去为那早有定论不溢自美的艺术精品再做多余的颂赞。

错了!亲爱的读者朋友,我这里写的不是关于一幅画,也不是关于徐悲鸿。我要说的是一个人,一个生活在松花江边的中年汉子——马耀东。

不是因为他姓马,我才采用了这么一个有嫌不敬的题目,实在是因为同他接触之后,他给了我这样一个感觉,一个印象:他像马,像一匹奔跑着的骏马。他的脚步始终是奔驰不停的,身上还驮着重载———一个拥有1500员工的陶瓷厂,而且他跑得不慢。这从他透湿的汗衫中可以看得出,从他咬紧的牙关中可以看得出,从他深藏着忧虑和希冀的目光中也可以看得出……

他已年过不惑,走过了人生的一大半路程。而这一大半路程中又有一大半是在吉林市陶瓷厂这个不足六万平方米的狭小天地里走过的。25年前,他像所有的热血青年一样怀着满腹经纶和一身朝气,告别了母校沈阳轻工业学院,来到了风光秀丽的松花江边。

美丽如花的江城举起手臂欢迎他，绿柳摇动青丝把他拥进怀抱。那时候他很年轻很年轻啊！他有满脑子美好的神奇的理想啊！他学的是硅酸岩专业，分配对口，学有所用，因此他是决心要拼一下智力，干一番事业的。为了创业，他全身的血管都绷紧了。可是他没有来得及一展身手，一场史无前例的疾风暴雨铺天盖地而来，他的理想被吞没了。但他没有被溺杀。他那寡言内向的性格保护了他，也保护了他的学业。白天，他在车间里同工人一起劳动；夜晚，他在灯下钻研业务，为了他心中总要到来的一天而准备着知识，积蓄着力量。

这一天终于到来了。尊重知识，尊重人才的阳光重新照亮了中国大地，马耀东被聘为工程师。1980年11月2日他被提拔为副厂长。两年后他又接下了厂长的重任。

马耀东是临危受命，此时的吉林市陶瓷厂已经因为连年亏损被圈定为吉林省第一批停产企业。

马耀东眉宇间拧成了疙瘩，心海里翻搅着痛苦的浪花。停产？且不说对国家有没有贡献，那1 500名员工的生活怎么办？离退休职工的劳保待遇谁来负责？……他苦苦地思索着，翻阅着所有关于厂子经营的历史材料，请来有关人士座谈，认真分析现状，仔仔细细地算了一笔账，最后得出了结论：不能停产！陶瓷厂有陶瓷厂的情况，生存的希望不在转产上，而在改造技术和开发新产品中。他于是又奔忙起来，市里，省里，他穿梭似的来往，找上级主管部门汇报，向有关领导说明情况，把扭亏增盈的盘算说给领导听，终于取得了领导的支持，陶瓷厂从停产企业的圈定名单中被划掉了。

争来了生存的许可，同时也争来了巨大的压力。马耀东召开全厂大会，把这底牌亮给1 500名员工，大家了解了这些情况，增强了主人翁的使命感，主动分担压力，为陶瓷厂的生存、发展出力。全厂职工团结一心苦战一年，终于摘掉了亏损的帽子，到1983年底，盈利315 000元。厂子企业验收合格，职工上调一级工资，人们脸上露出了笑容。

马耀东却没有沉醉在小胜的欢乐中。他知道，猛干粗磁细磁，只是权宜之计，可以赚钱糊口，却不能发家致富。陶瓷厂要想谋求发展，必须走技术改造之路。只有改造落后的设备，引进先进的技术，加强科学管理，才能增加企业后劲，才有发展前途。

马耀东带领全厂技术人员深入调查研究，因地制宜、切实可行地改造了原料车间、炉具车间，重建了机修车间。他们一边改造设备、修缮厂房，一边坚持生产，既完成了设备改造任务，改善了职工的工作和劳动环境，又完成了生产指标。连续三年增产增收，到年终时，职工每人分得奖金140多元，这在陶瓷厂的历史上是绝无仅有的。

改革的大潮一浪高于一浪。马耀东率领全厂职工刚刚踏上改革之路，飞速发展的形势和深化改革的强劲东风，又把他推上了新的巅峰。1987年春天，他又迎来一场新的挑战，按照上级主管部门的要求，贯彻企业经营责任制，要在陶瓷厂首先实行经营承包合同制，他这个厂长也必须经过竞聘竞争上岗。

马耀东永远忘不了那一段刻骨铭心的岁月，也永远忘不了那次针尖对麦芒的竞争答辩，当然，最终的胜利还是属于他这个平素老老实实不善言辞、可一到关键时刻却说得出道得明的硬汉子。5月27日，市里的批复文件下达了，马耀东作为吉林市第一家实行经营责任制的市陶瓷厂厂长，满怀信心地在经营合同上签了字。

这是一次非同寻常的签字，马耀东拿起笔的时候，心情是沉重的，放下笔的时候，心情也没有一点轻松。合同书上的数字不但牵着他的目光，而且震动他的心弦，那是115万元的利润指标啊！要比年初未承包时定下的40万元指标高出将近2倍啊！时间已经过去了近半，盈利才仅仅18.5万元，这就是说，在剩下的半年多的时间里，要拿下近百万元的利润，这得付出怎样的努力啊！

马耀东拧紧了眉头，心潮翻滚。重担已经压下来了，逃也逃不掉，只有挺起肩膀迎接了。他不知熬了多少个通宵，呕心沥血地为工厂设计腾飞的蓝图！他走到车间里去，走进工人中间，了解工人们的心愿和甘苦；他召集技术人员座谈，请他们出主意，想办法，共同描画改革的宏图。经过一段时间之后，他从工人和技术人员中间获得了智慧和力量，办法有了，主意定了，他提出要在以前改造的基础上，进行第二期改造。除了继续改造设备之外，他抓住开发新产品的重点，调整了日用瓷生产，开发了艺术瓷、配套瓷等新产品，不断扩大产品销路，向着出口创汇的大路上迅跑。他们开发的双福牌家用红外线煤气灶，顺利通过了省级鉴定，各项指标都优于部颁标准。马耀东抓住了红外线煤气灶这个中心环节，迅速组织生产和营销，先后创造了单孔、双孔、中档、高档和电子打火等13个品种，生产、销售出去40多万套，产值近千万元，一下子改变了陶瓷厂的产品结构，使厂子彻底翻了身。

马耀东在抓好技术改造和新产品开发的同时，特别注意人才的开发和使用。他懂得，企业竞争说到底就是人才的竞争，能不能选贤任能，发挥知识分子作用，是企业兴衰的关键。他因此十分重视厂级领导班子的能力建设，在提拔干部时充分考虑到人才的互补性，不拘一格，选贤任能，保证了改革的推进和事业的发展。

马耀东的双脚踏在吉林的大地上，可他的眼睛却盯着国际市场。1984年冬天，他应邀去科威特考察。到达科威特的第二天，他随同热情好客的主人来到了一家豪华的超市，货架上摆满了各种商品，琳琅满目，他的目光却盯在一件件陶瓷制品上。那是欧美国家生产的高档瓷器，做工精细，釉彩闪光，价格也十分昂贵，一套精美的瓷器可以卖上几百美元，甚至上千美元。他寻遍了所有的货架，眼睛都累疼了，可是没有看到一件中国制造，他感到十分遗憾，内心里涌起一股说不出的滋味。

走出超市，马耀东的心情十分沉重。他们又来到一条繁华的街道，咦，那是什么？他的眼睛忽然停在一个地摊上，他看到了那里摆放着一些吉林市陶瓷厂生产的瓷杯、瓷碟，每一件标价才20美分！马耀东的脑子轰的一声像要炸开似的，他感到脸在发烧，一种莫可名状的耻辱感袭上心头。中国是一个具有一千多年陶瓷生产历史的文明古国，可如今却被人家远远地甩在了后面。吉林市陶瓷厂的产品早在1960年就曾出口，如今却遭遇如此尴尬，怎么能不令人痛心呢？

在国外考察的日子里，马耀东的心里始终像压着一块铅。脑子里升腾的是一种急切要雪耻的欲望。他飞回了祖国，飞回吉林，飞回陶瓷厂，扑下身子去抓出口陶瓷的生产，他要让他的产品打入国际市场，占领国际市场！

时隔不久，马耀东的愿望终于变成了现实。吉林市陶瓷厂生产的瓷器出口到意大利、澳大利亚、加拿大等27个国家。1987年的7月，吉林省轻工系统一位负责同志去泰国考察，特意为泰国国王带去了一件别具风韵的生日礼物——一台银光闪亮、精巧别致的双孔电动打火红外线炉具，泰国国王高兴地伸出了大拇指。这件礼品就是马耀东他们生产的。

红外线炉具大批投产，产品质量不断提高，新式炉具1986年被评为轻工业部科技二等奖，1987年又获得国家科技进步三等奖。优质的炉具威名远播。广州秀丽经济开发区工业总公司的一位经理得知了信息,立刻带领技术人员和管理人员专程赶到吉林市考察,并提出联合办厂的动议。此后不久,马厂长飞抵广州,实地考察后同意合作。于是,一个南北联手的广吉远红外煤气炉具公司在广州成立,开始了新一轮的市场开拓。

目光盯着国际市场,使马耀东的魄力越来越大。他又投资100多万元,兴建炉具生产线和出口日用瓷生产线,预计当年生产出口瓷器400万件。为了让吉林市陶瓷厂的陶瓷产品摆上国外市场的货架,马耀东奔波了整整6年,现在他仍然为实现这个目标而操劳着,奔忙着,看来,不达目的,他是不会罢休的。

他,真是一匹负重奔跑的千里马!

(1991年于云鹤斋)

花腔伯乐
　　——记包桂芳声乐教学小组

　　1978年的3月,春天似乎比往年来得早些。清风吹拂着复苏的大地,融化了街面的积雪。只有房角背阴处还残留着斑斑点点的白色。一辆驼色小轿车从这座楼前开走,楼门前却还伫立着一个人,她目送着小轿车远去。转身走进屋里,躺进一张破旧的藤皮靠椅上。

　　这是一位中年妇女,看上去有四十五六岁的样子,身体微胖,穿一身青色衣裤。凭这不尚修饰的衣着打扮,陌生人断难猜出:她,就是歌坛上久负盛名的花腔女高音歌唱家包桂芳。现在,她陷入了沉思中。

　　部长的登门拜访,把一颗火星投进了包桂芳焦灼欲燃的心田。她感到有一股火焰般燃烧的热力冲腾着。她力图控制住自己的激动,强迫自己闭上眼睛,冷静地回味着几天来发生的一切。宣传部长、文化局长的来访,搅起了她的心潮。刚才部长与她的倾心交谈又在耳边回放出来:"老包,你不要走了,留下来吧。吉林省的声乐事业需要你! 部里、局里已经开会研究多次,决定让你主持、创办一个声乐教学小组,你看好不好哇? "

　　"好是好。长春是我的第二个故乡,对于吉林省我很有感情。

只是我的生活环境太复杂了。我有个直言不讳的毛病,得罪了不少人。现在让我来创办小组,怕难服众吧?"

"服众,要用你的实践!环境,也可以改变嘛!这方面我们可以做做工作。大多数同志还是理解你的。至于说直言不讳,那应该是长处,我喜欢坦率的人。"

可是,我还要直言一句:"如果将来,在小组的教学方面,我和部长的观点发生了分歧,那怎么办?"

"哈哈哈,又来了。你给我的信上就是这么写的吧?我可以交你一个底:老包,艺术上的事情,我们尊重你的意见,绝不做关公战秦琼一类的蠢事!"部长的话掷地有声,弹拨着包桂芳的心弦。往事回荡在她的眼前:她很小的时候,父母就先后亡故,辛酸的童年是在泪水中泡过的;少年时,她离开姑母家,跟随解放军南下,第一次唱出了新生活的赞歌;20世纪50年代末,她被送去国外学习,才华初展,赢得了索菲亚声乐专家的赞誉;20世纪60年代初,她回国后开始在中央音乐学院任教,曾经多次举办过独唱音乐会;1966年,那场风暴毁掉了她的艺术青春。插队落户开始了,外伤截瘫的丈夫被抬上火车送去插队,她不得不含着眼泪随他一起来到抚松县的农村,在那里熬过了艰难的岁月……

1976年的"十月春雷",给包桂芳的生活与事业带来了生机。

她回到长春,重返乐坛,夙愿再次萌芽,梦想开始复苏。她想把自己掌握的知识和积累的经验传授给年轻的一代,可是始终没有机会。今天,部长来了,他给她带来了希望。她终于可以按照自己的意愿和理想创办教学小组了,她终于有了施展本领、发挥才能的机会,她的心里洋溢着兴奋、激动和对未来的憧憬。

包桂芳要创办声乐教学小组的消息长了翅膀,在人们中间飞传着。有人高兴，也有人担心。包桂芳已经获得了信心。她相信，只要有组织上的支持，自己一定能够克服一切困难，开创美好的未来。

包桂芳抖擞精神，踏上了开拓者的新路，她决心把一腔心血都灌注到这块声乐艺术教育的园地里，让它生长出新苗，绽放出灿烂的新花。

夜已经很深了。包桂芳的屋里还亮着灯光。她在伏案疾书，拟定着未来小组的教学大纲。

部里、局里，也都在为成立小组进行着准备。部长亲自给省内17位声乐界领导和知名人士写了信，请大家关心和支持小组的建设。为了选拔学生，全省举办了赛歌会。

包桂芳凭着特有的眼力，选中了一位赛歌会上并没有得奖的姑娘。她叫周建霞，长得英姿飒爽，一双眼睛好像含着两汪秋水，眸子里透出一股灵气。包桂芳收下了她。

紫丁香初吐芬芳的五月，小组正式开学了。可是，没几天，发生了一件使包桂芳大为吃惊的事：周建霞刚刚唱完一支歌子，突然脸色铁青，差点晕倒。她被送进了医院。经检查，小周患有站立性贫血症。这样的身体是不能坚持学习的。怎么办？送她回去吗？可惜了一个人才。留下吧，又没有疗养的条件。包桂芳和丈夫商量了一下，把小周带回自己家里住下，并且四处为她求医问药，每天亲自为她调剂伙食。

包桂芳的负担本来就够重了：丈夫瘫痪在床，儿子患有肾炎，自己也病魔缠身。现在又要腾出精力来护理小周，真是难上加难啊！包桂芳在艰难中坚持着，没有中断小组的教学，也没有忘记照顾小周。

包桂芳识才、爱才。一个偶然的机会，她发现了农村女青年陈淑艳是块好材料，决定收她做学生。可是当时小组没有编制,陈淑艳是个农村孩子,家里没有固定收入,交不起伙食费,怎么办呢?包桂芳决定把她留下来参加学习,她每月从自己的工资中抽出20元来替她交伙食费,就这样一直供了她7个月,直到编制批下来。

包桂芳心里装着每一个学生。她一句一句地教她们唱歌,每教一个曲目,都给曲目写个小传,介绍作者的身世、作品的立意和演唱时应注意的情绪。她关心孩子们一点一滴的进步,胜过细心的母亲,可她对亲生的儿子,却又是一位粗心大意的妈妈。

寒冬腊月,省歌一位女同志去包桂芳家探望。呀,老包的丈夫半卧在床上,满地乱纸,杂物堆满桌面,这真是叫人不放心的"后方"啊!可老包呢,却放心大胆地领学生到外地演出去了。更叫这位女同志动情的是:老包13岁的患有肾炎的儿子,还没有穿上棉裤呢。

"阿姨,我的棉裤拆了,妈妈没有来得及做上就走了。"

那位女同志怀着深切的同情给孩子赶制了一条棉裤。老包呀,老包,对于学生你一刻也忘不了,你心里装满了对他们的挚爱,却忽略了对儿子的照顾啊!

有人说,声乐艺术人才三年培养不出来,音乐学院五年也不过打个基础。这是有一定道理的。但包桂芳没有局限于这种道理上,她突破了这个时间框框,像书写战表一样把自己心头的规划写进了教学大纲:一年打基础,二年出成绩,三年出人才。她要在三年内,培养出可以举办独唱音乐会的演员,她要用争分夺秒的劳动,抢回逝去的时光!这不是空想,而是脚踏实地的苦战。她给小组开了应该开的课程:声乐主课、辅助课、文化课……不同的是,主课教师包桂芳整天和学生摸爬滚打在一起,她的教学时间是无法用课时来计算的。清晨,她刚刚起床，早起吊嗓的姜晓波就推门进来了。她嘻嘻一笑："包老师，您看我这地方唱得对不对？""过来，我瞧瞧！啊，要这样唱……"包老说着，给她做了示范。中午，姜晓波又来了，还是嘻嘻一笑："包老师——""来，我再瞧瞧！"晚饭后，专门往包桂芳家散步的姜晓波照例又来到她的家，包桂芳也照例放下手里的活计，开始给小姜调理嗓子……

两年过去了。包桂芳的心血终于浇开了绚丽的声乐之花。沈阳音乐周的表演大厅里，包桂芳声乐教学小组乘着飞翔的歌声升起来了。一位老师，六位学生，演唱了中外名曲，特色鲜明，异彩纷呈，轰动了沈阳乐坛。

来自各地的观众纷纷向她们发出邀请："到我们鞍山演几场吧！"

"到海滨城市大连去吧！"

"到我们天津去！"

"来北京吧！"……

包桂芳她们去了，这些地方都去了，每一地都受到热烈的欢迎。好评如潮，一篇篇评论文章见诸报端。中国音协艺术表演委员会和中央人民广播电台为小组举办了独唱音乐会，并且邀请在京声乐专家举行座谈，专家们发言热烈，充分肯定了包桂芳声乐教学小组的教学成果。中国唱片社还把她们演唱的20首歌曲灌制成唱片。黑龙江省人民广播电台的"每周一歌"，连续7周播放了她们演唱的歌曲。包桂芳小组不久前在上海、南京、杭州的演出也获得了好评。在杭州，美国、德国的专家看了演出，非常兴奋，赶到后台表示祝贺，香港报社的记者也做了采访。

很多声乐教学单位和研究部门纷纷邀请包桂芳前去讲学，包桂芳的日程排得满满的，以至去了一趟杭州，竟忙得连西湖都没顾得上去逛一逛。

忙啊，包桂芳的确是忙啊！包桂芳不仅忙于小组的教学工作，她还要抽时间去阅读天南地北雪片一般飞来的信件，接待那些不辞辛苦、跋山涉水前来求学的青年。有一天，一个小伙子风尘仆仆地找到包桂芳家："包老师，我是从广西特地来拜师的，您收下我吧！"这样虔诚的拜师者又何止他一个呢，前几天，包桂芳刚刚送走一位从东丰县赶来求学的姑娘……

啊，包桂芳，慈母般的严师，琢玉成器的工匠，慧眼识才、爱心育才的伯乐！她给人民做出贡献，人民为她树起丰碑。在慕名者的包围中，她陶醉了吗？没有。她始终保持着清醒的头脑。在鲜花和掌声面前，她骄傲了吗？也没有。她以特有的直爽，给自己也给孩子们敲响了警钟：别以为我们自己已经飞起来啦，还差得远哩！我箱子里还有那么多谱子需要唱，我们的声乐事业，还有那么多险峰需要攀！要加倍努力啊，让我们民族的豪迈歌声，飞出中国，飞上世界的歌坛！

（1981年于广州路八米居）

星空灿烂

走出这座褚黄色的公安大楼,夜,已经悄悄地垂下了帷幕。满天繁星眨着眼睛,警惕地看护着夜幕笼罩下的整个世界。

我的心窗忽然一亮,一种联想油然升起:我不是刚刚走过一片灿烂的星空?我不是刚刚结识了一颗颗星辰?

我真不愿意相信它是一间办公室——陈设简朴得不能再简朴了:十张旧式木桌排列在地中央;几只茶杯围着两只暖水瓶摆在桌上;五条从 50 年代就效力于主人的长条木凳,贴墙站成一列纵队;还有一张不知什么年代购置的老式沙发和几只皮椅蜷缩在墙角处。仅此而已。一切都这样简单明了,像它们的主人一样。

它果真是一间办公室:长春市公安局刑警大队二队办公室。这是刑警队员歇脚、集会的地方。虽然简陋,甚至有些寒酸,可他们喜欢这地方,亲切称之为"家"。这是一个不小的"家"——男女老少共 40 口人。

人多房间小是一种拥挤,可这里还有另外一种拥挤。你往那粉刷得洁白的四面墙上看:奖状一张挨一张,锦旗一面接一面,也很拥挤,后来者可能得另选地方了。

奖状和锦旗使这间显得空旷、单调的房间蓬荜生辉。也许有人会说，都什么年代了，谁还稀罕这些盖着红章子的花花纸和绣着各种字的布条条？傻啊！可这里的主人就这么"傻"，他们稀罕这些，珍视这些。这是他们为保卫人民财产安全而奉献的记载；是他们用汗水、鲜血甚至生命换来的荣誉。那上面标识着他们生活的意义和生命的价值，他们以此为富有和自豪。

想知道这些锦旗和奖状是怎么挂上墙的吗？请你随我一道追踪一下这些刑警队员的足迹吧——

拥有200万人口的长春市，有800辆公共电、汽车奔驰在纵横交错的42条线路上。运行中的一辆辆公共电、汽车是人们的主要交通工具，也是扒窃分子经常作案的场所。本文的主人公——这些以打击扒窃现行犯罪为主要任务的刑警队的侦查员们就活动在这里。每一个狭小的车厢，都成为他们破案擒贼的战场。仅最近三年中，他们就抓获扒窃分子3451名，破获现金扒窃案660起，使3 000多名群众被盗的钱财失而复得。他们就是在这几十平方米的天地里，演出了一幕幕惊心动魄的人间活剧。

严冬腊月，朔风如刀。或许正是有的人端坐办公室里品茶读报、有的人伴着缠绵的乐曲翩翩起舞、有的人在沉沉酣睡中编织美梦的时候，侦查员们却迎着凛冽的寒风大步奔向自己的岗位——一辆辆停在露天地里的公共电、汽车。他们有时清晨四五点钟上车，夜里十一二点钟下车，跟车一转就是一天。手冻麻了，搓一搓；脚冻僵了，跺一跺。一旦发现"目标"，立刻盯上去，为了跟踪目标，常常吃不上饭。二队的侦查员十之八九有胃病，这是职业留给他们的纪念。至于冒着危险去飞车、挂车，那是家常便饭。记不得那是哪一年冬天了。共产党员、老侦查员尹忠义在六线电车站发现一个扒窃惯犯上了车，他立刻挤上前去，可是"吧嗒"一声，车门关上了。叫不开门，只好挂车了。他纵身一跃，攀上了车门。车行如箭，寒风扑面。他没有动一动，就这样挂了一站地才挤进了车厢。在惯犯动手行窃的刹那间，他神奇地现身，犯罪分子乖乖地束手就擒。

七月盛夏，暑热难当。有的人也许正对着旋转的风扇抱怨天热，侦查员们却隐蔽在蒸笼般的车厢里，不眨眼地注视着拥挤的人群。为了侦查需要，我们的侦查员甚至要顶着如火的骄阳同汽车赛跑。

1989年8月的一天。青年侦查员陈赤和同伴王连龙在东广场10路汽车站，发现有3名扒窃惯犯正准备登车，其中有两个刚刚被陈赤处理过。为了隐蔽自己不被扒手认出来，陈赤让王连龙上车监视，自己在车下跟着跑。他一连跑了三站地，累得气喘吁吁，汗滴如雨，终于在罪犯乘坐回头车行窃时抓获了他们。

抓捕扒手，经常遇到短兵相接的搏斗，生命有时会处于危险之中。可是，侦查员们个个胆气豪壮，临危不惧。只要能为人民除害，他们早已将生死置之度外。共产党员、青年侦查员关勇，在一次同犯罪分子搏斗时右手受伤，伤未好就急着上岗，在抓获另一个扒窃惯犯时，左手又被罪犯用作案的刀片割掉一块肉，鲜血淋漓，可他不顾伤痛，把罪犯抓获并处理完毕才到医院去包扎。因为伤口太深，伤及骨头，包扎和换药时，他两次疼得昏了过去。母亲心疼得流下了眼泪，他却幽默地安慰母亲说："没事，这不是只伤一只手吗？"

去年3月15日中午，马上就要当新郎的侦查员高占生，在回家的路上发现有4个扒窃分子正在61路车上行窃。于是，他打消了回家的念头，悄悄地跟上了他们。车到乐群街时，他抓住了其中一个正在作案的扒手，这时另外三个疯狂地扑来，有一个手里还握着一把尖刀。

一个人对付4个贼，势单力薄，可是小高毫不畏惧，他施展高超的格斗本领，英勇地同罪犯搏斗，终于制服了他们。处理完这起案子，他才发现自己的脸部已经青肿，鼻梁骨也被打塌，不得不住进医院。举行婚礼那天，他的伤还未痊愈。别人看着替他难过，他自己却满脸含笑，仿佛这包扎的伤口，并没有给他带来痛苦，反而让他感到荣耀。

铁打的身躯血肉的心，英雄也是普通人。他们同样有七情六欲，也同样需要爱的滋润。22岁的关勇正在热恋期。22岁呀，恋爱的黄金季节。更何况是初恋，那劲头还用说吗？4月中旬的一天，女友邀他去家里吃饭。这是第一次去端未来岳父家的饭碗啊！小关当然十分清楚这顿饭的意义。他高高兴兴地跟着女友坐上了8路车。此刻，假如小关被幸福陶醉着闭上眼睛，不再用职业的目光去搜寻每一个可疑的蛛丝马迹，假如他没有看见那只正在伸向乘客衣袋的手，那么，过不了多久，他就可以端端正正、大大方方地坐在未来岳母专为迎接他摆下的酒席宴前了。可惜现实中没有假如，职业的警惕给小关带来了麻烦。车到七马路时，他的目光一下子叮住了刚刚挤上车来的两个中年人。凭经验，他断定这是两个贼。他用胳膊肘轻轻地碰了一下女友："来'货'啦！"声音细细的，可女友听得真真的。接着就演绎出一段关勇赴宴途中智擒窃贼的故事。故事的情节展开了四个多小时。故事的结尾是准岳父家一桌凉透的菜肴和准岳母重新点火热菜的又一阵忙碌。我们的侦查员，为了保卫人民的财物，放弃了幸福的爱情会晤，这是怎样的一种情怀啊？

去年5月26日，陈赤护送妻子去产院分娩。半路上看到小偷行窃，他竟然把妻子一个人送上无轨电车，自己却追踪着小偷转了大半晌，直到把小偷抓住送回市局后，他匆匆赶到产院，妻子已因为难产被送上了手术床。陈赤眼窝一热，抱住头蹲了下去。

为了不辱使命，我们的侦查员甚至连妻子临产这样生命攸关的大事都可以置之度外，这是怎样的一种精神啊？

侦查员王举好不容易挤出一个礼拜天，带着两个女儿来到南湖。他要兑现向女儿许诺了多次的心思。可是，他的心思终于没有被女儿拴住。一过九曲桥，他的目光就被人群中那个扒手牵住了。他赶忙把女儿安顿到一棵大树下，嘱咐说："你们先在这儿，不要动，爸爸去办点事，一会儿就回来。"这"一会儿"就是两个多小时！等王举抓住扒手，处理完了，又回到树下，女儿正呆呆地站在那里，两双含泪的目光同时向他传递着童心的凄惶和惊恐。他的心里涌上了一丝淡淡的酸楚。爱子之心，人皆有之。侦查员的爱子之心是置于爱人民之下的，这是一种多么崇高多么圣洁的爱啊！

侦查员的工作很累，还有风险，可是没有人抱怨过。他们的待遇也不高，生活很艰苦，可是没有人向组织上伸手要什么。副队长白良军从警22年，抓获的罪犯无计其数，可谓劳苦功高，可他至今全家仍挤在一间简陋的小屋里；青年侦查员赵春艳新婚后一直没有房住，夫妻俩只好分居。一对又一对的青年同志因无房而不能结婚，但他们体谅单位财力上的困难，不声不响，任劳任怨，默默地把工作干好，把困难抛在脑后，正像青年侦查员谭彬说的那样：我们是不安居也乐业！

这一群生龙活虎的侦查员在艰难困苦中磨炼着生活的毅力和工作的能力。他们有时候也需要在无可奈何的误解中忍受屈辱。他们是干警，可是不能穿那身漂亮的警服，不能戴那顶威严的警帽，为了工作需要，他们几乎每天都得乔装打扮，衣着服饰也要尽量随便一些，以便于接近扒窃分子。于是，他们往人群里一站，就常常遭到一些人的白眼和嫌弃。为了跟踪目标，他们需要随机应变地采取一些只有他们自己才理解的行为、动作，比如"目标"下车了，他们要跟下去；目标又上车了，他们又要跟上来。每逢这时，耳朵里就被塞进一句很不顺耳的话："上了下，下了又上，捣乱呀？"他们听得真真切切，可是不能分辨，无法解释，这时候他们只能装聋子；为了监控"目标"，他们有时也许需要在车上串来串去，甚至借助乘客的胳膊掩护一下，这时常常招来一片蔑视的目光，目光后面藏着一句潜台词：准不是好东西！这一切他们也都看得清清楚楚，可是不能搭话，心里有话不能说，他们这时候得装哑巴；他们有时也无辜挨打，最痛苦的不是挨了坏人的棍棒，而是遭到自己人的拳脚。有一次，陈赤为一位被窃的老汉抓住一个扒手，索回了他失窃的几百元钱。可谁能想到，在抓扒手的过程中，老汉却不辨真伪，抬手给了陈赤一个"电炮"。在同犯罪分子搏斗的过程中，他们多么需要有人配合一下啊，可是有的人一看那场面，立刻躲开身子，腾出一块战场来，袖手旁观看热闹。还有更奇怪的现象：小偷已经抓住了，赃款都交出来了，可失主却一口咬定：没丢——他们宁肯自己损失一点钱财，也不愿和小偷对质；侦查员一边抓小偷，还得一边顾失主，不然小偷没跑掉，失主却先溜了，没了证人，无法定案，等于白忙活一场……

　　他们的苦还有很多。他们并不麻木。当他们的辛勤和劳碌不被人理解的时候，他们也会感到无奈和痛苦，但他们善于排解这些，他们也不计较这些。他们的心灵是干净的，美好的，是什么误解都污染不了的。最终他们还是能够战胜痛苦的。他们每个人似乎都具备一种特殊的能力，能够把一切痛苦都嚼碎了，吞下去，分解了，消化掉，最后又变成一种攻坚克难、摧枯拉朽的力量。

　　他们的事迹也还有很多。要是成书，每个人都是厚厚的一大本。他们是一群各司其职的守夜星，在浩瀚的天穹中，虽然是那么普通,那么平常,既没有月亮般的皎洁,也没有太阳般的炽热,可是宇宙大千,却一刻也缺不得他们。他们是人民的忠诚卫士。

(1990年于云鹤斋)

春雨细无声

假如上帝赐给我十分崇敬，我愿意把九分献给教师，因为他们从事着太阳底下最光辉的事业；如果生活给了我十分挚爱，我愿意把九分献给教师，因为他们把自己的全部爱都献给了学生。

世间有许多种爱。母爱是最无私、最伟大的。这话是不是道出了一个真理，我不敢断言。但在这里，在这所并不引人注目的普通中学——长春市第十七中学的校园里，我确确实实地感受到母爱的无私与伟大。

这是一个普通的故事，就发生在17中这所普通的学校里。时间是1987年7月10日。

刚上班，副校长赵雪峰急匆匆找到团委书记李宁，对她说："车子已经买了好多天了，抓紧时间起个牌子，孩子好骑着上学，那么远的道儿，别让他再……"没等后面的话说完，李宁早听懂了他的意思。她知道，赵副校长挂在心上几次催问的这件事，也正是李书记和其他几位校领导所关心的。其实，作为团委书记的她又何尝不急呢。这辆东风产的白云牌自行车，是高一、高二两个年级13个团支部自愿捐款给初二（四）班武凤龙同学买的，月初就推回来了，只是因为那时正赶上期末考试，怕因此影响武凤龙的情绪和成绩，才没马上给他。现在快放暑假了，是该开个会把车赠给他了。

　　李宁把捐款的13个支部的代表和武凤龙请到学校的科技馆，举行了一个小范围的赠车仪式。在大家期待的目光下和热烈的掌声中，武凤龙接过这台崭新的自行车。他有好多好多的话要对老师和同学们说，可是一开口却只剩下颤颤巍巍的一句："感谢老师和同学们对我的帮助！"哽咽的话语牵出一串热辣辣的泪珠。他向大家深深地鞠了一躬。那是他潜藏在内心深处的敬意和感激啊！他知道，大家送给他的，不仅仅是一台新车，那是老师的挚爱、同学的情谊、社会主义大家庭的热情和温暖。他记得在自己的车子丢失将近两个月的时间里，有多少同学向他伸出了友谊之手，校里校外地帮助他寻找，放学骑车驮他回家；又有多少老师为他劳神、奔波，班主任四处求人给他买车；团委书记把自己的本票送给他坐车；姜副校长亲自过问捐款的事情……他是个刚强的孩子，曾经那样执拗地拒绝过老师和同学们的资助。为了说服他接受同学们捐赠的这台新车，李宁专门找他谈了很久。那一次，他哭了。老师母亲般的慈爱和同学兄弟般的情谊，像一双神奇的桨，搅动了他的心潮。他想起了自己的家，那是怎样的一个家庭啊；他想起了自己度过的16个春秋，那是怎样的一段岁月啊……

　　16年前，当他伴着喜庆的祝福呱呱坠地时，父母给他取了一个多么好的名字：武凤龙！大概那时候，这对年轻父母望子成龙之心也是至笃至诚的，若不然，怎么把世间最吉祥也最高贵的两种象征——一龙一凤都给了儿子。可惜，他们只负责给他取了一个吉祥的名字，却没有担负起给他吉祥的义务。儿子后来的生活远不及他的名字那样美好。

武凤龙诞生刚刚8个月,父母就离婚了。用不着去分析他们离婚的原因,大凡离异者都各有各的道理。问题在于,双方各奔阳关另择福门之后,不该忽略甚至忘掉抚养子女、培育后代的责任。武凤龙的父母离婚时,他被判给母亲抚养,可是不久,生母又把他送还其父亲。父亲又把他送到乡下的祖母家。武凤龙在祖母的怀抱和膝前长大,从小就没得到过母亲的爱。好在奶奶疼孙子是实心实意的,骨也舍得,肉也舍得。小凤龙长大了,在农村上了学,吃也有得,穿也有得,并不记得长春还有个家。偏偏命蹇事多乖,相依为命的祖母不慎摔伤,卧床不起。父亲不得不把凤龙又接回长春,可是继母不愿意接纳他。没办法,父亲只好在自己的办公室里安张床,让15岁的儿子独身自立。他每月只能从微薄的工资中拿出少许来资助儿子,凤龙就只好每餐以咸菜下饭,数月不知肉味。

儿子在拮据的生活中艰难度日,父亲在精神的压抑中痛苦思索。这究竟是谁的过错呢?他说不清楚,也没有人能说得清楚。孩子有生的权利,父母有养的义务。但是,生活是错综复杂的。在有些时候,对于一些人来说,尊重这生的权利,履行这养的义务也确非易事。此刻的武凤龙不就面临着这样一个难题吗?扑奔生母?生母早已改嫁,无地容他;投靠继母?继母现在也已有两个孩子,全家四口人挤在15平方米的一间屋子里,他怎么好再去搅扰那一方平静的田园?万不得已,少年的武凤龙就只好一个人咀嚼着这由父母的离异而酿成的苦果。

童年的武凤龙没有母爱。他感到生活对他是吝啬的,连一点点欢笑都舍不得给他。他做过许多梦,梦见自己同别人家的孩子一样,躺在慈母的怀里撒娇,站在慈母的眼前嬉笑,跟在慈母的身后奔跑……他曾经为这一个个美好的梦境陶醉,也常常从梦中笑醒。可每一次醒来,梦也就醒了,他的眼里总是噙满泪珠……

  武凤龙 15 岁的时候，从乡间的一所中学转入长春市第十七中学，被分配到李景莲担任班主任的初二（四）班。他没有想到，自己童年的许多梦想就在这里一天一天地变成了现实。老师们给了他珍贵的母爱，校园的春风吹开了他眉心的皱结，集体的温暖开始置换他生活中的冷漠和孤寂，也开始融化他心头积聚多年的那一小片冰雪……

  刚刚转到十七中的时候，武凤龙对未来的一切并没有寄予多少美妙的期待，他也没想到转学会给自己带来命运的转机。他一如既往，沉默寡言，照例以多年坎坷生活塑成的那种冷峻的面孔对待老师和同学。可是，这里的老师和同学没有那样对待他。当武凤龙第一次在父亲的带领下来到李景莲的面前时，这位年届不惑、心地善良的女教师首先注意到的是孩子那张充满忧郁的脸颊和那双缺少生气的眼睛。凭借多年的心理教学经验，她预感到这孩子的心灵可能受到过创伤。很快，她就从孩子父亲的谈话中得到了验证。她在心里暗暗地对自己说：这是一个缺少母爱的孩子，需要给他爱的信心和力量。就从这天起，她把注意力从自己的女儿身上转移到武凤龙那里。她细心地观察他，把他的一举一动都收入视野。她发现，每天中午，当班里的同学聚在一起谈笑风生地共进午餐时，只有武凤龙一个人躲在角落里，低着头默默地吃饭，并且用饭盒盖捂住半边，天天如此，好像生怕别人看见他吃些什么。她一连观察了十几天，终于又发现：武凤龙带的午饭非常简单，只有一盒饭和几根咸菜条，天天如此。这情景让她动容。她想到了自己的孩子，也想到了武凤龙那个困窘的家庭，当然还想到了学校领导的殷切嘱托，她感到了自己肩上的分量。她要尽全力关心他，帮助他。这一天，她特意多带了一些菜。午休铃一响，她就把武凤龙请到自己的教研室一块儿用餐。她的两个女儿也都在十七中读书。每天中午原本是娘仨同桌进餐的。可今天,她怕他不好意思,特意把女儿安排到另外一张桌上去吃饭,留下武凤龙一个人和自己同吃一盒菜。一边吃,一边聊着家常。她第一次听到武凤龙从心窝里掏出来的许多知心话。她本想这样一直做下去,可是第二天中午再请武凤龙时,他却说什么也不肯来了。这个几经生活磨难,在痛苦的煎熬中长大的孩子,性格孤僻,自尊心极强,他从不情愿受人恩典,也轻易不肯接受别人资助。

李老师找来了班委会干部,向大家介绍了武凤龙的情况,希望同学们关心他,帮助他。班干部记住了老师的话,回到班里分别做工作。于是,一颗颗火星逐渐燃成一片片热情的火焰,从四面八方向武凤龙聚拢而来。

武凤龙学习时缺少用品,同学们自愿馈赠。许多同学给他送来了纸和笔。生活中遇到了困难,老师们解囊相助。春天换季时,武凤龙穿着一件盖不住裤腰的上衣,冻得嘴唇发青。李景莲和李宁一合计,为他买了一件上衣。周主任也从家里拿来两件内衣送给他。武凤龙穿上了,身上暖融融的,心头热乎乎的,禁不住颗颗泪珠扑簌簌滚落胸前。下课了,同学们向武凤龙伸出了热情的手,拉他一块到校园里去玩,去闹,去沐浴那灿烂的阳光,去聆听那舒心的欢笑;午休了,同学们捧着饭盒叫他,喊他,拉他一块进餐,你一勺我一勺地给他舀菜;放学了,老师亲切地和他道别,顺路的同学热情地邀他一块走。三三两两,结伴而行,一路走,一路说,一路笑,欢乐的声浪驱散了他往日踽踽独行的寂寥和孤独,让他第一次这样真切地感受到自己是生活在一个多么温暖的集体中间。

生活,终于给了他欢笑,给了他奋斗的信心和进取的乐趣。他也终于从这个美好的集体中体味到生活的温暖和甘甜。但是,只让武凤龙感受到生活的美好，只改变他目前忧郁的状态，那还不是十七中老师们的目的，他们的愿望是要塑造他的心灵，让他健康地成长起来，最终成为祖国的有用人才。他们说："不能光在物质上帮助他，还要在思想上关心他；不能只让他有一个健康的体魄，还要给他一个美好的心灵。"全校从上到下，从领导到每一位教师，都十分关注武凤龙的成长，都在努力改善他的生活和学习条件，同时，也在尽力改变着他的性格和精神状态，帮助他走出孤僻的圈囿，投身于欢乐的集体，从而受到陶冶和锻炼，在战胜困难的斗争中成长起来。他们确信，他们能够做到这一点。

李景莲没有辜负学校领导的信任和期望，她从武凤龙转入班里那天起，就对他开始了一场伟大的灵魂塑造工程。武凤龙刚来的第一周，就因为一个座位问题同班里的孙宁厮打在一起，两个人都闹个满脸开花。李老师经过调查，了解了事情真相：这一仗的起因不在武凤龙，但武凤龙的"参战"也有错误的动机：这一仗必须打，不然今后就有可能被欺负住。针对武凤龙的错误认识，李老师多次找他谈话，苦口婆心，语重心长，不但指出了错在哪里，还帮他分析了错误的根源，使他认识了错误，端正了态度，思想上有了很大的进步，学习成绩也不断提高，在一次年级数学竞赛中他还得了第一名。李老师当然高兴，她在班里表扬了他，号召同学们学习他那种克服困难刻苦钻研的精神。可是不久，李老师又发现了新问题：武凤龙学习上只顾自己，不愿意帮助别人，给同学讲题也不够热心，经常流露出一种不耐烦的情绪。她便把他找来，同他谈心，一次又一次，给他讲做人的道理，帮他校正学习目的，教他懂得同学间彼此关心、互相帮助的意义。武凤龙从老师的教诲中懂得了：一个人生活在世上，不能只要求别人的帮助，更要学会关心和帮助别人，给别人也带去欢乐。他开始主动地关心集体，自觉地去帮助别人，以实际行动改善了自己的形象，在同学中受到欢迎和信赖。他被同学们推选为初二年级的团小组长，又被评选为三好学生。看到他的进步，李老师喜在心头，同时对他的要求也更严格了。一个下着大雨的早晨，武凤龙早自习迟到了5分钟。他没好意思敲门，一声不响地站在门外。李老师看见了他，知道他挨浇了，此刻雨水还顺着脸颊滴滴答答地往下流，脚下已经汪了一摊水。她有些心疼了：一个十五六岁的孩子，住在远离学校的南湖边上，每天都要自己做饭吃，不容易啊！她真想放他一马了，可又一想，他身为团干部，又是三好学生，这样随便下去，怎么能做其他同学的榜样呢？她到底还是把他叫到自己的教研室里批评了他。他一句也没有辩驳，只是嗫嚅着说道："老师，我错了，以后无论什么情况下我都保证不迟到。"

放暑假了。为了给武凤龙创造一次劳动锻炼的机会，李老师联系了校办工厂，给他安排了10天的勤工俭学实践。这期间她先后三次来工厂看望他，并向工人同志了解他在劳动中的表现。临近结束时，李老师把他接到家里，一边吃饭，一边请他谈谈劳动体会。武凤龙第一次这样侃快地对老师说："原来看工人干活，觉得没什么。现在自己一干，才知道苦和累，懂得了劳动成果来之不易。以前我总觉得我自己做饭吃，生活够苦了，现在同工人一比，我的苦算不了什么。我还要在学习上吃更大的苦，争取更好的成绩。"听着武凤龙的话，李老师欣慰地笑了。她的心里涌上了一句话：这正是我安排你去锻炼的目的呀！

武凤龙在健康地成长着，进步着。老师们为他高兴，同学们为他高兴，他的父母亲属也为他高兴。父亲更加关心他的学习和生活，不时来校了解他的情况。继母也来看望他，给他买了一双凉鞋，并且亲手为他拆洗被褥。亲友们得知他要参加夏令营，为他准备了钱款和衣物。这一切使武凤龙感激涕零。他在心里暗暗地说：父亲、母亲，各位亲友，我将来一定要报答你们啊！

现在，武凤龙已经升入初三。他正在为跨越新的高峰而努力拼搏。我们的学校和社会都在为他这凤飞龙舞准备条件，他的吉祥时代到来了。也许有人会问：是谁给他的命运带来了转机，改变了他的境遇？也许有人会说：是他摊上了一位好老师。我说，不，这不是哪一个人的作用。如果说摊上了，应该说他摊上了一个好社会，摊上了一个好学校，摊上了无数位好老师、好领导。不是吗？为了哺育这样一个曾经是贫瘠瘦弱、营养不良的孩子，我们的十七中学上上下下作出了多少努力，付出了多少汗水和心血啊！

古往今来，人们都愿意把教师比作蜡烛，我总感到这比喻有些不确。蜡烛是在燃烧中化作一阵青烟毁灭了自己，而教师呢？是在燃烧自己的同时，用生命的音符谱出智与力的交响长留人间，从而无限地延长了自己的生命。教师没有毁灭，教师只有新生。教师是那润物细无声的春雨，滋润了久旱的禾苗，充填了干涸的小溪，哺育了广阔的原野，萌发了生命之绿……

（1987年于牡丹巷）

永生的太阳

多么残酷啊！凶恶的病魔轻易地就摧毁了一个优良的生命，只把他的一张照片留给了我们：一头黑油油的学生发，一张白净净的书生脸，一双躲在近视镜后面再也不能闪动的眼睛，一副永远是聚精会神的情态，连领口都扣得紧紧的，一如他严谨的一生就在这一刹那间宣告了最后的收束……

几天来，有近 30 位同志川流不息地走到我的面前，含着泪像叙述他们自己的亲身经历一样讲述着他生前的事迹，我的笔在不停地抖着，不停地走着，采访本上密密麻麻留下的不仅是一行行无法写得端正的文字，还是一颗颗无法抑制如泉涌出的泪滴……

李放走了。他匆匆忙忙地走了，不声不响地走了。今天，我来到他的工位时，这里已经站上了他的另一位兄弟。厂长耿昭杰亲笔题写的"李放造型线"的大字牌匾就挂在他的工位旁。"学李放精神焕发铁军风采，走李放道路锤炼奉献品格"两联巨幅标语凌空垂下，抒发着铸造工人的一腔宏志。隆隆的机鸣正以新的高昂和激越编织着一曲更加嘹亮的奉献之歌。

铁军的进行曲依然高奏着，只是军中失去了一名忠诚的士兵。

李放走了。我没能看见他挺立在岗位上的瘦小身躯所爆发的巨人般的伟力;没能看见他帮助人们补鞋、修车后的浅浅微笑里洋溢着的深沉的爱意;没能看见他顶风冒雨去访问困难职工的蹒跚步履中替别人负载的重压;没能看见他咬着牙关战胜病痛时表现出的一个战士的不屈和坚毅……但我感受到了,从他的工友们如泣如诉的回忆中感受到了,从汽车城几十万儿女的发自内心的呼声中感受到了,李放,不愧为铁军的士兵。消失了的只是他血肉的躯体,永生的却是他钢铁般的精神。

历史有情,含着泪退回去 17 年。22 岁的李放怀揣一纸招工通知书,离开"接受再教育的广阔天地",走进了汽车厂的一号门。他被分配到铸造厂可造车间五线工作。汽车厂的工作林林总总,唯有铸造最苦最累,而铸造中可造五线又是苦中之苦累中之累。那时候,社会上流传着这样几句顺口溜:车钳铣,没有比;铆电焊,对付干;叫翻砂,就回家。李放的工种就是翻砂,可他没有甩下工作回家。他一入厂就把五线当成了"家",没黑没白地滚在生产线上,一干就是 16 年。翻砂工用的不光是脑子,还要力气,还要吃苦耐劳的劲头儿。李放身材瘦小,体重不足 50 公斤,身高不满 1.60 米。平素看不出来他有多大的力气,可一站到工作岗位上,他浑身的劲儿总像用不完。他工作在 818 操作台,是造型的第一道工序,每天有几百个砂型要通过他的检查再送到第二道工序上去。他每天都要亲手用气吊把 150 公斤重的砂箱推上 300 多次。150 公斤啊,相当于他体重的 3 倍;300 多次啊,平均每一分半钟就要推上一次,这劳动强度够大了吧,可李放不但自己的工作完成得好,还抢着替缺员的 254 工位顶岗补缺。他个子小,扒砂时不得不踮起脚跟。型砂箱上的托板有几十公斤重,个子大的可以从上面接,可他个子小够不着，只好从下面拽，他付出的辛苦要比别人多出不知多少倍。但他从没叫过苦和累。刚刚进厂，工作服还没穿旧，就赶上了厂里大会战。加班献工，夜以继日，主人翁创造的洪流中自然少不了他这朵小浪花。别人连一个夜班，他连两个夜班，有时干脆把行李搬来，吃住在车间，一干就是几十天。本职和非本职，在李放这里没有清楚界限。他想到的工作是本职，他看到的工作也是本职，总之，一切他力所能及的工作都是本职，没有他不伸手不卖力的。车间出板报，分工由工会宣传委员负责，这和他这个兼职生活委员没有多大关系吧？可他看到了，下了班就赶来帮忙，刷黑板，打格子，撵也撵不走。等写完板报，上二班的都快下班了，他才饿着肚子跨上自行车。新型滚筒筛眼儿被砂子糊住了，需要有人钻进去清除。可那滚筒的直径还不到半米，里面温度高达五六十摄氏度。谁来？又是李放挺身而出："我个儿小，我来！"说着猫腰钻进去。他清完积砂爬出滚筒，脸上水流道道，身上热气腾腾，就像刚从蒸笼里爬出来的。工长叫他去休息，他好像没听见，搓搓手说："这滚筒得改，不然，挨累不说，太影响生产了。"事后，他向设备科反映了情况，很快，这个难题就得到了解决。

铸造的活又累又脏。铸工整天和灰呀砂呀的打交道，一向被称为铸黑子。车间里粉尘大，过梁上灰土多。阳光射进来的时候，一道道光线负载着一柱柱闪光的颗粒在空气中飘摇。这直接威胁着人体的健康。要排除这种威胁，就要改造生产环境。改造环境靠什么？铸工都有一双手！于是全厂发动一呼百应，齐心协力打响了一场清污除尘改容换貌的战役。可造车间房子举架高，清除顶梁上的灰尘需要高空作业，为此，车间成立了一个突击队。名单一发表，没有李放——这当然是领导对他的关怀和照顾——他长得太小了，平素干的活太多了，这次免了吧。

可李放不肯，他跑到领导跟前，磨叽开了："突击队怎么没有我？平时总说我是骨干，怎么一到关键时又把我给忘了？不行，我得参加！"他到底为自己争得了一份奉献的权利。每天清晨四、五点钟，他就从很远的家里骑车赶到厂里，爬上距地面近20米高的顶梁，除灰，扫尘……一刻不闲地忙碌起来。李放这样忙碌惯了。他39年的人生旅程就是这样忙忙碌碌地走过来的。他用自己16年如一日的不懈奋斗，铸成一支如椽巨笔，以心血做墨填写了一份铁军士兵的光荣履历。直到病魔的毒手已经扼住了他的咽喉，他还忍着剧痛，一如既往地坚守在自己的岗位上，以铁军士兵的钢铁意志和共产党员的拼搏精神顽强地战斗了最后七天。

有人说，李放的胸怀宽得很，装得下车间和全厂的每一个人；也有人说，李放的心肠热得很，能暖化关东腊月的冰。这些话说的都是实情，没有一丝夸张，没有一点矫饰。就是这个普普通通的铁军士兵，名副其实的"小人物"，把自己短暂的一生化作春雨，浇绿了一片片秧苗；化作朝阳，照亮了一条条道路；化作烈火，冶炼出一炉炉钢铁；化作土地，培育出一颗颗生命……

李放生前有两件宝：一件是"备忘录"，一件是"万宝囊"。"备忘录"，是几个牛皮纸封面的笔记本。上面记满了全车间300多名职工的姓名、年龄、家属的工作单位、家庭住址、经济收入、困难补助情况以及应该疗养却还没有疗养过的人员名单……有的名字下面还画着弯弯曲曲的路线图，标明着厂区通往这些家庭的汽车路线和换乘地点。他在做工会兼职生活委员的15年中，寒暑不避，风雨无阻，凭着这些"备忘录"的引导，访遍了车间的家家户户，把自己800多个节假日都化作同志的温暖和组织的关怀，送进了每位职工的心。家住米沙子的苗得发生性孤僻，车间里有些人不愿和他来往。李放却注意亲近他。一天，他听苗师傅对人说起老伴的抱怨："你就知道干活，不知道交人，这么多年了，谁来过你家看看？"他心里一动，马上想到得去他家访一访。星期天一早，他就来到好友黄建国家，约他一道去米沙子。两个人乘火车赶到米沙子站，不想正赶上了瓢泼大雨，下个不停，去苗家还有挺远的一段乡路，怎么办？小黄有些犹豫："这么大雨怎么走啊！咱们回去吧，心到佛知嘛！"李放却说："不，大老远的来一趟不易。再说，赶上雨天才好看看他家房子漏不漏雨呀！"两个人顶着大雨上路了。雨中的乡路，泥泞难行，他们只好脱了鞋，光着脚，互相搀扶着走。几公里的乡路竟然走了三个多小时。敲开苗师傅家门时，他们都浇成了落汤鸡。看到这情景，苗师傅和老伴儿激动得半天说不出话来。也就是这次顶雨查访，使工会了解到苗师傅家房屋漏雨情况，及时组织人力帮助修缮，解除了这位老工人的后顾之忧。小小的"备忘录"是李放生前时刻想着别人处处为着别人的证明和记录，也是他留在人心底的一块丰碑。

"万宝囊"，是一个工具兜。那里边，修鞋、修车、理发、安装等工具应有尽有。他的这些工具一式两套，一套放在车间，专门为职工服务用；一套放在家里，留作为邻居服务用。李放本来不会修鞋，可他看到每次厂里或车间开展便民服务活动时，修鞋师傅面前总有修不完的鞋，于是他想学一学。黄建国的岳父在鞋厂工作。李放托他给代买几个鞋跟。小黄说："别扯了，嫂子鞋坏了拿来就是了。"李放说："不，我是想学学技术，你给我买几个吧。"小黄给他买了鞋跟，并且捎来了麻铁片。李放就开始了学徒生涯。他下班宁肯绕道走也要多走过几个修鞋铺，呆呆地站在那里偷艺。晚上回到家就实习起来，麻铁片包鞋跟，包了拆，拆了包，叮叮当当，敲敲打打，手上割了一道道血口子，他不顾；掌心磨出一块块硬茧子，他不管。终于练出了修鞋的本事。从此，无论车间工休时还是假日便民服务点上，都会多了一位修鞋的小师傅。李放给厂里厂外修过的鞋无计其数。李放修自行车也是由参加便民服务活动开始的。他最初的学艺也是偷偷进行的。天天下班经过宽平大桥，李放就把车子推到一个修车铺门前停下，自己站在一边定定地看着老师傅修车。时间长了，老师傅发现了他，觉得奇怪，以为他也要开修车铺。一问，他说了实话。老师傅乐了："小伙子，修车不为赚钱，却为参加便民服务，你心眼儿不坏，学吧。"一来二去，老师傅还真的收了他做徒弟，认认真真地传给了他一套修车手艺，小李放成了远近闻名的修车能手。

天上的星星数不清，李放为人民做的好事说不尽。开展便民服务活动，是汽车厂的传统项目，哪一次少得了李放？只有一次，李放上夜班，车间领导心疼他的身体，故意没有通知他。可谁知，第二天一大早，刚下夜班的李放又出现在便民服务现场上。这么多年来，他亲手为职工群众和街道居民修过多少车，补过多少鞋，理了多少发，帮了多少工，就像他检查过的砂型一样，没有办法计算出来。人们说，李放的"宝"不在他的"囊"里，而在他火热的心里。他时时刻刻想着职工的疾苦，事事处处为人民打算。只要人民需要，不会的，他去学；学会了，就去干。辛劳一生，鞠躬尽瘁，直到耗尽了最后一滴血汗。他的生命，像一支蜡烛，一经点燃，就能发出光来；又像一块煤炭，投入炉中，很快会化作热量。

李放心中有本账，车间里谁个生活困难，哪家房子急需维修，谁家的炕该扒了，哪位家属病了，甚至连邻里不和、夫妻吵架的事，他都掌握得一清二楚。只要是职工遇到了困难，他准能及时出现在面前。

裴雅彬新婚无房，准备利用国庆休假盖一间简易房。9月30日一大早，李放就带着3个朋友赶来了。雅彬惊奇了："你怎么知道的？"李放笑了："先干活吧，以后再唠。"陈仁财的妻子产后又因病住进医院。他家里生活本来就很困难，这下更是难上加难了。正在他急得抓耳挠腮无计可施的时候，李放像及时雨一样赶到，送来了组织上补助给他的救济款。盛福春小两口有一段时间闹意见，三天两头吵嘴。李放便经常去劝解，苦口说转乾坤，真情感动菩萨，终于使这对小夫妻捐弃前嫌，言归于好。周云阁是占地招工进厂的新工人。刚进厂时，全家没有转为城市户口，口粮没处供应，议价粮又买不起，媳妇天天愁眉紧锁，小周也终日默默无言。李放看在眼里，动在心上，取来自家的粮证，递给小周："我家证上有粮，你买吧。"王志军患病住院手术，卧床15天，李放不错眼珠地护理了半个月。病人高烧不退，痛苦难挨，他就用酒精一遍一遍地给他擦拭全身，一天要擦上十几次；盛夏七月，病房里灼热难熬，王志军睡不着觉，李放就在他身旁为他扇风消热，一扇就是几个小时，直到王志军睡着了，他才能打个盹。王志军病重期间，每天要做四五次化验，李放就楼上楼下去跑化验结果。一个月中经他取回的化验报告就有150份。治疗中急需一种药，医院里没有，李放顶着雨跑遍了长春市大大小小的药店，终于买了回来。三个多月过去了，王志军康复了，李放却累瘦了。

去年3月，春天姗姗来迟。一连三天的小雨加雪给李放的心头平添了一丝忧虑：新工人王长春没有上班，会不会是他那间破陋的房子经不住雨雪发生了问题？下班后，他顾不得洗澡，骑上车子去王家探访。雨雪后的乡路泥泞一片，车子骑不动，他就下来推。车轮被泥巴糊住了，他就找来根树枝抠一抠再走，终于走到了，谁想迎接他的竟是一把大锁头。第二天他又来了，依然是铁将军把门。直到第三趟，他才见到了王长春的爱人，得知他们的孩子有病住院，夫妻俩都在医院护理。李放一边安慰他们，一边细细地查看了房屋情况，果然，北山墙已经裂了缝子，屋地上也有多处漏雨的痕迹。李放赶回车间，详细做了汇报。工会马上拨款买了修房的材料。李放当天就把油毡纸送到了王长春家，并约好星期天来帮他修房。这个星期日，李放就在王长春家里同泥水砖瓦打了一天交道。王长春的爱人十分感动，非要打酒买菜款待他。李放却从工具兜里掏出饭盒，笑着说："省了吧。心意我领了，我这儿有现成的饭菜，吃完了还得抓紧时间干活呢。"就这样，他一直忙到掌灯时分，房子修好了，他拖着疲惫的身子推着自行车离开了王家。王长春的爱人千恩万谢，送出很远，可她怎么也没有想到，这个为他修房子而劳累一天的人，竟是一位濒临晚期的肝癌患者。半个月后，他便长辞于世了。命运啊，太不公平了，怎么能让这样的好人死去呢？

　　李放有一颗爱心。他爱别人，也爱自己，而且都爱在当处。爱别人，是时时给人以温暖和教益；爱自己是处处律己以严格和不怠。

　　李放的爱有时像慈母一样细致入微。初春，青黄不接。他看到职工买菜困难，就积极向工会建议，并且身体力行，起大早从十多公里以外的市场买来蔬菜，用自行车驮回厂里卖给大家。炎夏，骄阳似火。他看到工人们工余饮水要跑出很远，既劳累又不卫生，就向车间领导建议，增设饮水点。车间领导很快采纳了他的建议，解决了职工饮水难的问题。冬夜，风雪如刀。车间职工李树国的6岁女儿李岩与接她的母亲走两岔了，母女俩谁也找不到谁。李放帮忙找到了李岩，又骑车驮着她顶风冒雪绕了半个市区，找遍小李岩的所有在长亲属家，终于帮她找到了妈妈。

　　李放的爱有时又像严父一样凛然、认真。厂里分配职工住房，坚持落实基本国策。方案上明文规定：做过节育手术者加2分。可是，400多张申请住房登记表交上来，竟有60多张表上填写着做过绝育手术，并且都附有医院的证明。孰真孰伪，一时难辨。分房委员会决定派人到开具证明信的各医院去核实医疗档案。这是个费力不讨好、挨累得罪人的差事，谁愿意干呢？李放接下了这个棘手的活。他和另一名同志不顾个别职工的求情，顶着一些人的白眼，冒着风雪严寒，跑了一家又一家医院，终于搞清了事实真相：这60多张表中真正做过节育手术的只有7位，她们得到了应得的加分。

　　李放兼着车间的劳保员，日日月月，无法计数的劳保手套从他手中经过，可他没有贪占过一副，也没有随便送给别人一副。新来的工人不懂操作，手套戴上一两天就开线了。有人来找李放，想换副新的。李放给他换了，不过不是从库里新取出来的，而是把自己的换给了他，回头又把他的缝好了。他还抽空教人们缝补手套。慢慢地，大家也学会了缝补，学会了节约，没有人再来找他换手套了。

　　去年初春的一天，快下班时，天空飘起了小雪。新工人李建强发现自己早晨来时没戴手套心里犯了嘀咕：怎么骑车子回家呢？有人看出他的心思，要他去找李放。他去了，说要借副手套。李放说："行，下班跟我一起走。"下班时，李建强把车子推了过来，李放从兜里掏出一副尼龙手套扔给了他："戴着吧，我给你借了一副。"李建强想也没多想就戴上了。两个人骑车子走了好远，李建强才发现李放没戴手套，把着车把的手指冻得红红的，像晚秋经霜的胡萝卜。他心里咯噔一下，问："李师傅，你的手套呢？"李放笑着向他一努嘴："不是你戴着吗？"

李建强脸上一热,像被烫了一下,半天才挤出一句话:"你管手套,拿一副就完了呗,何必——"李放却截住他的话,一字一板地说:"不能啊,咱们都是党员,给你开了这个头,别人再要怎么办?"李建强不好意思地摘下手套要还给李放,李放温和地说:"你戴着吧,我比你近,就要到家了?"这件事在李建强的心上打下了一个深深的烙印,使他切切实实地感到了"共产党员"四个字的分量。至今,一说到李放,他就抑制不住激动:"李放是个名副其实的好党员,雷锋式的好工人,这不是干部封的、领导树的,而是群众奖的,当之无愧的。有人专讲做大事,他不,默默无闻持之以恒地做小事。在他住院之前,病得那个样子,还坚持学习,连字都不能写了,还让妻子代笔,口述学习心得。腰疼得直不起来,还楼上楼下地给我们打开水,一直打了七天。七天啊,他那时全身脏器的功能都已经衰竭了啊,他可真是个铁人啊!"

"铁人"更懂得爱。在隆隆巨响的机床前,在挥汗如雨的奋战中,他的爱会化作铁流的奔泻和汽车的轰鸣;在合家共餐的饭桌旁,在挚友倾心的交流里,他的爱会变成朗朗的欢笑和绵绵的柔情。

李放,这个身材矮小却顶天立地的铁军战士,把自己年轻的生命化作了奉献与创造。他把爱全部献给了他的岗位他的工作他的同事和战友,自己没有带走一点一滴。不是吗?他多么爱生活,爱自然,爱祖国的山川秀色、旖旎风光,多么想利用铸造厂刚刚实行的第一批休假做一次光荣的旅行,去领略一下精彩的外面世界,可是工友小苏要去深圳接母亲,假期不够了。他毅然舍去了自己的向往,把这深沉的爱加进了同伴南行的旅途中;他多么爱游泳,爱儿子,多么想让自己的爱子早一天学会在大江大河中搏风击浪,为此他和小黄一起买下了气垫,并约好一道带孩子去南湖,可是工友家要装土暖气,他不能不帮忙,只好放下带儿子去南湖的心愿,把这份爱又汇入了锤铁相撞、火花四迸的辛苦劳作里。谁能想到,他这心愿只此一放便成了永难了却的遗愿了!

李放走了,铁军中少了一个士兵。可是,他留下了财富,铁军中多了一种精神。倒下去的是李放的躯体,挺起来的是铁军之魂。

一种强烈的朴实的爱之暖流在铁军中汇聚着,奔流着,正在形成一片新的海域;一团炽热的磅礴的力之光焰在铁军中滚动着,升腾着,已经照亮一个新的世界。

李放的身边又站起了三百人,不,五千人,不,十万人,不,也许更多、更多……张长亮接过李放的兼职工会生活委员的担子,像他一样地开始了工作。困难职工李德才的孩子住院缺钱,他积极组织大家捐款救助。他接过了李放的万宝囊,继续为职工们修鞋。厂里职工自愿献血,他积极参加了。他自觉献出了鲜血,又自觉放弃了假期,七天假休了还不到一天,就上班了。他把献血营养费一部分买了修鞋的材料,一部分捐赠给车间里的困难职工。李绍臣是李放的生前好友。李放曾多次帮他修房、装暖气,解决生活上的困难。李放逝世后,绍臣化悲痛为力量,光大了李放的助人为乐精神。当新工人张维国婚后无房生活遇到困难,绍臣把自己的房子腾出一间来借给他们居住。李放多次关心过的盛福春,从前经常缺勤,如今像换了一个人一样,天天早来晚走,工作十分努力,并且受到了表扬。送砂班的娘子军在学李放的热潮中焕发精神,增强团结,形成了一个亲密和谐的战斗集体。栗凤龙拾金不昧。刘洪斌夜送迷路老人归家。立足岗位学李放,铁军营中开红花。全厂树起的"八面红旗"迎风招展。铸造厂500多名党员齐刷刷佩上"共产党员"徽章,自觉地把自己置于人民群众的监督之下,人人学李放,争做雷锋式的好党员。

铁军的风采,铸造工人的风采,汽车城一代骄子的风采,在20世纪90年代的改革中展示;奉献的品格,李放的品格,十万铁军士兵的品格,在20世纪的进军中弘扬。

历史就这么清晰而又坚实地写下了一笔:只有汽车厂这片土地上,只有在新时代的阳光、雨露、空气的光合作用下,才可能生长出这样的立可以当柱、横可以做梁的树木;只有在这支久经风雨、百战不殆的铁军中,才能够造就出这样的大智大勇、无私无畏的士兵。

这片土地是太阳的故乡。有一颗永生的太阳栖息在这里,这里将永世辉煌。

这片土地是温暖的,它会唤起每一人心头的热望。这里的每一条溪流都日夜流动着,永远不会冻结。

(1991年于云鹤斋)

选 择

王琦从来也没有想过要当一名侦查员，可是他当上了。在职业和他之间，至今他也说不清到底是谁选择了谁。

在许多年以前，王琦还不懂得选择的时候，有人曾经为他做过一次选择。

他的家可以说是一个书香门第、艺术之家。父亲搞摄影，数不清的山川秀色和风光人物都曾摄入他的镜头；哥哥爱画画，笔下自然栩栩传神；妹妹会弹琴，耳边常有乐音缭绕；他自己呢，从小耳濡目染，也有几分艺术细胞。十三四岁的时候，吉林省艺术学校的一位颇有眼力的老师便相中了他。老师看了他的手指、虎口，说他是块弹钢琴的料，鼓励他报考艺校。他真的考中了，只是没进钢琴专业，人生大社会的一次选择给他亮出了一个金色的通行证：双簧管。他很刻苦，煞费心血，苦钻苦学5年，成绩优异，毕业了。他依然把自己交给了社会，无条件地听凭选择。他被分配到长春市公安局交警支队——据说那里要成立一个专业文工团。他很高兴去，几次做梦都梦见自己穿着雪白的交警演出服，在灯火辉煌的舞台上为观众演奏，他的耳边响起一阵阵掌声，心头像波涛汹涌的海面……

可是他的艺术之梦没能做下去，交警文工团这个未出世的胎儿流产了。王琦面临着一次新的选择。领导向他们宣布文工团成立方案告吹的同时就告诉他们：你们可以自己去选择未来的职业，到哪个单位都行，选好了组织上可以帮你们去联系和落实。

这一次轮到王琦自己去选择了。毕业后的这一段时间重新塑造了他，他爱上了那一身在别人眼里单调枯乏而在他看来却是一片生机的橄榄绿色。

他找到教导员："我要当侦查员。"

"当侦查员？"教导员有些惊疑。

"是的。"他回答得很干脆。

"侦查员可是个苦差事啊……"教导员还想说下去，却被王琦拦住了话头："苦不也是人吃的么？教导员，我来这么多天了，你看我怕过苦吗？"一句话把教导员给问住了。他其实是很喜欢王琦，很舍不得他走的。这个血气方刚的年轻人在他身边工作的这段时间里，给他留下了美好的印象。他勤勉、认真、工作起来兢兢业业、一丝不苟；他办事细心，细致得像个大姑娘。无论谁交办的事情，他只要接下来，就保准给你办得有头有尾，明明白白。听他说要去宽城分局刑警队当侦查员，教导员当然很高兴。他对王琦说："王琦，你等着听信儿吧。"

几天后，王琦接到了报到通知。从此，他离开了演奏双簧管的艺术小舞台，大步走上了用单黑管（手枪）谱写生活奏鸣曲的社会大舞台。一场惊心动魄的人间悲喜剧就在他和他的战友间波澜壮阔地展开了。

王琦走上了侦查员的岗位。他被分派到"打击夜盗组"。

盗贼在夜间出没，他的战场当然就在夜色中。

这是一个寒冷的冬夜，北风呼啸，尖利如刀。路灯冻得发抖，飘摇着苍白的光,晃动的灯影像瑟缩着身子的醉汉。

侦查员王琦和王树江就巡查在这灯影飘摇的长白路上。突然,他们的眼前一亮:前边不远处货场附近的一辆卡车后有人影晃动。

王琦看了一眼腕上的表,是凌晨1点钟。他捅了一下王树江:"过去看看,没准有活干了。"

两个人扮作一对恋人,依偎着缓步向货场走去。看得越来越清楚了:一高一矮的两个家伙正在盗窃,挨排一溜三个门已被撬开。接近现场了,王琦轻声对王树江说:"我对付高个的,你对付那个矮个的。"说完,他一个箭步窜了过去。没等罪犯醒过腔来,他已经把他掀翻在地。与此同时,王树江也把另一个罪犯铐了起来。

王琦和王树江把罪犯押回分局的时候,天已经放亮了。经过突审,顺藤摸瓜,根据这两名罪犯的线索,逐个破获了发生在长吉两市的48起盗窃案件。

我们的事业是一部迷人的交响乐,每个人都在其中演奏着属于自己的一首歌。王琦的小夜曲中跳动着机敏善战的音符。

1984年的秋天的一个夜晚。王琦率领侦查员刘洪伟、戴军和治安积极分子连波埋伏在某地,准备擒拿一伙预谋盗窃的罪犯。

白天他们已经勘查好地形,天一黑便进入了各自的岗位。时间一分一秒地走,凌晨2点钟了,还不见什么动静。

3点20分,王琦的眼里出现了敌情:两个黑影闪进了作案现场,他们四面看了看,又退出去了。那样子真像老鼠觅食。过一会,看看没什么动静,罪犯又返身回来。这时,只剩下了一个。他拿眼瞄了一下四周,开始作案。他压开了门锁,一闪身钻进了黑暗之中。工夫不大,他又从屋里返身出来,怀里显然揣着赃物。这一切，王琦都看得清清楚楚，但他没有动。他要等到罪犯自己钻进他们预先摆好的八卦阵里，来一个轻取盗贼。他心里有数：把守两个路口的两员虎将，一个是中长跑健儿，一个是优秀百米运动员，只要罪犯打此经过，那他就插翅难逃。

可是，事情有变。罪犯盗窃了财物之后，偏偏没有按照侦查员们估计的路线走。他选择了王琦埋伏的小胡同作退路，这下可难坏了王琦：冲出去吧，距离敌手的这段路程不短，而且是在明晃晃的路灯下，猎手只有他一个，暴露得太早，狐狸很容易逃掉；不冲出去吧，又不能眼看着罪犯从自己的眼睛下溜掉。怎么办？现跟刘洪伟和戴军他们联系已经来不及了。王琦正在焦灼间，忽见对面路上出现一个胖胖的女人，看样子是上夜班的。他灵机一动，披上大衣，跟了上去，他佯作送那女人上夜班，悄悄地接近了犯罪分子，罪犯果真没有警觉。王琦一个箭步冲到罪犯跟前，伸手揪住他的衣领往前一搡，罪犯立刻扑地而倒。等罪犯再起身挣扎的时候，王琦的枪口已经顶在了他的后腰上。

都还记得电视剧《便衣警察》里那支动人心弦的歌吧："……金色盾牌热血铸就，危难时刻显身手……"与其说这歌是写给剧中主人公的，不如说是写给我们这些在黑夜里神出鬼没打击夜盗的侦查员的。

王琦当了10年侦查员，经历了多少危难时刻，他自己也记不得。但是，历史记得。他逝去的年华记得。他洒下的热血为他描绘了一个火焰般颜色的青春轮廓。

冬夜。大雪飞飘。

寂寥无人的黑水路口。

王琦发现一辆车开进了一个小胡同。他心里一动：深更半夜，黑灯瞎火，谁把面包车开进这样一个窄小的胡同里做什么？

王琦突然有一种预感，他悄悄地跟了上去。忽然，有个慌里慌张的女人从灯影里跑出来,王琦一下子明白了,他迅速追上了面包车,飞身一跃,登上驾驶楼的脚踏板。他一眼瞧见那司机的裤子已经脱了一半。他什么都清楚了,"嗖"的一声拔出手枪,敲了一下驾驶楼的玻璃,厉声喝道:"下来!"

那司机转过头来瞟了他一眼,没有理睬,一踩油门,面包车箭一般地射出。站在脚踏板上的王琦突然被路旁的大烟囱刮了下去,摔倒在地,昏了过去。这时,巡夜的另外几名侦查员听到动静急忙赶来,抓获了犯罪嫌疑人,救起了王琦。王琦负伤了,可那女人得救了,利用面包车进行流氓犯罪活动的作案分子落入了法网。

夏日,细雨霏霏。

新民浴池旅店部的二楼窗口,突然跳出一个人来,他跌了一跤,爬起来又跑。紧接着,又有两个人从窗口飞身跃下,径直朝前追去。时辰不大,这两个人押解着先前逃跑的那个人回来了。前后不过几分钟,惊险的场面把围观的人们都看呆了。当他们得知,这就是侦查员王琦和司机张国庆飞身跳楼抓捕盗窃犯的一个场面时,都禁不住伸出大拇指连声赞叹:"公安战士,真了不起!这样的镜头我们只在电影电视里见过,没想到今天看到了活生生的现场,真开眼!"

生活,像一个打翻了的五味瓶,每个人似乎都要品尝一下酸甜苦辣咸的种种滋味,王琦品尝到的,却只有那一点点略带苦涩的清芬。

王琦患病了。医生看着面前这位文文静静的患者,看着桌面上摊开的病历本和化验单,像宣布一项重要决定那样严肃地宣布:"你得手术,不能再拖下去了!"王琦无可奈何地点了点头。日久生长的肠道息肉搅得他昼夜不宁,身体日益消瘦,实在是到了不治不行的地步了。

可是，没等病治好，他又上班了；上班没多久，他又病倒了。就这样，反反复复，恶性循环，从1985年到1989年5年间他做了5次手术。他忍受着肉体上的痛苦和精神上的压力，坚强地迈出人生的步履。

王琦谈恋爱了。爱情的美酒应该是香甜、醉人的。可王琦不醉，他的爱情之酒里也能品出一点苦滋味。他常常因为执行一些"临时任务"而失约。一次次检讨，一次次重犯，他也一次次地无可奈何——他的"临时任务"太多了。这任务一直跟着他，以至伴着他走进了婚后的家庭，当然，这些"临时任务"，大都不是别人派的，而是他自己找的。

有一次，家里来了客人。妻子叫醒了正在睡觉的王琦，把篮子递给他，让他出去买点菜，他揉了揉眼睛，拎起菜篮子走了。刚刚走进菜市场，不巧得很，他被一件"临时任务"牵住了目光：一位老太太在鼻涕一把泪一把地哭。一问，才知道她刚刚被小偷掏走了兜里的百十块钱。王琦忘记了妻子的委派，他带着老太太来到失窃现场，经过几个小时的侦查，终于抓住了那个小偷，为老太太追回了钱款。这时候，天色已晚，他想起了妻子的话，低头一看，手里拎着的菜篮子还空空的。

侦查员是辛苦的。夜夜与星月做伴，常常同风雨为伍。为了破案，他们有时需要连续作战，不分黑夜和白天。侦查员的妻子也是辛苦的。不要说夜守孤灯寂寞难挨，就是日常家务也没人伸手帮一把。

有年秋天，王琦的妻子身怀六甲，却还站在长街上排队买冬储菜。邻居一边帮她运菜，一边问她："王琦呢？"

"办案去了呗。"她回答得轻描淡写，似乎很习惯了。她有时也有点怨气，可是，当两眼熬得通红的丈夫一进家门，她的气就全消了，立刻起身去为丈夫准备饭菜。

每一位侦查员的妻子都在和侦查员一起做着无私的奉献。也正是因为有了这样一位位好妻子，有了这样一颗颗理解和支持丈夫事业的崇高心灵，王琦和他的侦查员们才能屡建奇功。10 年中他们破案 867 起，抓获和处理各种刑事犯罪分子 4026 名。组长王琦多次立功受奖，1988 年被吉林省公安厅授予一等功臣称号，去年又被评选为吉林省劳动模范和长春市特等劳动模范。这些光荣的功劳簿上，也闪耀着他们的妻子无私奉献的光芒啊！

侦查员们也是血肉之躯，他们懂得爱，也需要爱，但为了给别人以温暖，让别人享受到人间之爱，他们可以毫不吝惜地牺牲自己的爱。

侦查员，这普普通通的三个字，在人们的眼里和心中却放射出奇光异彩。是啊，他们是人民的使者，对于沉沉黑夜，他们就是光明；对于痛苦的受害者，他们就是欢乐；对于那些误入歧途、滑进泥沼而又良心未泯的失足者，他们就是挽救的臂膊和再生的纤绳。

（1990 年于云鹤斋）

小南河边的风景

　　大河奔流，一泻千里，自有摄魂动魄的壮观；小溪潺潺，细流涓涓，也有万千迷人的景致。这条爱心如一的小南河匍匐在九台南郊，款款而流，不知经历了多少年代。河水悠悠，滋润着这片丰腴的土地，养育着这些勤勉的人们。一代一代的九台人，就在这并不算风光的小河边，用心地构筑着自己的风景。

　　时光日复一日年复一年地流走了，小南河流走了多少苦乐悲欢多少屈辱和奋争，没人记得清。只有历史如椽的大笔在信马由缰地涂抹着。河水悠悠依旧，风景平平依旧。

　　谁也说不确切是哪一天，小南河边上一下子就风光起来了。站立河边，放眼后小屯，无边的野际突然出现了一片崭新的风景，一幅美丽得让每位过路人都眼馋都嫉妒都不能不放慢脚步的立体风景。一片片庄稼，一片片果园，把人们辛勤的汗水凝聚成五颜六色的甘甜，装点着小南河边上后小屯的秋天。这里从来没有过这样斑斓的秋色呵！

　　一栋栋歌唱着呐喊着为新生命催产的砖瓦房和高楼广厦，带着农民的自豪和现代生活的诱惑拔地而起——"九台市第四建筑工程公司"的巨幅标牌为这立体风景标出了一个醒目的标题。于是，一户户农民脸上写满欣慰骄傲地走进了新居，他们把理想的插花插上了心灵的更高一层，也让心室盛不下的喜悦挂上了雪白的四壁；于是，寂寞孤独了许久的老人们怀抱着喜悦走进了新居——吉林省的版图上出现了第一家规模可观服务可人的村办敬老院，它把一种从未有过的兴奋和激动描上了老人们的眉梢。

一条条宽阔平坦的大路切割着一片片生机盎然的绿地，像油画刀挑起油彩在完成一幅豪气十足的构思。宽宽的大路上奔跑着大车小车汽车马车还有嘉陵牌幸福摩托。滚动着车轮，滚动着激越，滚动着乡村流向城里的欢乐。

站在今天的检阅台上不能不回首昨天。昨天，这里没有风景。昨天的小南河流着一曲又难听又难唱的歌；昨天的后小屯是潦倒在小河边的一个懒散的穷汉，穿着粗布裤子，捏着苞米肚子，无可奈何地蜷缩在九台的灯下黑影里。

人生来是向往光明的，有谁能甘心一辈子罩在黑影里？昨天的后小屯也曾无数次地挣扎过。她要摆脱贫穷,她要走出黑影，她要风风光光地过几天属于富饶属于欢乐的舒心日子，可是她挣不开那条捆着身子的绳索，手脚不能随便动，心思不能随便想。"割资本主义尾巴"的疼痛悸震在心，负载太重，她无法上阵。她就这样依赖着，等待着，一直等到了11年前那把光明的利剑祭起的时候，她身上的绳索哗啦的一声断了，她第一次站起身来，抖了抖肩膀，舒了舒筋骨，才觉出了自己原来还有力量！她跃跃欲试地踏上了竞争的起跑线，可是没跑多远，她便跌了一跤——身子被束缚得太久了，手脚几近麻木了，冷丁一下子跑起来，免不了要跌跟头；眼睛在黑暗里习惯了，真有亮丽的阳光射来的时候，反而会产生瞬间的盲目，这也是自然的。后小屯的人们揉了揉眼睛，敲了敲腿，牢牢地抓紧了新时代投给他们的一条救生缆，决心逃离贫穷的苦海，他们为此付出了代价。

　　1980年的第一个春天，料峭的风吹过南山坡，积雪开始融化，细流交织，滋润着大地干渴的嘴唇。沉睡了一个冬天的后小屯在春风的呼唤中醒来了。祖祖辈辈眷守着土地年年月月脸朝黄土背靠天地打发着日月的后小屯人也从迷惘多年的梦中醒来了。他们瞪大眼睛观察着外面的世界。外面的世界很精彩，精彩得令人们眼花缭乱，心旌摇动。精彩得使他们不能不迈动双脚冲出黑土地的包围圈——他们要伸手向庄稼院以外的世界索取了！

　　王金山头一个离开家乡闯进了林区，用一身不值钱的力气换回了让全村人都惊异的两万元钱，又用这2万元钱从山里购回了三火车皮柞木杆子。他听说栽培黑木耳可以赚钱，于是花上血本想要试一试。这个多于力气少于知识的憨厚汉子，满以为有了钱买来了柞木杆子再按图索骥地搭上些力气，就可以坐收其利了。可惜，他的这个憨厚的梦想还没有来得及长大，便被严酷的现实击得粉碎了。尽管他很辛劳，起早贪黑地摆弄着那三火车皮的柞木杆子。三火车皮呀，一根一根底地摆在地上，每一根上都刨出三百多个孔眼，然后又一一地埋进菌种，依次排开，黑压压的一片，覆盖了足有半垧多地。他每天都用汗水浇灌着这些柞木杆子，浇灌着这黑压压的一片希望，可希望终于没有长出芽苞，希望终于枯死在缺少技术滋养的胚胎里。他的钱白扔了，他的力气白费了。几个月的时光留给他的只有两汪辛酸的泪水。真是受穷容易致富难啊！

　　北方的冬天太冷，人们总盼着太阳不落。北方的夜晚太黑，人们总希望有明灯照路。小南河封冻的时候，有一颗太阳升起来，它把全部的热量都注入了小南河的躯体，一定要唤起它生命的流动……后小屯的夜晚降临了，有一盏明灯亮起来，它把全部的光亮都投进了每一家窗户，一定要照亮每一户村民……

托着太阳升起来的是一个只有 64 名党员七个分支部的总支委员会。64 颗火种同时点燃，燃烧成一个硕大的火球，不亚于一个发光的太阳。举着红灯走来的，是在这条小河边历任了 18 年村干部而今又被推选为党总支书记的王景福。他个子不高，长得也不壮，干干瘦瘦的，看不出有什么惊人的力量和本事。他走路和他说话一样，风风火火，爽爽快快，很有股青年的味道。然而，一看他深刻在额头上的春秋纹就知道，他已经不年轻了。可 10 年前他还年轻，正是三十五六岁的样子。那时，人都说他腿快，说到哪儿去眨眼之时。其实他不是腿快，是腿勤，是两只脚老不闲着。后小屯 923 户人家，家家的门槛都差不多叫他给他踏烂了。其实他也不是腿勤，是心肠热。一年四季，从春起下地的每副犁杖到秋后收获的每片庄稼，全屯的事无大无小没有不从他心上过的。老老少少四千多口人，谁没有感受过他的关怀和温暖呢？

宋氏兄弟四人都是外来户。他们记得迁入后小屯的那阵子，正是 1967 年。户口难落，哥儿几个愁眉紧锁，无计可施。正在八队当队长的王景福看到了他们的难处，他想帮他们。他跑去替他们说情，一遍一遍地据理力争。那年月队长算个什么官？权没芝麻大，累又不少挨，操心的事躲还躲不开呢，谁愿意自己去找麻烦揽事干？王景福愿意！有人劝他看开点，多一事不如少一事。可他不这样想。他凭着年轻气盛心肠热，不知跑了多少次，到底把宋家的事给办成了。兄弟几个眼噙着热泪来到他跟前，满心感激却说不出一句话来。王景福朝着他们点点头，笑了笑，笑出了满腔的挚爱，笑出了一脸的苦涩："回去吧，好好干，日子过得圆全点比什么都强。这年头儿，谁有难处都该伸手帮一把呀！"那一年的王景福的确是诚心诚意地想帮他们一把的，是想把他们和全屯的人一起都拉出眼前这个穷窝子，都推上奔富裕的光明大路。可是，他没有办到，那个年月里他根本办不到。不要说帮别人致富，就是他自己的生活，扑腾一春零半夏，到头来还不是癞蛤蟆打苍蝇——将供嘴儿！一晃过去了14个春秋，到了1981年。王景福又来帮宋氏兄弟一把了。这一回不是他自己，同来的还有村民委员会主任杨乃文。也不仅仅是为了帮助宋氏兄弟摘掉受穷的帽子，而是要启发他们捷足先登带个好头儿先富一步，发挥典型的作用把全村人都引上致富的道路。来前，他们班子里的人开过会。他们仔仔细细地分析了每一户村民的情况，一笔一画地勾出了全村的未来图景。

宋氏兄弟四人中，有一个木匠、两个瓦匠，老大过去当过队长……这些情况在王景福心头转来转去，终于转出了一个建筑工程队的雏形。这一天，他们把这个孕育在心头的美好雏形向四兄弟绘声绘色地描述了一番。憧憬未来的火花终于点燃了四兄弟闷在心头压抑多年的理想之火，他们下定决心，要闯出一条路来。可是，干比想要难得多。四兄弟要行动了，一个个青面獠牙的困难也迎面扑来了：先是资金不足——兄弟四人东挪西借只凑够1万元，要办个建筑工程队，万八千元好干什么？继而缺少设备，简直就是一无所有——单凭两把瓦刀一套锛刨斧锯就能拉出一支工程队吗？关键时刻，王景福又出面了。他带领一班人开了个诸葛亮会，终于就掏出了一条锦囊妙计：资金不足，由村干部出面作保贷款4万；缺少设备，村干部帮忙先购进两台胶轮拖拉机；与此同时又为他们解决了两亩地的房场，帮他们盖起一栋仓库……一个兄弟四人挑灶生火鸣锣开张的建筑工程队就这样挂出了招牌，这就是现在拥有180多人、四台拖拉机、一台小四轮、一台东风半挂、一台推土机、一台塔吊、一台吉普，建筑设备齐全，施工质量叫座，前不久刚刚晋升为吉林省预备级企业的九台市第四建筑工程公司第一施工队的前身。

劳动创造了财富。施工队的大锅里肉鲜肠肥，宋氏兄弟自然也佳肴满碗。昔日的草房不见了踪影，代之以高高耸立的三座大楼。

改革是弃旧图新，是劈山开路，不可能一帆风顺，不可能只是过关斩将，有时候也要走麦城的。王景福和他的一班人，并不是只在人们乘改革顺风船的时候才出现在甲板上的。有许多欢庆胜利的场合，你看不见他们的影儿；而在前进中遇到坡坡坎坎的时候，或者当人们皱起了眉头的时候，他们常常就站在你的面前。

1987年，朱洪田养猪赔了本，一下子搭进去一万五千多元钱。残酷的打击使这个能文能武善写善唱的中年汉子一时间没了欢乐，也没了主意。阴云袭上他的面颊。他犯愁了。他愁的不只是自己那打水漂都不响的一万五千元，他是觉得辜负了王景福的一片热望，愧对了村干部的关怀、支持和扶助。是啊，为了帮助朱洪田发展养猪事业，王景福下了多大决心啊！他把种马场配种站那块半垧方圆的场地收回来交给了他，盖猪舍，修围墙……谁想他刚刚迈步就栽了一不小的跟头呢！正当朱洪田负着压力进退两难徘徊不定的时候，王景福他们又来了。他们给他带来了轻松，带来了镇定，也带来了跌倒爬起来继续干的信心和勇气。一席热乎乎推心置腹的交谈如一剂无病不克的灵丹妙药，使朱洪田被挫折击得昏热的头脑顿时冷静和清醒起来，他一扫脸上的愁云，重新振作起精神，同党员干部一起分析失利的原因，认真地总结经验教训，制订出一套"以短养长，兼项发展"的措施，鼓足劲头迈开了新的步伐。村干部出面协调有关部门，为朱洪田的养猪场安了电，帮助他建起了饲料加工厂,同时在九台市内办起了一个饲料商店。朱洪田如虎添翼,一面学习着科学养猪,以此做长项发展,一面创造性地搞起短项经营——加工出售自己精心配置的猪、鸡饲料。长短结合,兼项经营,大大地提高了经济效益,一年产值达十几万元,纯利润将近3万元。他白手起家创办的养猪场,如今已经拥有固定资产十几万元,建起了办公室和库房,添置了全套机械化设备。最近他又四处奔波,准备上奶牛饲养的新项目。事业越办越大,日子越过越红火。

喜悦,从村民的脸上流进了王景福的心里。甜蜜,温馨着他和他带领的一班人。改革十年给后小屯带来了巨大变化,是王景福以前无法预料的。但当这种足以令人欣喜若狂的成功到来之时,当王景福的心底突然印进两行醒目的数字:1989年后小屯总产值达到1 150万元,比改革前的1978年增了13.6倍;人均收入930元,比1978年增长了10.4倍;当他的目光里兀地出现了一排排崭新的砖瓦房——75%的村民迁进新宅的时候,他并没有表现出过分的激动。他清楚地知道,改革的路才刚刚搭个头儿,要指挥好这一部从未唱过的劳动致富合唱曲,需要真正调动起村里的每一位歌唱者,鼓起他们的创作情绪,千人共唱,异口同声才行。他也清楚地看到,有些人的腰里才刚刚有了几个钱,就鼓囊得受不了了。一种温饱有余、小富即安、见好就收的情绪在滋长着。村里有对夫妇,苦干了三年,攒下了十几万块钱,于是存进银行,等着坐吃利息了。白天里夫唱妇随,进出舞厅跳跳华尔兹;到晚上又聚朋结友打打麻将牌。他们真正在嘣嚓嚓的舞曲中和噼噼啪啪的打牌里消磨着宝贵的那一半生命,多可怕的滑坡啊!王景福看到眼里,痛在心里,他登门来家访了。他跟他们促膝谈心,给他们宣传党的致富政策,启发他们认识自己肩上的责任,终于使他们认识到了只知道欣赏和品尝胜利果实急匆匆去享受幸福陶醉的，不是真正的创业者。他们幡然悔悟，弃旧图新，把存折上的钱取出来做了新的投入，夫妻俩办起了一个运输公司，致富的车轮又转动起来了。

一花独秀不算美，万紫千红才是春。这是王景福在扶持那些勇敢的创业者踏上致富之路时，首先教他们必须懂得的一个道理。

当村里出现了十几个二十几个乃至更多的万元户十几万元户几十万元户的时候，王景福的目光又转向了那些伤残、痴呆和有特殊困难的贫困户。他调动了那些先富起来的典型同他一起去做这些最难做也最该做的扶贫工作。年逾半百的唐占学家境贫寒，老伴儿患半身不遂，长年卧床不起，生活不能自理。为治病为生活欠下的四千多元三角债压得老唐直不起腰来。王景福和班子里的人商量了一下，做出一个令人震惊也让人高兴的决定：一次核销了他的全部欠债，卸下了他身上的沉重包袱。并且帮他买了一辆三轮车，扶着他走上了劳动致富的道路。几年后的今天，唐占学甩掉了贫穷帽子，成了村里的富裕户。孩子念了书，全家人住进了亮亮堂堂的三间大瓦房。仅仅才几年的光景啊，全村就有36户像唐占学一样过去连年节吃顿饺子都要靠村社救济的贫困户脱离了苦海，成了今天的万元户。逢年过节，村社干部再不用拎着肉、蛋，背着米、面去登门慰问他们了。

物质上的满足有时反而能衬托出精神上的匮乏。致富路上，也有人沉醉于大把大把地搂钱，大把大把地向怀里揣着票子的同时，却把做人应有的品德丢掉了。王景福看到了这一点，他的对症下药十分及时。有年秋天，四社一个农民卖葱掺土，损害了消费者的利益。王景福得知后，严肃地批评了他，帮助他认识了错误，领着他登门向消费者道歉，并且赔偿了损失。有个运输专业户偷了税,王景福和村干部一起找他谈了话,耐心细致地做了思想工作,使他心悦诚服地做了检讨,如数地补交了税款。及时的引导和耐心的教育端正了后小屯的民风,塑造了后小屯的村魂。这里的富裕户眼睛不只盯在钱上,他们懂得:世界上还有比钱更重要的东西,那就是人格。他们无论什么时候都不会为了几个钱而降低了自己的人格。他们富了不忘父老乡亲,不忘村里兴办的集体事业,为公益事业捐款从来不皱一下眉头。养猪状元朱洪田猪场里的猪仔可以随便低价赊给村里哪个人,也可以不声不响地免费送给村里的贫困户;妇联主任朱君库自己办了一个计划生育服务站,每天不辞辛劳、尽心尽力地为妇女们做些力所能及的医疗服务,从没收过一分钱。村里无论办什么事,只要对大家有益,总有人自觉地捐款献力。敬老院的新房上,不知垒进了多少人家自愿捐献的砖瓦……

小南河边的风景越来越迷人。这迷人的风景是后小屯人用心血描绘用双手装点的。伫立河边,放眼四望,你还会看到一处风景中的风景,那便是正在这风景中奔波劳碌的王景福和他的一班人。他们是小南河风景的真正主宰者。

是啊,假如没有他们这个共产党在农村肌体上的微小细胞,农民们凭借什么来吸收党的血液和精髓?怎么能在党的哺养下长高长大?假如没有这个战斗堡垒为农民提供资金、场地、技术、信息、人才和购销等方面的殷勤服务,哪会有这耸立的高楼广厦?哪会有这毗连的塑料大棚?哪会有这村办企业的蓬勃生机?哪会有家家户户的朗朗笑声?……

后小屯从贫穷的死谷里走出来了,走上了一条日渐富裕的阳关道。勇敢的后小屯人用自己的辛勤和智慧创造了多姿多彩的新生活,亲手打开了一个新世界。村上办起了电,夜里也是一片光明。飞转的电机鸣唱着一支悠扬的歌,光明驱走了灯下的黑影,也赶走了乡村以往的空寥和寂寞。村里接通了自来水,喜欢干净的乡村女人第一次找到了一个干干净净的水的世界。新建的小学校舍,新装了电话,新办了广播,孩子们无忧无虑地生活学习在朗朗的阳光下,饱吸着知识的琼浆玉液,在心田中构筑着未来的楼阁。杉松红柳包围着的一座美丽的敬老院,包下了13位老人的生活起居,却包不下他们的幸福和欢乐。一条28 000延米的砂石路。坦坦荡荡地通向村外,也通向未来。小南河的后小屯正踏着这条路走向明天,走向全国,也很有可能走向世界。那个日本国的金森九雄先生来这里考察之后,不是留下了一片惊异的赞美么?

(1990年于云鹤斋)

忠 诚

刘亚莉着便装的时候,看不出是一位检察官。她身上既有的那股职业的威严和凛然无侵的英气,都被她脱去警装时一股脑儿地脱掉了。留下的只是她的本然:宽厚、随和、纯真、爽朗,不工言辞,落落大方,一个平凡的女性,是人们常说的很阳光的那种。她的个头在女性中应该算高的了,有一米七〇吧。身形挺直,胖瘦适中,第一印象中完全可以让我猜想出,她青年的时候肯定会享受过"亭亭玉立"的赞美,说不定还是一个舞蹈演员的坯子。

她显得很年轻,不像五十出头的人。她不太爱说自己的事情。她说,这么多年了,就是这样走过来的,没有什么,也没感到什么。其实,并不是我刘亚莉有多么出色,是我的岗位特殊了一点:一个女人,又做法医,这个神圣的工作让我沾了光。她说得很自然,很容易让人采信。既然这样,我们不妨从她"沾光"的工作开始了解她吧。

1986年,春天来得比往常似乎早了一些。压抑了一冬情感的积雪,在春阳下流尽最后一滴泪水,不情愿地潜入了复苏的大地。怀抱着希望的风神,在天地间肆无忌惮地狂舞着,给每一片土地和每一树花蕾都留下自己深情的吻。

春天是幸运的季节，1986年春天的幸运之神光顾了29岁的刘亚莉，她走进了长春市人民检察院，被分配到审查批捕处工作。

第一次穿上警装，刘亚莉在镜子前庄严地站立许久。她端详着警帽上的国徽和肩头上的国旗，想象着自己即将成为国家法律的卫士，一种神圣感油然而生。她满怀憧憬，激动万分。这种激动一直延续了许久。

她知道自己已近而立之年，应该立事了。做一名合格的人民检察官应该是自己的最佳选择和终极愿望了，她决心要沿着这条路走下去，走到底。她对着镜子，重新审视自己充满青春活力的体魄，忽然觉得只有穿上这身警装时的样子才最美。她像个孩子似的爱着这身警服，有时连回到家里也不想脱下来。

她开始思考一些过去从未思考过的问题，诸如：人为什么活着？做一个人民检察官应当具备什么样的素质？一个称职的检察官对于国家、法律和人民的意义何在？等等，等等。有些问题她一时还想不太清楚，但有一个结论像一棵树苗插进泥土一样清晰而坚定地植入她的心田：做一个人民检察官，无论何时何地都必须以人民利益高于一切，要心甘情愿、勤勤恳恳地为人民服务一生。

对于刘亚莉来说，检察院的一切都是陌生的、新鲜的。审查批捕处在检察院工作人员心目中应当是数一数二的重要处室。审查批捕工作的政策性和业务性都很强，它对于从业者的素质要求自然也是很高的。刘亚莉对自己能够进入这样一个岗位很重要、业务有学头、未来有发展的处室心里很高兴，她暗暗下定决心：一定要好好干，一定要干得好！

刘亚莉满怀信心地开始了新的工作。初来乍到，她还不懂业务，领导让她先跟着学。她就一步不落地跟上，去看，去学。她明白，学习任何业务，都得有个过程，就像以前自己初学医护工作时那样，总得先实习一段，然后才能上手操作。

刘亚莉平静地工作着。她把自己在部队生活中培养起来的勤快和干练带到了检察院，带到了她平静的工作中。每天，她都来得很早，拖地板、擦桌子、打开水……抢着去干一些体力活。在院里组织的一些集体劳动和文体活动中，她也都自觉地走在前头。大楼里的人们很快就发现，在他们中间，有一位勤快、爽朗，虽然陌生却让人感到亲近的年轻人。许多人不知道她的名字，却把她的模样记在了心中。她成了让人过目不忘的一个人。

这年十月，中华人民共和国最高人民检察院在吉林省长春市人民检察院召开"东北地区检察技术工作现场会"。刘亚莉接受院领导指派，为与会者作检察技术工作解说。这纯属偶然的一段工作实践，意外地改变了她的工作岗位和业务发展方向。当时检察技术处只有一名法医，急需调进新人。正当他们物色人选的时候，刘亚莉走进了他们的视野。他们发现这个年轻人工作热心、细致，而且很泼辣，虽然是位女同志，可她身上有股子男人的韧劲，是个学法医的苗子。又一打听，她来检察院之前学过医，当过护士，做过医生，这是再好不过的基础了。他们及时地向领导提出建议，请求把刘亚莉调到检察技术处法医科来。他们对领导说：法医科正缺这样的人手，刘亚莉从事医务工作十多年，要是干别的，瞎了！做法医说不定能成大才，也许会给检察院添彩的！

事情就是这样简单，刘亚莉的岗位就这样简单地被改变了，她被调到检查技术处，学习做法医。对于这个改变，她其实不怎么情愿，甚至感到有些突然，但她没有说什么，就接受了改变。她从小受到的良好教育和父母亲的榜样力量教她这样做。刘亚莉此前十几年的路，就是在职业和岗位的不断变化中走过来的，每一次改变她都没说什么，这一次她同样也不说什么。

服从是最好的选择。刘亚莉情绪饱满地来到了检察技术处，用一片诚心和一双巧手启动了新生活。

"法医让女人走开！"这是法医职业圈里流行的一句话。在西方某些国家法医室的门牌上，"法医"被标注为"同尸体打交道的人"。我们周围的很多人都说：法医——不是女人干的活！

女人生命如花。有谁愿意在如花似玉的生活中掺进一星半点的死亡与尸体的恐怖呢？可是，刘亚莉新的工作与生活偏偏就从面对死亡和尸体开始了。

刘亚莉事先没有一点准备。无论是感官上还是心理上，她都不曾有过这样的经历，因此无法做接受恐怖考验的准备。她根本想象不到那会是一种什么样的情形。

两个月之后，刘亚莉根本想象不到的情形不可避免地发生了，一起枪击致人死亡的案件，让刘亚莉踏上了第一次出现场解剖的恐怖之路。她跟随着资深法医李放老师驱车赶到现场的时候，夜色正在吞噬着案件发生地的小县城，忽明忽灭的灯火无力穿透沉重的夜幕，显得那么无精打采。夜的黑扑进了刘亚莉的心，有一丝淡淡的凉意袭上她的方寸之地，像有无数的蚂蚁在那里爬。她努力地镇定着自己，却不知道应该做些什么，踏进解剖室的那一刻，她禁不住打了一个寒颤：一具男尸横在眼前，全裸，苍白，恐怖，令人齿冷。

刘亚莉在卫校也曾上过解剖课，但那情形与现在截然不同。上课时老师解剖的是标本，学生们也只是站在一旁看着，那是一种教学氛围，很少有恐惧感。而今天呢？面对一具恐怖的尸体，又要亲自动手解剖，刘亚莉感到心在颤抖，大脑里一片空白。

李放老师看到了这一切,他非常理解刘亚莉:女同志,又是第一次,恐惧是难免的。他觉得应当帮助她,给她力量,鼓励她闯过这一关。他关切地对她说:"亚莉,别怕,今天由你主刀。干咱们这行的,谁也躲不过第一次。闯过这第一关,以后就容易了。"刘亚莉镇静了一下,硬着头皮走上解剖台,又僵在了那里,不知从哪里下刀。李放老师走近她一步,指导她,说:"亚莉,沉住气,别慌。按照我说的去做:切开弹击创口,切菱形口,便于缝合。"刘亚莉听清了老师的话,她想按他说的去做,可一时又想不出菱形是个什么形状。她太紧张了,太慌乱了,脑子里嗡嗡直叫,像有一架机器在那里翻江倒海,搅成了一锅粥。

　　刘亚莉记不清自己坚持了多久,也不知是怎样走下解剖台的。

　　第二天,她病倒了。躺在病床上的时候,她的眼前老是晃动着那具尸体。夜晚,她常常被噩梦惊醒,醒来时常常是一头冷汗。

　　刘亚莉第一次感到了一种适应工作的艰难。尸体带给她的恐惧成为她前进中的障碍,但这还不是唯一的障碍,与此同时,还有一道源于情感的更为复杂的障碍正在她面前慢慢地垒起,亲戚、朋友、要好的同窗……纷纷向她提出真诚的劝告:"检察院那么多工作,干什么不好,为啥非干这个?""亚莉,尸检不是女人干的活,找领导说说,换个工作吧。""一辈子同尸体打交道,听了都叫人发怵,你可别干这个了。""一个女人,总接触尸体,刀啊血的,慢慢连性格都会改变的。"

　　背地里,有人甚至这样告诫别人:"别和亚莉握手了,她的手摸过尸体的。"……

　　这些话都出于好心,出于对刘亚莉的关爱,也多少有些为她抱不平的意味。大家都希望她的生活中充满着鲜花与欢笑。

可是这却给刘亚莉带来了很大的压力：我到底应不应该干下去？坚持干下去，会不会失去亲情和友谊？会不会变得性格乖戾？她这样问自己的时候，内心就闪出一丝的疑惑和动摇。刘亚莉有些不知所措，一种无助的孤独感悄悄地袭上心头，她确切地感到自己需要帮助了。但她没有去找单位的领导，她觉得太生疏，她还缺乏这种勇气。刘亚莉去找父亲，每一次遇到困惑或难题的时候，她总是第一个想到父亲。父亲是刘亚莉永远的靠山和智多星，是她一生崇拜的偶像。父亲在公安战线上工作了几十年，他勤恳的奉献和智慧的积累是女儿取之不尽用之不竭的财富。父亲是爱女儿的，但他的爱不是娇宠，是那种欲成大器必先琢之的严厉，是那种慷慨大气、不求回报、体现最高境界的无私。刘亚莉是沐浴着这种爱成长起来的。

童年生活留给刘亚莉最清晰的记忆，就是父亲的言传身教。小亚莉每天看着父亲匆匆来去，精神抖擞的样子，她不知道父亲在干什么，但她能够从父亲同事的眼里感受到他的尊严，从家庭的和谐气氛中体会到父亲的可亲。

父亲一有空就抱着女儿去看外面的世界，不停地给她讲一些她似懂非懂的道理。小亚莉便从父亲的口中听到了许多那个年代对于儿童的引导和教诲。父亲还经常给她讲一些有关英雄的故事，这使小亚莉从少年时代就培养起一种追求真理、崇德向善、见义勇为的英雄情结。

亚莉上学了。父亲告诉她："你已经长大了，上学了，要好好学习，要学会自己的事情自己去做，还应该努力做得好一些。"父亲还鼓励亚莉多多参加学校的活动，多多关心周围的同学。他对她说："要懂得约束自己，不要任性，不要耍脾气。还要学会关心和帮助别人。帮助别人是快乐的。你在别人困难的时候帮助了他，他也会在你遇到困难的时候帮助你。如果大家都乐意帮助别人,这个集体就没有什么困难了。"亚莉是个很听话的孩子。她按照父亲说的不折不扣地一点一滴地去做,而且做得很好。她认真、刻苦地学习功课,早晨四五点钟就起来背课文、写单词,晚上做作业要一直忙到九十点钟,天天如是,可她从不叫苦。她的学习成绩从来都是名列前茅的。

亚莉从小就培养了开朗、刚强的性格,做事泼泼辣辣的,像个男孩子。她喜欢参加学校组织开展的文体活动,舞台上、赛场中常常可以看到她美丽而矫健的身姿。

少年时代的刘亚莉就很富有同情心,她肯于热心地帮助同学,谁有困难她都会自觉地伸出援手。班里有位同学患了弱视症,几近失明,亚莉每天都接送她上下学。班里有谁缺课了,亚莉会主动去给他补课。班里的同学都喜欢和亚莉在一起,他们视她为最好的伙伴。教过她的老师也都夸她懂事:"像个小大人似的!"她年年被评为三好学生、优秀学生干部,小学毕业前就加入了中国共产主义青年团,成为该校小学生中唯一的共青团员。

父亲对刘亚莉的要求一向很严格,他用自己的尺度规范着女儿的生活,引导着女儿成长。

1975年,刘亚莉下乡插队,走上了当时那个年代里所极度崇拜的"知识青年上山下乡、在广阔天地里大有作为"的必由之路。父亲支持女儿的选择,语重心长地同她做了一次彻夜长谈。那一夜,让刘亚莉永生难忘。父亲的话让她突然间感到了自己的成熟,似乎已经具备了独立生活的能力和独闯天下的魄力。她记住了父亲的"约法三章":一、要树立远大理想,不要在集体户谈恋爱;二、要好好接受贫下中农的再教育,不要经常回家;三、要热爱劳动,不要无故旷工,年终回家时要挣回自己的口粮。三章约法,一片苦心。刘亚莉深知其中蕴含。

父亲是在为女儿的青春远航护驾，也是在为一代有志青年指出奋斗成才的道路。刘亚莉又一次感受到父亲的深爱。她决心遵照父亲的指引去做。农村的艰苦生活，对于城市里的孩子，特别是家庭条件比较优越的女孩子来说，简直是一种煎熬。刘亚莉就在这种煎熬中接受着考验。庄稼院的活又苦又累，刘亚莉刚下乡的时候真有些受不了，一天下来，腰酸腿疼，四肢无力，散了架似的。她咬着牙坚持着，终于挺过来了。她很快就学会了一些农活，干起来也不那么吃力了，社员们都称赞她是个能干的姑娘。集体户里轮班做饭。可刘亚莉没有做过饭，第一次贴大饼子就让她丢了面子。她早早起床，点火，烧水，和面，然后学着别人的样儿，把和好的玉米面放在手里拍成大饼子，再按顺序一个个地贴进锅里。做完了这一切，她盖上锅盖，蹲在灶坑前开始烧火。她以为这顿饭就这样顺利地做成了，她的心里甚至有了几分喜悦。可是，意想不到的事情发生了，当集体户的同学们端着碗围上来准备吃饭的时候，刘亚莉一掀锅盖，她差点晕过去！哪里有什么大饼子，是一锅玉米面糊糊。她费力贴在锅边的大饼子不知什么时候都滑进锅底的水里，煮成了一锅粥。她的眼泪"唰"地就下来了……眼泪是无色的血，不能让它白流。刘亚莉流过了这一次泪，她没有让它再流第二次。不长时间，她就学会了做饭炒菜。她后来的厨艺还相当不错，同学们都称赞说："味道好极了！"

父亲是刘亚莉童年生活中的一面镜子，她喜欢让父亲来观照自己。父亲也是她幼小心灵中唯一的高大与伟岸，父亲的话就是真理，是她永远的遵循。

乡下蚊子多，刘亚莉特别害怕蚊子咬。她的皮肤有些特别，被蚊子咬了，就红肿不消，甚至发生溃烂。下乡的第一年夏天，刘亚莉就被蚊子叮得满身大包，长时间消不下去，后来就溃烂了，流脓淌水的，痛痒得难以忍受。户里的同学劝她回家住几天，治一治，她摇摇头说："不要紧，过几天就会好的。"其实她心里是在想着爸爸的话：不能回家！下乡的第二年，她的大腿根长了一个疖子，肿得下不了地，疼得她直冒汗。但她记着爸爸的话，咬着牙挺着，不回家。户里的同学心疼她，看她连续高烧不退，怕烧出大病来，这才不由分说地硬把她送回了家。经过了好一段时间的治疗，她才算痊愈了。

集体户的生活是用困难的砖坯垒起来的，没有困难的集体户不能称其为集体户。刘亚莉和她的同学们就在困难的包围中挣扎着，奋斗着，一天天地成长起来了。他们在奋斗中结成了深厚的友谊，一直到今天，这友谊的纽带仍然牵扯着他们的手，联结着他们的心，让他们在天命之年还能经常相聚小酌，共忆青春时代那一段十分艰苦却又十分珍贵的生活。许多生活都走进了记忆，许多记忆的花也已经在岁月风雨的吹打下，凋零了，枯萎了，只有父亲的爱之花始终在刘亚莉的生命中鲜活着，灿烂着。

从小到大，父母的爱一直温润着她，支撑着她，推动着她，让她一步一步地稳健地前行，快乐地成长。刘亚莉每遇困难和挫折的时候，都更加明确地感受到这种爱的力量。现在，刘亚莉又遇到了前进途中的一个难题，她又回到家里来找父亲了。父亲听了她的叙述，仔细地询问了她所在处室的情况，温和地笑着对她说："亚莉呀，尸检没那么可怕，人言不可畏，一切都在你自己。我看你现在并没有遇到可以阻挡你前进的困难。你的困难只是在你的心里。你想啊，人的一生要走多少路？能一马平川一帆风顺吗？遇到点沟沟坎坎是正常的，也没什么可怕的，关键是你心里想不想跨过去？想，就多用一点力量，放开一点步伐，一使劲儿就跨过去了。世上没有过不去的火焰山，关键是你能不能去做孙行者！你现在是一名法医了，和尸体打交道就是用法律打交道，多想想你头顶的国徽，你心里的恐惧感就会消失的。"这时，母亲走了进来，她望了望丈夫，又看了看女儿，没说什么，眼睛在笑，那笑里洋溢着慈祥和温暖，好像还包含着很多内容。父亲看着母亲，也笑了，他像是代表着母亲的口气说："我们的亚莉，从小不就是个刚强的孩子吗？这点困难，就被吓倒了？这可不像我们的女儿！"刘亚莉没作声，可她的心海早已泛起了波澜，往事在波澜中翻滚着。父亲、母亲，还有姐姐、弟弟、妹妹的面容，交替着在她的脑海中闪现。她知道自己在这个亲亲热热、温温暖暖的家庭中所享有的地位，她知道自己是父母的最爱，也是父母心愿的寄托。父母从小就喜欢她，喜欢她的刚强、好胜，喜欢她的聪明、机灵，什么事儿一点就通，要她去做的事，也不用哄，说句什么话一激就成，她从小就对激励比安慰更敏感。父亲的一席话，像一道雷鸣后的闪电，呼啦啦地照亮了女儿的心，倏然间消除了她胸中的块垒。

世界上没有永远的难事。难事只能在畏惧困难的心中做短暂的停留。人的精神是摧毁一切困难的利器。书本上说物质可以决定精神。可在许多时候，一旦精神层面解决了问题，那物质的作用反而看不见了。刘亚莉从父母的关爱中得到了一种宝贵的精神力量。她又在院、处领导和身边的同事那里得到了勉励和支持。她很快就走出了恐惧的阴影，排除干扰，坚定意志，再一次确认了自己的职业选择。这是她最后的一次确认。就是这次确认，决定了她今生今世要做一辈子"同尸体打交道的人"。刘亚莉重新走上了解剖台，一次，两次，三次……渐渐地，曾经令她不寒而栗的恐惧感退却了，逃走了，而一种新的力量在刘亚莉的心底迅速生长起来。这力量越来越大，它使从前的恐惧消失得无影无踪。它像飓风一样推动着刘亚莉，让她无法停下来。每当遇有尸检任务，刘亚莉都会毫不犹豫地整装出发，充满信心地迎接新的挑战，去捍卫法律的尊严，去维护人民的利益，去塑造一个女法医的多彩人生。

忠诚是一个人的立身之本，也是他走向成功的踏脚石。只有信守并践行忠诚的人，才能获得人格的魅力和事业的成功。刘亚莉生命中最艳丽的花朵是用忠诚的汗水浇灌的。她在选择法医职业的同时，也选择了这个职业最需要的伙伴——忠诚，忠诚于事实和法律，忠诚于法律监督的职守，忠诚于她所热爱的人民。

法医可以让女人走开，却不可以让刘亚莉走开，为什么呢？这是因为忠诚帮助了她。忠诚给了她突破女性局限、超常创造卓越的力量。22年前，刘亚莉刚刚走进检察技术处的时候，她还不懂得法医的真实含义和全部内容，也掂量不出老法医交给她的那把解剖刀究竟有多重。但她知道，这把刀是用来解剖尸体的，解剖尸体是为了获得证据的，而获得证据是为了公正办案、捍卫宪法和法律尊严的。

法律是什么？《现代汉语词典》中的定义是："由立法机关制定，国家政权保证执行的行为规则。"古希腊著名哲学家亚里士多德在《政治学》一书中曾有这样的阐述："要使事物合乎正义（公平），须有毫无偏私的权衡，法律恰恰正是这样一个中道的权衡。"可见，法律是为伸张正义、维护公平、规范行为而运用国家政权确定并推行的一种评判是非功罪的规则，这是人类社会前进中必须具备的规则，也是每个行为人一刻也不能背离的规则。"大海和陆地服从宇宙，人类生活应当服从法律。"（柏拉图语）法律是公正的，在法律面前人人平等。"法不阿贵，绳不挠曲。法之所加，智者弗能辞，勇者弗敢争。刑过不避大臣，赏善不遗匹夫。"（《韩非子》）刘亚莉在走进检察院之前，并没有学过法律，进入正规大学专门学法和读研那都是后来的事情了。她开始接触法医工作的时候，对法律还不甚了了，她心里也没想得更多，也没法想得更多。她只知道，自己的职业行为应当秉承着一个基本概念：事实。法律要尊重事实，要以事实为依据，要重证据。而她清楚自己的职责就是：参加技术取证，进行现场勘验，为办案部门收集和提供证据。刘亚莉就牢牢地记住了这一条，她把所有的心思都投放在查清事实和固定证据上。她把对法律的忠诚首先建立在尊重事实的基础上。一切违背事实的奔波，在刘亚莉这里无路可走。

  这是一个发生在夏天的故事。某区司法机关在审理一起伤害案时遇到了难题，法医认定被害人双耳外伤性耳膜穿孔、颅骨凹陷性骨折，为重伤。三名犯罪嫌疑人因此被拘留，可嫌疑人家属提出异议，请求对被害人的伤情做重新鉴定。一纸委托鉴定书送到了市检察院检察技术处，重新鉴定的任务就落在了法医刘亚莉身上。刘亚莉认真阅卷之后进行了活体检查，检查的结果让她大为震惊：被害人双耳耳膜并无穿孔，头部也未发现骨折，不但不能鉴定为重伤，就连轻伤也构不成。结论悬殊，相去万里。刘亚莉感到了这件案子的沉重。为了慎重起见，她带领着被害人先后来到市中心医院等几家医疗单位进行复检，并调阅了当时的 X 光片，邀请资深专家参加会诊，结论与刘亚莉的鉴定毫无二致。

  真相大白！原鉴定是由法医与医生互相串通合谋做出的假证。

  刘亚莉以科学的鉴定结论纠正了这一起人为的差错，用确凿的事实维护了法律的公正。据此，三名被关押了半年之久的嫌疑人得以重获自由，作伪证者也受到了法律的惩罚。至此，一直在焦虑中度日如年的嫌疑人家属才如释重负，长长地吐出了一口气。他们满怀激动地来到市检察院,一定要见一见为他们主持公道的"小刘法医",还送来了一面锦旗,上面端端正正地绣着八个大字:"明察秋毫,为民申冤。"这八个字,像明亮的灯火,闪烁在刘亚莉的眼前,也闪亮在她的心中,在以后的日子里,一直照耀着她的行程。

罪与非罪、此罪与彼罪的争议和判断,存在于复杂的案件之中,也存在于审判的过程之中,这正是法律监督存在的必要,也正是设立检察机关的意义所在。检察机关的法医,是通过法医鉴定来履行法律监督职能的。这种监督职能的实施,说到底,就是运用科学的技术手段,取得与事实相符的客观证据,去甄别那些有争议的案件,以达到肯定正确、纠正错误,最终实现准确打击犯罪、切实保护人民的目的。甄别面临着纠错,难度就不只在案中。法医进行鉴定,面对的不仅仅是事实,往往还要面对一些人违背和歪曲事实的反向运作,需要进行顽强的斗争。对于一个法医来说,这种斗争常常比尸检工作更复杂,也更残酷。刘亚莉花费在这种斗争中的精力远比大体解剖要多得多。

1995年6月,一个煦风和畅的日子。刘亚莉奉命对劳教人员周某某的死亡进行法医鉴定。她赶到现场的时候,一位干警指着面前的尸体对她说:"这个人是因病死亡的,家属已经看过尸体,同意火化。刘法医,你给开个火化证就行了。"刘亚莉理了一下搭在额前的头发,看了看那位干警,说:"好的,火化证好开,等我检验完了。"她一边说着,一边动手解开死者的衣服。这一解,让她心里一怔:不对呀,尸体为什么用一圈一圈的白布缠起来?看缠布的手法,又不像出自医生之手。刘亚莉心里疑窦顿生:"把白布打开!"声音不高,却透着威严,像是对他的助手,又像是对在场的每个人。那位干警连忙上前阻拦："算了吧，何必这么较真儿呢？"刘亚莉语气坚定地说："不能这样算了，得打开来看看！"她已经断定这层白布下面另有文章，很可能掩盖着事实真相。刘亚莉毫不迟疑，和同志们一起把死者身上的白布一一拆掉。这时她发现，白布下面是一层均匀涂抹着的白粉。显然，这是有人精心涂上去的。刘亚莉让人端来清水，把尸体上的白粉洗掉。眼前的情景让刘亚莉大吃一惊：死者周身伤痕累累，血迹斑斑，惨相令人目不忍睹！刘亚莉果断决定：立即进行大体解剖。解剖鉴定的结果揭露了被人为掩盖的事实：死者不是因病死亡，而是全身受钝器所伤导致化脓性败血症而死。刘亚莉不顾有人阻挠，坚持把这个源于事实的结论写进了法医鉴定书。据此，司法机关立案侦查，追究了打人致死者的刑事责任，失职的干警也受到了相应的处分。

忠于法律是检察官的天职。法医鉴定，生死攸关。坚持实事求是、秉公执法是需要胆识和力量的，有时也是要付出代价的。

刘亚莉具备这种胆识和力量。她的胆识和力量来源于对人民的忠诚和对法律的坚贞。她懂得，做一名合格的法医，不仅需要精湛的技术，更需要执法为民的坚定思想。自己手中的这把解剖刀并不重，可它关系到法律的公正与尊严，一刀划过，去伪存真，死因和伤害程度一目了然；这支用来书写鉴定报告的笔也很普通，但它可以决定一个人的命运，一笔落下，罪与非罪、此罪与彼罪泾渭分明。

12年前一个桃花盛开的四月。刘亚莉接手一起伤害鉴定案件：对被害人臧某某眼部受伤程度进行复检鉴定。当事人臧某某因经济纠纷被对方打伤眼睛,经公安机关法医鉴定为重伤害。刘亚莉在复查时发现，原鉴定的法律依据只是被害人视力测定结果呈现0.01，证据显然不足。刘亚莉认为，仅靠视力测试下结论缺乏科学性。为了弄清事实，她先后带领被害人到吉大一院、二院、省医院、市中心医院等七家医疗单位进行鉴定，并且三次进行伪盲测试，每次测试都需要40多分钟，刘亚莉一直在场陪同。她还花费大量时间，仔细翻阅了多达400多页的案卷，从分析案情中了解伤害的实际情况，以便做出科学判断。在整个复检过程中，藏某某的家属为了获得更多的经济赔偿，多次找到刘亚莉，先是拉拢感情，请求她高抬贵手，维持原鉴定结论。当遭到刘亚莉的拒绝时，他又使出威胁的一招："你的家住在哪儿我知道，你要是改变了原结论，我即使整不了你，也让你的儿子不得好！"面对恐吓，刘亚莉没有退缩。她相信自己依据事实做出的鉴定，毅然决然地改变了原来的结论，使三名被告免予刑事处罚。

罪与非罪、此罪与彼罪的判别并不是很容易的，这需要认真和细致，需要一丝不苟的敬业精神。细节可以决定成败。

2002年9月，一个秋色如酒、谷香醉人的日子。长春市二道区吉长公路北线零公里附近一处配货站门前，酒醉的张某因动手砸门与配货站主人王某某厮打起来。后张某跌倒在地，这时又有陈某走过来踢了张某两脚。张某因脑部出血被送进吉大一院分部手术治疗，后痊愈。这起伤害案由某区司法机关受理，法医对张某头部损伤程度做出重伤鉴定结论。司法机关认定王某某的行为属于正当防卫，而陈某脚踢张某致其重伤，故准备以伤害罪对陈某提起诉讼。起诉前，办案人将相关材料送到市检察院检察技术处，要求对张某的法医鉴定进行文证审查并对其头部损伤的形成机制作出说明。刘亚莉和同志们认真地查阅了案卷和伤者病历，重新审视了伤者的创口位置及其与地面形成的角度，经过缜密调查、科学分析和多方论证，终于确认张某头部损伤是在倒地过程中与地面撞击后形成，而非陈某脚踢所致。这个意见发出后，司法机关据此对陈某做出不构成犯罪、免予起诉的处理决定。

2003年9月15日，出租车司机毛某某在与迟某等几名艺术院校学生因故争吵、厮打的过程中死亡，经某区司法部门法医鉴定为心脏受钝性外力作用致急性心力衰竭死亡。其后，迟某等人因涉嫌伤害（致死）罪被起诉。市检察院公诉处应犯罪嫌疑人辩护律师的申请，委托检察技术处对毛某某的死因做重新鉴定。刘亚莉受理此案后，带领法医谷武和裴永学，立即查阅原法医鉴定书及其相关资料，并对毛某某的大体标本进行了全面、细致的检验，发现毛某某生前冠脉血管已经发生严重的粥样硬化病变，管腔狭窄已达四级，这一与案情密切相关的重要细节竟然被原鉴定法医忽略掉了。他们把这一新的发现和大体标本的病理检验结果综合起来进行分析、研究，最后认定：毛某某生前患有严重的冠心病，且在死亡进程中起到基础作用。于是，他们以充分的证据将原法医鉴定书的"外伤致死"结论改变为"外力作用致冠心病急性发作心功能障碍死亡"。法院最终采纳了这个正确的法医鉴定结论，避免了可能发生的一起错案，维护了法律尊严和公民权益。

2005年4月15日，某看守所在押人员王某在监舍内被人打伤胸、腹部，于第二天晚上死亡。当地司法鉴定部门出具法医鉴定书，认定王某系"脾脏血管瘤破裂致失血性休克死亡"，即自身疾病发作死亡，而非他人伤害致死。办案单位据此对相关人员采取了不立案处理，可是死者家属抱有异议，屡次提出申诉，后经上级司法机关指派进行异地重审，焦点集中在法医鉴定上。刘亚莉接受委托进行重新鉴定。她会同处里另外两名法医，详细审阅了所有案卷材料以及鉴定相关资料，并亲自到原鉴定单位取证，发现死者生前脾脏确有血管瘤，但同时又发现其脾脏实质也有破裂处存在,这说明其脾脏破裂并非其自身的血管瘤导致,而是外力作用所致。面对这样一个与当地司法鉴定部门不同的鉴定结果,身为法医和检察技术处处长的刘亚莉没有丝毫犹豫。她相信事实,相信自己和法医科的同志经过科学鉴定所获得的证据,于是果断地写下了鉴定结论:王某系生前腹部受到钝性外力致脾脏破裂导致失血性休克死亡。办案人员据此结论,进一步深入调查,终于查清了王某在监舍内确曾被人殴打的事实,随即以"故意伤害(致死)罪"对犯罪嫌疑人立案侦查、提起公诉,终于依法判决。

"法律的制定是为了惩罚人类的凶恶悖谬,所以法律本身必须最为纯洁无垢。"(孟德斯鸠语)检察干警每天都工作在打击犯罪、惩治腐败的第一线,在一定意义上也可以说,他们每天都置身于各种诱惑和腐败因素的包围与侵蚀中,能不能"拒腐蚀,永不沾",永保"纯洁无垢",立于不败之地,这是对每一位检察干警随时随地都在进行着的严峻考验。刘亚莉从穿上检察服的那天起,就在内心深处写下了坚定的誓言:要让肩佩的国旗永远鲜红、头顶的国徽永远闪亮,决不能因为自己的疏忽和过失而使其蒙尘。22年来,刘亚莉就是努力实践着这铿锵的誓言走过来的。她经历过坎坷与磨难,成功的喜悦中也伴随着失利和挫折的苦涩;她矢志不渝、孜孜不倦地追求着,鲜花和荣誉带来的自豪中,也夹杂着压力和诱惑的困扰。为了人民的利益,为了法律的纯洁,为了依法治国的需要,刘亚莉舍弃了许多。她觉得这种舍弃是值得的:作为一名人民的检察官,应该懂得,该舍弃的时候必须舍弃。只有舍弃一己的私利,才能伸张公法的正义;只有伸张公法的正义,才能把依法治国落到实处。

公检法系统流传着这样一句话:案子一进门,后面就跟着说情的人。刘亚莉接手的案子也不例外，例外的是她总能认真对待，处理得法，秉持公正，不徇私情。人非草木，孰能无情？刘亚莉也是个珍重情感的人。但她同时又是一个非常善于把握情感，总能在情感与理智之间找到平衡的人。当情与法的矛盾和对抗尖锐地逼近她的时候，她会毫不迟疑地亮出一面坚固的盾牌：人情再大，大不过法律；亲情再重，重不过人民。这使她固守的防线永远牢不可破。

1996年8月，刘亚莉受理一起复查鉴定案。案子一进手，说情人就上来了。他们找到刘亚莉并带来礼物,恳请她从中帮忙。刘亚莉严词拒绝了他们。当事人又以介绍案情为由，先后三次来到检察院找到刘亚莉，热情地邀请她去吃饭，并且信誓旦旦、意在言外地说："你只要维持原鉴定结论，我是不会忘了你的。"刘亚莉听明白了他的意思。她态度温和却柔中有刚地对他说："案子送到检察院，你就放宽心吧，我们一定实事求是，秉公执法。我们都是党员，我相信，歪曲事实的事你我都不会去做。"事实是：刘亚莉排除了求情者的干扰，坚持以事实为依据，以法律为准绳，否定了原来的法医鉴定。有一次，刘亚莉受某区检察院委托，对一个在审讯过程中突然死亡的犯人进行法医鉴定。大体解剖的结果，证明死者生前受到外力作用致使皮下大面积出血，是被打致死。得知这一结论，一位领导找上门来，对刘亚莉说："你父亲是我的老上级，我们共事多年，感情很好。我还是你父亲在位时提拔起来的。这个案子，我亲自做过调查，确实没有人打过他，你应该相信我，做出被打致死的结论是没有根据的。"刘亚莉耐心地向这位领导说明了检验过程，提出了确凿的证据。这时，又有一些人受托来找刘亚莉说情，说情者既有她的多年好友，又有她的上级领导，可是刘亚莉没有因情枉法，也没有畏权怯步。她坚持把正确的结论写进了法医鉴定书。还有一次,一个女青年被人打伤,有关部门法医鉴定为重伤害,打人者因此被抓进了公安局。刘亚莉接受委托对此案做法医复核鉴定。刚刚接手,一位要好的朋友就打来电话,请求关照,希望能维持原鉴定结论。刘亚莉复检的结果,发现原结论是错误的。她想起了朋友的电话,但同时也想起了自己的责任。朋友情重,但没能使她的法律天平失衡。她跨过了情感的围栏,扬起了正义之剑,依据事实做出"此损伤不构成轻伤"的结论。鉴定发出之前,她的朋友又在单位门口堵住她,央求说:"重伤维持不了,定个轻伤也行啊!"刘亚莉摇了摇头:"有事实在那里,轻伤也定不上啊!"她耐心地给朋友讲清道理,说明其中的利害关系,终于说服了朋友。刘亚莉的鉴定,改变了有关部门的错误结论,也改变了一个差点身陷囹圄的人的命运。被无罪释放的嫌疑人终于走出了关闭他五个月之久的拘留所,重新见到了阳光。

　　腐败是一种社会的病毒,它无孔不入,当然也会侵入司法机关。刘亚莉痛恨腐败,尤其对司法领域的腐败现象深恶痛绝。在她眼里,司法腐败甚于尸体腐败。她时时刻刻都在自觉地运用手中的解剖刀,去割除腐败的毒瘤。前几年,刘亚莉负责对全市一百多名保外就医人员进行身体复查鉴定。这是一项非常复杂也非常艰难的工作。保外就医的犯人并不都是有病的,也有没病而作假证混出来的。他们有人帮忙,也有人关照着。开始复查时,由于固定在一个医院里进行,很难判定真伪。有时前脚刚刚检查完,后脚就有人前去通融,甚至改变查证结果,再次作假。刘亚莉发现了这个弊端,她针锋相对采取了果断措施:把那些保外就医人员分成若干组,由自己亲自带领着分赴不同的医院去复检,哪个人需要到哪所医院去复检,只有她知道,而参检人员和主检医生事先一无所知。这样一来,便堵住了漏洞，使一些人无机可乘。有人劝她说："亚莉呀，保外就医本来就很复杂的，涉及的面太广了。咱们搞复检走走过场而已，别太认真了。再说，天底下都这样，就你一个人认真，有用吗？"刘亚莉笑了笑说："有用，要是人人都认真去做，还能有假证吗？还能出现腐败现象吗？我只认一个理儿：组织上把我放到哪儿，我就得在哪儿起点作用，不然，不成了一个废物吗？"刘亚莉坚持认真查证，终将在保外就医中弄虚作假的52名犯人重新收监。她用自己的行动捍卫了法律的公正和纯洁。市场经济，凸显了金钱的作用；物欲横流，改变着一些人的价值观。有些人以为钱能通神，他们想用金钱买通一切，也把金钱当作万能的敲门砖。可是，这块砖一旦碰上刘亚莉的盾牌，便被撞得粉碎。一次，刘亚莉的一位好友因为她受理的一件复查鉴定的案子找到她，塞给她一个鼓鼓囊囊的信封，说："这点钱是亲属托我送给你的，你先用着，以后再说。我就麻烦姐妹了，把这个案子办好，最后什么结果，就全看你的鉴定了。"刘亚莉推回了装满现金的信封，对她说："亚莉干法医这么多年了，什么品行你还不知道？这钱我绝对不能收。至于鉴定，我会实事求是地去做的。"刘亚莉实事求是地做了鉴定，结论与朋友的期望背道而驰，朋友的亲属受到了法律的制裁。刘亚莉为此付出的代价让她心痛：往日好友反目成仇，多年交情毁于一旦。但她没有后悔。她在朋友离去的路上看到了公平与正义的力量。于是，她在自己的心窗上又刻上了这样一句话：我们永远不能把法医鉴定变成只要有钱就可以颠倒黑白的技术！这是刘亚莉为自己确立的又一条座右铭。

　　刚直不阿，公正执法，使刘亚莉声名远播；行如朗月，心比水清，让她赢得了人民的信赖与爱戴。常常有群众慕名而来，向她咨询，求她指点和帮助。刘亚莉每年都要接待上百人的咨询，回答他们提出的有关司法鉴定方面的问题。有人受到冤屈，也来找刘亚莉申诉。有年夏天，一位农村妇女带着孩子跑了很远的路从乡下赶来，来找"刘法医"。原来，她因遭遇车祸经有关部门鉴定为九级伤残，可是在法院审理时却又推翻了原鉴定结论，认为不构成伤残。明明是被撞成伤残，却偏偏又说不构成伤残，这到底是怎么回事？天底下还有没有公道？农家妇女心有不平却无处申诉。一个偶然的机会，她从报纸上看到关于刘亚莉事迹的报道，于是，抱着一线希望进城来找她。刘亚莉看着那妇女伤残的躯体和依偎在她身边刚刚会走路的孩子，听到她伤心欲绝地哭诉，心头一阵阵撕裂般的疼痛。她伸手接下了那妇女带来的鉴定资料，对她说："别着急，你先住下。人民检察院就是为人民办事的，我一定帮助你，事实会弄清的，一定会还你一个公道的！"刘亚莉利用工作之余仔细查阅了有关部门的鉴定报告和法院审理的相关资料，并领着这位妇女四处奔走，寻求帮助，终于帮助她打赢了官司，让这位在车祸中受到伤害的农家妇女得到了应有的抚慰和赔偿。自此以后，刘亚莉又多了一位草根亲人。那妇女把刘亚莉视为亲姐妹，每次进城都要来看看她，有时还顺便捎来点瓜子之类的农产品。刘亚莉当然要谢绝的，每当这时，那妇女就十分动情："这点瓜子算个啥？我只是表表心情，谁对咱老百姓好，咱会记她一辈子的！"

　　刘亚莉经手的案件数以千计，遇到的说情者也数不胜数。她在情与法的碰撞中艰难地前行，有时候也陷入两难的境地。说情者有些是可以无话不讲的朋友，平时相处感情不薄。不帮忙吧，太伤感情，可帮了忙吧，又亵渎法律。刘亚莉就在这两难中做着虽然艰难却也坚定的选择：忠义不能两全！忠于法律，就不能不舍掉情义。为了公正执法，为了百姓不受冤屈，她只有舍掉一头了。甘蔗没有两头甜。成功以奉献为代价。法医的职业几乎没有上下班的概念，什么时候需要就什么时候出发，案件召唤，风雨无阻，三更半夜出现场是常有的事，工作与家庭发生矛盾也是常有的事。刘亚莉就常常处在这种矛盾的旋涡中。她在旋涡中搏击，也在涡流中选择，她总能透过旋转的浪花，看清前进的方向，并以足够的力量游向工作的那一边，因此，她放弃的总是家庭，这让她时常回想起来，便有一种深深的愧疚涌上心头。她也为此流过泪，但流过了也就流过了，擦干眼泪之后，她仍然一如既往，向着新的工作目标默默地走去。刘亚莉已经记不清自己欠下父母、丈夫、儿子和兄弟姐妹多少感情债了。刘亚莉是一个孝顺的女儿，可是有很多时候因为工作她尽不了孝心。有一年冬天，农历腊月廿七，刘亚莉的母亲因肺部感染呼吸困难住进了医院。母亲住院，忙坏了刘亚莉，她楼上楼下跑，累得满头大汗。她刚刚帮助护士给母亲挂上吊瓶，心里还庆幸此刻没有接手案子，可以抽出时间来照顾一下妈妈了。可就在这时，有一个电话打进来，搅乱了她的心思。九台发生一起案件：一犯罪嫌疑人在审讯过程中突然死亡，其家属认为是干警打死的，提出上告。当地检察院请求市检察院派法医去做解剖鉴定。作为女儿，刘亚莉很想守候在母亲身边。可是，作为法医，她必须忠于自己的职守。刘亚莉含着泪把母亲托付给邻床的护理员，毅然登车赶赴现场。经过一个多小时的解剖和病理检验，最后认定死者系突发急性心肌梗死死亡。凭借这一科学结论，刘亚莉为公安机关澄清了责任，也安抚了死者。出完现场她连夜赶回医院，向母亲述说这一段原委时，同样在公安机关工作了几十年的母亲当然懂得女儿的心情，她点了点头，欣慰地笑了。

刘亚莉有一个幸福美满的三口之家。丈夫是她情感之舟的港湾,可她的船却经常在工作的海洋中航行、停泊,很少有时间去那港湾里休憩一下;儿子是她的最爱,是她的心尖宝贝,可她常常连"宝贝"一下儿子的时间都没有。

2002年春天,丈夫因心脏病急性发作住进了医院,刘亚莉心急如焚。她想守在他身边护理几天,可是,某县检察院报告一名犯罪嫌疑人在派出所突然死亡,需要她马上出现场。报案就是命令,现场好比战场,刘亚莉只能选择立即出发。临走的时候,她对丈夫说:"有案子要出现场,我离开一会儿。你的治疗已经安排好了。你别慌,好好配合医生,我快去快回。"丈夫已经习惯了她的工作,望着她,说:"我今天的感觉不太好,你快去快回吧!"现场勘验结束后,刘亚莉刚刚返回到县城,丈夫的病友打来电话说:"小刘,你爱人情况不太好,医生怀疑心肌梗死,你赶快回来呀!"刘亚莉急如星火地赶回医院时,她的家人和处里的同事都已经赶到了。丈夫拉着她的手,眼里闪动着泪光,有气无力地说:"亚莉,我这个病,不一定哪次就看不着你了!"刘亚莉鼻子一酸,泪水夺眶而出。

儿子小时候也闹过毛病,儿子闹毛病的时候也让刘亚莉流过泪。那一年儿子4岁,突然得了急性病毒性风疹,高烧不退。当时丈夫正在苏州学习。科里法医人手少,任务重。为了不影响工作,刘亚莉把孩子带到单位,想安排一下工作再请假带他去医院打吊瓶。可一进办公室,就接到报案,有一犯人昨晚突然死于监所内,死因不明,要她马上出现场解剖。刘亚莉看着孩子烧得通红的小脸蛋儿,眼泪在眼圈里打转儿。她不想离开孩子但又必须离开,她对孩子说:"儿子,妈妈去工作,去一下就回来。"儿子不想让妈妈离开,拽着她的手不松开:"不嘛,我难受,我要妈妈陪我!"孩子是妈的心头肉,儿子的痛是扎在刘亚莉心上的针。她强忍着泪水,亲了亲儿子滚烫的脸蛋儿,哄他说："儿子,听妈妈话。妈妈有工作,不能陪你,让叔叔、阿姨先陪你,妈妈一会儿就回来。"刘亚莉硬着心肠离开儿子,登上汽车,奔赴现场,她的儿子也只好由她的同事带着去了医院。

生活中的刘亚莉是一位富于爱心、感情细腻的女性。只不过她的爱心常常被事业和工作瓜分掉,她的细腻也常常牺牲在她经手的一桩桩案件上。事业为重,工作第一,这是刘亚莉的人生准则。只要听到案件的召唤,此外的一切都会从她眼前消失。她把她的法医工作做到了极致,可是作为母亲和妻子,她却无可称道,这是她心中永远的痛。她也羡慕别人,也想做一位好母亲、好妻子,也想天天为儿子和丈夫做些可口的饭菜,每晚都陪他们幸福地聊天,可是电话铃声一响,要她去出现场,她就什么也顾不得了,刚才那一些美好的愿望也只好留在愿望里了。她也时常为此愧疚,但愧而不悔,她留给亲人的永远是明天美好的期待,而献给事业的却是今天慷慨的付出。天天如是,年年如此。这就是刘亚莉,一个平凡而伟大的女性。

忠诚不是一种态度,忠诚是一种全身心的投入,忠诚是一种崇高信念和果敢行为有机结合的统一体。忠诚于法律,不仅需要胆识和勇气,而且需要技能和本领。"工欲善其事,必先利其器。"法医的武器就是解剖的技能、鉴定的本领。法医是一项专业性很强的工作。检察机关的法医,面对和受理的又常常是一些异议较大的疑难案件,如果只凭热情和勇气,没有深厚的法学和医学理论基础以及丰富的实践经验,便很难担负起审查、鉴定的重任。刘亚莉刚刚来到检察院的时候,并没有经过专业的学习和科班的训练。书到用时方恨少。工作了一段之后,刘亚莉从实践中感到了自己知识的不足。她深深地认识到,只凭自己过去在卫校学过的那一点点医学知识、在中学做过校医和在驻军二〇八医院工作时积累下来的那一点点临床经验,想适应检察机关的法医工作，无异于杯水车薪。

刘亚莉要改变这种现状。她把学习列入了自己的生活日程表。每天无论多忙，学习时间雷打不动。刘亚莉不是那种天资独厚、绝顶聪明的人。初做法医的时候，她还没有进过大学的门，应该说底子很薄的。可她不迷信天资，不害怕底子薄。她相信后天的努力。她记不得从哪本书上读到了中国一代文豪茅盾先生的一句话："天资并不带来任何技巧，天资只提供学习任何技巧的可能性。"她觉得茅盾先生说得有道理。她把它记在本子上，也记在了心里。她自费购买了大量的业务书籍，开动了自学的机器。几年下来，她竟阅读了几十种上百册有关医学和法学方面的书籍，写下了 36 万字的业务学习笔记。她充分利用省会城市的优越条件，致力开发学习资源，建立和扩大业务交流网络，主动与吉林大学附属医院、省医院、驻军二〇八医院等十几家医疗单位建立业务联系，开展业务学习和研讨活动，广泛拜师学艺，经常登门求教。每遇到疑难案件，她都真诚地邀请这些单位的专家、教授参加会诊鉴定，为自己创造更多的学习机会。她重视医疗实践活动，从不放过任何一次实践或观摩的机会。无论哪里举行业务观摩，她都想方设法参加。一听说哪里有解剖现场，她的耳朵都会长出脚来，说什么也得去看看。

落尽青丝终不悔，为伊消得人憔悴。超负荷的工作与学习损害了刘亚莉的健康，她患了神经性脱发症，几天之内，一头乌发几乎掉光！她对着镜子大哭了一场。可是哭过了，想过了，她依然没有放弃工作与学习。几天后，她戴着一头假发，又乐观地出现在同事和同学们中间。

"乐观是一首激昂优美的进行曲，时时鼓舞着你对事业的进取精神。"法国著名作家大仲马的这句名言，恰恰印证了中国一代女法医刘亚莉的生命实践。刘亚莉总是乐观地对待生活，也总是一脸阳光、充满希望地走在自己奋斗和求知的路上。希望使她永不满足，乐观让她永远进取。在同时获得医学与法学文凭之后，她又走进中国医科大学的校门去深造，去向更深的领域和更高的层次突进。通过这些学习和锻炼，刘亚莉的知识层次和业务水平有了令人瞩目的提高，她的专业技术和鉴定能力也在以惊人的速度飞快地增长。她的法医专业研究取得了显著的成果。她与本处同志合作撰写了《外力致脑血管畸形蛛网膜下腔出血死亡分析》《感染性动脉炎死亡分析》《法医文证审查初探》等十几篇论文，其中有多篇论文先后在全国青年法医研讨会和最高人民检察院组织召开的全国法医研讨会以及省、市司法理论研讨会上发表，产生良好的反响。正确的实践来源于科学的理论指导。刘亚莉刻苦钻研的成果同样在她的法医实践中反射出夺目的光彩。22年来，刘亚莉亲手和参与办理各类法医鉴定案件1500多例，尸检650具，纠正和改变原鉴定结论100多件，从未出过一例差错。

　　为民执法，心里要有人民。只要把人民的利益放在高于一切的位置上，一切困难、干扰甚至破坏都不在话下。刘亚莉心里装着人民，人民给了她信任和权力，也给了她正气和胆识。有人说情吗？坚决挡回去！谁想指鹿为马吗？没那么容易！

　　说情者求办的事，不能办，可老百姓找上门来，必须帮！这是刘亚莉永远不变的信条。她对老百姓特别是那些底层的乡下人，有股子特殊的感情，她觉得他们诚实、亲近，也最需要帮助。有乡下人受了委屈想打官司来找她，本来素不相识，她却待如亲友，赶上饭时，还掏腰包给他们买饭吃。有些案子超出了她的职权范围，她不能越权插手，却也能真心诚意地做他们的参谋，帮他们出出主意，想想办法。她希望这些心地善良的庄稼人"善有善报"。处里的同志称赞她境界高，她笑了："不是境界高。没有什么境界不境界的。咱们也是普通人，只不过手中掌握着一点权力罢了。这点权力是人民给的，当然应该为人民办点事情。老百姓最不容易，进咱这个门儿都不容易啊！咱们都应该记住这一点，多想想老百姓，多为他们办点实事，这样才对得起他们，也才不虚度一生。"

　　法医鉴定，牵涉很多人命关天的案子。有时候会赶上群众闹事，矛盾冲突一触即发。每当这时候，刘亚莉总是把同事推在一边，自己挺身而出，冒着危险去做说服和疏导工作。带队伍需要身先士卒，身先士卒的不一定都是轰轰烈烈的壮举。有很多时候，小事也能彰显出大而崇高的风范，就像一滴水可以反射出太阳的光辉一样。

　　采访的时候，我从技术处同志那里听到许多关于他们处长的小事。这些小事，大都发生在他们的日常工作与生活中。他们讲得很平实，一点不动声色，司空见惯的样子。我听来也觉得很平常，是啊，太小的事了，微不足道的。可是，当我回到寓所的时候，仔细地翻阅着采访笔记，回味着采访的情景，那些小事又像闪亮的星星一样，一颗颗地跳出来，闪动在我心灵的天幕上。我不能不把一些小事记录下来，因为它们虽然小，却具有滴水反射光辉的意义。

　　先说一件小事：扫雪。

　　长春的冬天多雪。每年不知道要下多少次雪，只知道下一次雪就要扫一次雪，雪后清扫街头积雪是长春市的传统。每次雪后，刘亚莉都要早早地赶到扫雪现场，参加扫雪的劳动。多少年了，她一直这样做着。中间只有一点变化，那就是：当处长前，她不用去招呼别人，一个人默默地走在全处的前头；当了处长之后，她需要组织大家一道去扫雪，于是他们是一个处走在全院的前头。

凡是驻在长春市的机关、单位，没有不分担扫雪任务的。但也有只分担任务却不用扫雪的。有的单位或许是因为工作忙，或许是因为小金库的钱花不了，或许是其他的什么原因，他们的分担区已经一次性承包给了别人，每次下雪都要由承包人代他们去扫雪，他们只需付出酬金就可以了。

刘亚莉不想这样做。即使工作再忙，哪怕有急案压在手上，她也能调度得开，绝不肯让工作挤掉扫雪的时间。她有她的道理："工作再忙，扫雪这点儿时间还是可以抽出来的。我们不是花不起这几个钱，而是不想丢掉这样一次集体劳动的机会。大家扫扫雪，累不坏，也是个锻炼，也是个检验，看看你对集体活动有没有兴趣，检验一下我们这支队伍能不能在需要的时候召之即来，来之能战，战之能胜？经常参加集体活动，还能产生出一种凝聚人心的力量，可以增强我们这个集体的向心力。"刘亚莉说得很平和，仿佛在唠家嗑。可不知不觉间，却让大家感到了一种亲和与挚爱，有一种暖流在心头涌动着。小小的一件事，小小的一番道理，组成了一个细密的纱网，把每个人的心灵都过滤了一遍，让人感觉清新了许多，也清净了许多。

再说一件小事：聚餐。

前几年餐饮业不像现在这么发达，人们的消费观念也不如今天这样放得开，亲朋好友、同事同学动不动就找个理由（没理由也是理由）去饭店酒馆里撮一顿。那时逢年过节，单位都要会餐，人多的大搞，人少的小聚。把吃的喝的东西买回来，自己加工，自己搭配，大家围坐成一圈，边吃边乐。刘亚莉他们处里经常搞一些小型的聚餐会。大家凑点钱，从外面买回来一些诸如酱猪手、熏鸡翅、油炸花生米和卷饼之类的熟食，再把几张桌子一拼，铺上一张塑料布，搭成一个临时的餐台，然后摆上食品，围台而坐，这餐会就开始了。大家推杯换盏，谈笑风生，如同在自己家里一样自由、舒展、开放。伴随着屋子里飘散着的浓浓的香气，每个人心头都开始漾动着亲如手足的情谊。

每次聚餐会，刘亚莉都是最忙的一个人。餐前，她和同事一起去采买，回来后跟着改刀、摆碟……每次都是等大家坐下了，她才最后一个上桌。一餐饭热热闹闹地吃完了，还要组织一些棋啊牌啊的游戏活动，这时刘亚莉就会对大家说："你们玩去吧，我来收拾。"她每次都扮演着收拾残局的角色，虽然累一点，但她很高兴，她看到大家玩儿得开心比她自己玩儿还开心。

像这样的小事太多了。刘亚莉自己都记不起来了。刘亚莉不因善小而不为。她在细微中培养着自己的宏大与坚韧，也从细微中发现着同事的杰出与美好。刘亚莉做的这些小事，像一颗颗光芒四射的珠子，在同志们的心里闪着亮着。它们经岁月的红线穿在一起，把全处同志的心联结起来。肝胆相照，心心相印，一个和谐、友爱、充满生机与活力的大家庭就这样形成了。

和谐就是力量。和谐之力无坚不摧。在这个和谐的集体里，每个人都知道自己的位置，每个人都在自己的位置上。他们恪尽职守，同舟共济，创造着共和国检察事业的辉煌。全处的11名同志，人人都有不凡的建树，个个都立过功，受过奖。这个集体也多次跻身于全市检察工作的先进行列，去年还被最高人民检察院授予全国检察系统先进单位的荣誉称号，荣立集体三等功。

刘亚莉热爱这个集体。22个冬春，暑去寒来，岗位上、职责中，都凝结着她深深地眷恋。正是这个集体教她懂得了法律的尊严，学会了忠诚的坚守。她全身心地融入了这个集体，须臾不离。回顾起自己走过的路，刘亚莉充满着自豪和感激："这是一个光荣的集体、一个有着旺盛的生命力和鲜活的创造力的集体。这个集体不是我塑造的,我没有这个能力,相反,倒是这个集体塑造了我,是大家塑造了我,是检察院塑造了我。"

(2007年于自由文斋)

马莲花开

关东原野上有一种很平常的多年生草本植物,叫马莲,叶是条形互生,绿得并不显眼;花呈蓝紫色,很小,香气也不浓郁,然而,它的生命力却极强。无论土质多么瘠薄,也不管环境多么恶劣,只要有机会扎根泥土,它就一定会呈灌木状蓬蓬勃勃地生长起来。而且,它的周围很快又会有第二丛、第三丛、第四丛……相继问世,以自己绿色的生命向苍白和荒凉挑战。等到了开花时节,那蓝紫色的花朵迎风绽放,遥相呼应,会在一片平淡无奇的荒野上绘出别一番风景。伴着徐徐清风,淡淡的馨香沁人心脾,让人忍不住要深深地呼吸几口,甚至会产生咀嚼、品尝的欲望。马莲对人们的贡献似不在花的芬芳。它的叶极富韧性,可以用来捆绑东西。端午节纪念屈原的粽子上常常少不了马莲;它的根可以制刷,那是能够清除陈渍油垢的极好用具;马莲还可以造纸,在印刷业的历史上和文字传播的进程中,有它不可磨灭的功勋。

说到马莲,让我想起一个人,一个普普通通的农民。她今年五十多岁了,土生土长在吉林省榆树市。几十年来,她孜孜不倦地追求着,默默无闻地奉献着,就像荒野中一丛迎风而立的马莲。她在这片黑土地上创造了令人惊羡的业绩,像马莲开花一样给人们送去了清香;她把自己融入了由村民组成的集体,时时刻刻都在为着这个集体辛苦操劳,无怨无悔,像马莲一样心甘情愿地把青春年华都献给了这片土地。直到晚年了,她才声名大振,像马莲开花一样赢得了人们的赞赏。她叫陈云莲,是吉林省榆树市太安乡的一个普通农民。陈云莲出生在一个勤劳的农民家庭。父亲会做木匠活,在榆树市弓棚子一带很吃得开。母亲是操持家务的能手,会编草鞋、生豆芽。陈云莲的童年是在父母精心呵护下度过的。父母亲的勤俭持家和与人为善,在陈云莲幼小的心灵上留下深深的烙印,慢慢地形成了她性格的主体。童年的陈云莲很爱读书,在学校里学习刻苦,品学兼优。那时候,她的心里蕴藏着一颗花蕾,可是没等盛开,就被一场突如其来的暴风雨给毁掉了。1966年,"文化大革命"夺走了她读书的权利,她和无数命蹇的少年一样,在无边无际的困惑包围中,泪眼朦胧地走出了校门,投身到与青苗为伴、为五谷拼争的漫长岁月中。转眼间11年过去了,陈云莲伴着田塍地垄、朝露夕晖,走过了自己的少年时代,出脱成一个青春靓丽、羽翼丰满的大姑娘。1977年2月,一个春风料峭、乍暖还寒的日子,陈云莲告别了一起生活了26年的父母,来到太安乡前二号屯,与复员军人姚喜臣携手走进了人生最美好的时光。陈云莲的丈夫很优秀,复员回村的第二年就被评选为新长征突击手,后来又相继担任了村上的团支部书记、党支部副书记、村长、党支部书记。按理说找到这样一个称心如意的好男人,陈云莲完全可以依靠着他放松一下自己了。可是,陈云莲不这样想,她不愿意一辈子靠在丈夫的肩膀上过那种嫁汉吃饭的日子。她说:"女人要自立,不能靠男人养活。靠男人养活,一没地位,二没滋味。"陈云莲要让自己的生活有滋有味,她要靠自己的努力蹚出一条属于她自己的路子。

改革开放的春风吹绿了榆树大地。陈云莲的心海漾起了层层涟漪。联产承包，落实到户，有1公顷黑土地落到了她和丈夫的名下，这使他们感到一阵惊喜。像是第一次拥有了自己的土地，像是第一次获得了耕种的自由。他们盘算着，应该种些什么；他们畅想着，秋后怎样收获；他们一时还想不清楚，这1公顷土地究竟能给他们带来多少果实、多少欢乐？可是，分田分地没过多久，冷静的现实又让他们的心冷静下来了。1公顷土地这有限的空间，实在容不下他们驰骋的马蹄。他们需要点燃新的火种，去燃烧旺盛的青春和多余的精力。他们开始在改革开放的政策中寻找新的投入点。

1983年2月，正是陈云莲和姚喜臣喜结良缘六周年的纪念日子，小两口经过温馨的协商，决定暂时分居一段。陈云莲要离开太安乡去榆树镇内卖豆芽，姚喜臣因为村上的事走不开，只好一个人留在家里。三个孩子也都分别做了安排：大女儿交给奶奶照看；二女儿和儿子都还小，陈云莲便把他们带在身边，动员了自己的母亲随行去照料。卖豆芽的主意当然是陈云莲想出来的。她由改革开放想到了市场的解放；由冬天的鲜菜短缺想到了豆芽生意；又由豆芽生意想到了自己和母亲。对于生豆芽，陈云莲并不打怵，她从小就在母亲身边学会了。可是卖豆芽，她却是大姑娘上轿头一回，既无实践，也没经验。可喜的是陈云莲不只看重经验，更看重实践，尤其看重自己的信心和勇气。她说："凡事不怕不会，就怕不敢。经验是从实践中得来的，只要敢于实践，就会取得经验。"陈云莲从乡亲那里借了200元钱，选择了一个良辰吉日，在丈夫的护送下，领着年届花甲的母亲，抱着两个年幼无知的孩子，来到了榆树北门三队，租了一间半房，开始了她的豆芽生涯。生豆芽是个技术活，需要严格掌握规律和标准。从豆子到豆芽,一个萌发生长期需要6天。时间短了,豆芽长不好,卖不上价;时间长了,豆芽会烂根儿,卖不出去。陈云莲把生豆芽的七口大缸按顺序排好,再按预计出芽时间相继投料,人为地把豆芽的生长期拉开距离,以便保证天天都有一缸好豆芽上市。陈云莲每天凌晨两三点钟就起床开始做上市前的准备工作。她把生好的豆芽从缸里捞出来,一把一把地墩齐,再用剪刀一剪一剪地剪掉根须。一缸豆芽全都处理完的时候,天也就麻麻亮了,她便担起豆芽急急忙忙地赶往菜市场。在菜市场一蹲就是大半天儿,到下午两三点钟的时候,豆芽卖光了,她才担起空筐往回赶。一天下来,只能赚十几块钱,但陈云莲并不嫌少。劳动的收获在她的脸上写满了自得和兴奋。陈云莲每天卖完豆芽赶回住地的时候,也正是孩子吃奶的时候。她撂下担子,从母亲手里接过孩子,一边喂奶一边开始生火做饭。吃过饭后又要担水泡豆子,给未出缸的豆芽换水……忙完了这一切,陈云莲拖着疲惫的身子上床的时候,已经是月上三竿,鸡不鸣狗不叫了,她一天的睡眠多说也只有三四个小时。丈夫挂念妻子,隔三岔五跑来看她。有一次,他刚推门进来,一眼就看见妻子正背着孩子,一瓢一瓢地淘缸里的水。孩子在她背上哭着,汗水在她脸上流着。他鼻子一酸,抢前一步把孩子抱过来。丈夫一边哄着孩子,一边心疼地对妻子说:"回去吧,太苦了,别这么拼命了。"妻子笑了笑,对丈夫说:"没事,我身体好。趁这好时候不干点,什么时候干?豆芽也就能卖几个月,等种地的时候,你不说我也得回去了。"丈夫的心头滚过一层热浪。要是没有孩子在怀里,他说不定会跑过去拥抱一下妻子。他亲了亲孩子的小脸蛋,一句话也没说就进里屋去了。

种瓜得瓜,种豆得豆。辛苦的劳作换来了甜蜜的收获。陈云莲领着年迈的母亲带着年幼的孩子,艰辛地度过了两个冬春,去掉一些必要的花销，卖豆芽净收入5000多元。她记不得有多少个披星戴月的清晨，自己担着满满两筐鲜嫩的豆芽，匆匆赶往街里，去参加市场上那激烈的竞争；也数不清有多少个残灯如豆的夜晚，她围着一溜七口大缸，神情专注地洗豆子、下料、换水……甚至没能听见儿子的哭声；遍访榆树，由北门到中街，谁能说得出它的距离？只有陈云莲的脚步，可以准确地量出这段路程；从计划经济到市场经济，这个历史性的跨越，有谁体验得最早、最深？回答应该是：陈云莲，还有她身边的榆树人。在榆树做豆芽生意的日子里，每当卖完豆芽从街里回来，陈云莲总要到房东家的大棚里站一站，一边同房东唠着家常，一边偷偷地学着手艺。等到她离开那里的时候，豆芽不生了，她心头的又一个希望却长大了。她在心里盘算着自己也建一个大棚，种蔬菜。

1985年一个秋雨绵绵的傍晚，陈云莲一家人正吃饭。突然，广播里的一条消息咬住了她的耳朵：黑龙江省望奎县农业技师蔡景学举办辣椒种植技术培训班……陈云莲兴奋地对丈夫说："听见没？黑龙江有人办班了，我得去学学种辣椒。"丈夫没怎么注意听广播，突然听妻子这么一说，半天才醒过腔来。他对妻子说："歇歇吧，跑榆树折腾两年，够累的了，要干，怎么也得过一阵子再说吧。再者说，咱们家的房子刚刚盖好，屋里屋外造的皮呀片的，收拾起来哪儿都得手到。等忙过这阵子再盘算下一步，行吗？"陈云莲说："过日子就得一步撵一步地往前赶，不能等啊！现在有个机会，不抓住它，过了这个村儿可就没这个店儿啦。盖房收拾屋是咱自己的活，紧紧手就成了，可这办班的事，不归咱说了算，错过机会还上哪儿去学啊？"丈夫听妻子一说，觉得也是这么个理儿，就同意了："那好，去吧。不过，望奎离咱这儿也不算近，你又没去过，我跟你一块儿去吧,反正现在庄稼都收完了,村上没什么大事,有个三天五日的也就回来了。"第二天早晨,陈云莲把三个孩子都安置妥帖,找了个背包,装上笔和洗漱用品,和丈夫一起上路了。

  北方的秋色是迷人的。行进的车窗宛如摄像镜头,不停地摄入一个个精彩画面:远方的山,云蒸雾霭,仙风飘逸;近处的路,马蹄驰奔,尘土飞扬;五颜六色的树木,红枫如丹,白桦如雪,杉松滴翠;波光潋滟的水面,轻舟急驶,鸥鸟盘旋,渔帆点点……佳景可人,美景动心。陈云莲望着车窗外,只觉得胸中热浪涌动,一颗心又如酒醉了一般。她看了看丈夫,丈夫也看了看她,两个人相视而笑。结婚八年了,因为忙于农活,忙于过家,他们还从来没有过这样的悠闲,也从来没有体验过出双入对的温馨与浪漫。他们这个年龄本该有的闲情逸致,早被迫于生计的忙碌和奔波销蚀殆尽了。直到今天,当他们远离绕膝儿女,远离家事纷扰,完全可以自由自在地倾诉衷肠之时,竟然相对无语,不知言何了。这也许就是一代中国农民朴素的情感表达,这朴素,咀嚼起来,让人感到有些许的悲凉。

  从望奎学习归来,正是十月"小阳春"。陈云莲抓住时机,趁热打铁,选地址、搞设计、兴土木……很快就搭起了火窑,完成了建造大棚的前期准备。春节刚过,大年初三,喜庆的爆竹还在噼啪作响,人们还沉浸在年味儿里自在逍遥,陈云莲已经着手扣大棚。在众目瞩望中,陈云莲树立起了太安乡前二号屯的第一座蔬菜大棚,她把学得的知识一丝不苟地运用到实践中。她整天整宿地泡在这里,大棚成了她心中的唯一。

  育苗成功了。陈云莲又适时进行移栽、施肥、防病……严格按照科学程序完成每一步骤,像护理婴儿一样耐心、细致、充满温情。

  移栽成功了。一株株辣椒秧迎着太阳疯长,青枝绿叶很快就覆盖了地面,远远看去,像一片绿色的云,诉说着绿色的温馨。

辣椒秧开花了,银白色的一地精灵。陈云莲的心里也开花了,亮堂堂的一片光明。

血汗结出了硕果,辣椒获得了丰收:二亩八分地,产出辣椒3万多斤,纯收入5000多块。陈云莲手里捧着钱,心里蹦出了一句话:"都说科技是生产力,要我说科技就是人民币!"淳朴而风趣的一句话,把身边的人都逗乐了,大家的心也一下子被照亮了。陈云莲种辣椒赚了大钱,这消息成了前二号屯人们的热门话题。不少人心活了,瞅着陈云莲,话里话外透露出也想种辣椒的意思。

陈云莲是个热肠子人。她愿意把自己学得的真经传给乡亲们,让大家一块儿致富。村里有些人已经决定跟着陈云莲种辣椒了,但也有人迟疑不决。陈云莲有个大伯哥,种西瓜连续赔了两年,血本无归,白白搭进4000多元,还欠了债。陈云莲劝他种辣椒。他摇了摇头,沮丧地说:"我点儿背呀!看人家干是挣钱,我一伸手就赔钱。要是再赔了,我这个家还不得'挑灶'啊!"陈云莲听了,笑了:"大哥,你是赔怕了,哪能干啥赔啥呢!走一辈子路,谁能保证不跌跟头?吃饭有时还噎呢,就不吃了?你试一年看看。种子我那儿有,苗在我家育,地膜、农药我给你买,技术上我教你,你就出地出人就行。今年先试一年,挣了是你的,赔了算我的。"陈云莲的真诚感动了大伯哥,他在陈云莲的帮助下种了二亩二分地辣椒,当年就还清了欠债。两年后他成了村里的富裕户,这是后话。陈云莲登门动员种辣椒的不光是亲戚朋友,由她无偿提供种子、农药和育苗基地的也不只是一家两家。她从竖起大棚那天起,就树立了一个坚定的志向:要发挥共产党员的先锋模范作用,把全村人带动起来,让他们跟着自己一起走上富裕的道路。三年后,种辣椒在前二号屯广泛普及，除去职工户，家家都种辣椒，屈指一算，全村有27户农民加入了陈云莲的辣椒队伍，辣椒种植面积达到40多公顷。全村的辣椒种植开始向集约化和公司化方向发展：统一育苗基地，统一技术指导，统一生产流程，统一产品经销……

"辣椒热"从太安乡起源，迅速波及榆树的福安、先锋、大坡、恩育、八号、弓棚、怀家等乡镇。省内通化市和前郭县以及一些外省的农民和农业科技人员也纷纷前来向陈云莲取经。为了普及辣椒种植技术，让更多的人种辣椒致富，陈云莲自掏腰包举办培训班，亲自为农民讲解。10年中，她投入资金20多万元，先后办班300多期，培训学员5000多人。陈云莲也因此成了闻名遐迩的陈辣椒，前二号屯也被人们传称为辣椒屯。

辣椒越种越多，产量越来越高，一个让陈云莲头痛的新问题产生了——单是辣椒屯一年产出的辣椒就有三百多万斤，用大卡车可劲儿装，也得需要200辆才能运出去。可当年的辣椒屯一辆卡车也没有。怎么办？陈云莲迈动双脚，四处奔波，希望把大卡车引进辣椒屯。陈云莲站在外来货车必经的要道口，见车就拦，逢人就讲，不住口地夸他们的辣椒，讲他们的服务，目的当然只是一个：请车主去辣椒屯贩运辣椒。

有一次，陈云莲拦住一辆吉林市来的贩菜车。她对车主说："师傅，是买菜的车吧，我那儿有上等的大辣椒，最大的一个有八两重，价钱好商量，去不去？"车主说："去不了，我们有卧子。"陈云莲说："你买的不是菜么？只要质优价廉，还管什么卧子不卧子？你到我那儿去一趟看看，保你满意。"车主有些不耐烦，嘟囔了一句，示意司机开车。陈云莲急中生智，大声嚷起来："你这位师傅是刚出道做买卖的吧？怎么连规矩都不懂？"车主一愣，问："什么规矩？"陈云莲说："开饭店的不怕大吃,搞贩运的还怕货好?你去不去没关系,但我要告诉你,我们辣椒屯的辣椒,货真价实,我们卖辣椒,讲究的是信誉。质量不好,管退,分量不足,管补,你去一辆车,全屯为你服务。我们那儿虽然是家家卖菜,但不用你户户张罗。我看你也是明白人,听懂我的话了吧?说一千道一万,一句话包了:信着我们,你就去看看。信不着,你开车走人!"陈云莲的一席话,落地有声。车主的心被打动了,他把烟头一扔,爽快地说:"行,我信你一次。走,去你那儿看看!"陈云莲带着这辆车开进了辣椒屯。辣椒屯的辣椒就坐着这辆车走进了吉林市。为了打通辣椒的销路,陈云莲不知跑了多少路。她涉足的方圆半径不断延长,她交往的社会领域不断扩大。她频繁地往返于榆树和长春、哈尔滨之间,托门子,找路径,求亲访友,终于织成了一张贩运辣椒的关系网。

诚心感动上帝,信誉引来买主。一辆辆大卡车从四面八方开进辣椒屯。辣椒屯也变成了一个庞大的辣椒批发市场。市场在竞争中接受考验,效益在诚信中得到保证。一个仲夏的早晨,陈云莲刚刚把各户采摘辣椒的数目分配下去,突然,一个惊雷炸响,紧接着狂风骤起,大雨滂沱,转眼间,天空一片混沌,大地一片泥泞。突如其来的风雨搅乱了辣椒专业户的心。他们围着陈云莲,七嘴八舌地议论起来:"这天气能下地么?地都踩坏了!""跟车主说说赶晴天再来呗!"有人干脆打了退堂鼓:"谁愿意摘谁摘,我可不摘了!"

陈云莲沉思了一下,坚定的目光从每个人的脸上扫过。她语重心长地对大家说:"咱们能闯出今天这步天地,不易呀!想当初,求爷爷告奶奶,一辆车都不来,大家伙儿瞅着地里的辣椒,哭都找不着调啊,现如今,车水马龙,销路畅通了,咱们可不能自己再把这销路堵死啊!跟人家说得好好的,让人家来拉菜,能让人家空车跑回去吗?咱们做买卖得讲信誉,信誉就是资本,信誉就是市场,信誉就是效益啊!地踩坏了咱们能平整过来,要是把客户的心伤了,那就难以平复了。你们想想看,应当怎么办?"陈云莲的话像轰隆隆的响雷,在乡亲们的心头滚过。大家沉默下来。

这时,有一辆大卡车开了过来,是老雇主大老陈。陈云莲迎了上去。大老陈抬头看了看天,又看了看陈云莲,通情达理地说:"陈大姐,今天就算了吧,这雨挺大,一半会儿停不了,停了怕也下不了地,我开车回去吧。"陈云莲很感动,她深情地望着大老陈,斩钉截铁地说:"不,不能让你白跑一趟!你再等等,这是阵雨,一会儿兴许能停。就是不停也没关系。咱们咋定的就咋办,别说下雨,就是下刀子,顶着大锅也得给你把辣椒装上车!"说着,陈云莲又转向乡亲们:"怎么样?想好了没有?这样吧,有愿意下地的跟我下地,要是大家都不愿意下,我一个人下,就是把我家地里的辣椒纽子都摘下来,也得给大老陈凑满车。"一道闪电划过。乡亲们紧跟着陈云莲的脚步,齐刷刷地冲进风雨中,没有一个落后的。一万多斤辣椒顶着风雨装上了大老陈的车。大老陈紧紧握着陈云莲的手,感激地说:"陈大姐,啥也别说了。往后有用到我的时候,你吱一声,我大老陈的车立马就到!"

1996年8月的一天,陈云莲护理病重的母亲归来,一进村,就有人告诉她:"哈尔滨的车来装辣椒,丢了12条麻袋。"陈云莲一听,一股火呼地一下蹿到了嗓子眼儿。她连家也没回,找来几个当事人,问清了情况,得知这事是屯中一个论辈分她还得叫叔公的人干的。她立刻赶到叔公家,循循善诱,耐心引导,晓之以理,动之以情,终于说服了叔公承认了错误,把麻袋如数还给了车主。还有一次,陈云莲的一位亲戚在买菜时趁车主不注意，把自家的两包辣椒重复过秤，想占点便宜。陈云莲知道了，硬逼着这人补上了两包辣椒，并当面向车主道了歉。

陈云莲有一副软心肠，这是面对乡亲的时候；陈云莲也有一身硬骨头，这是面对坏人的时候。有一次，陈云莲押车从黑龙江省内的七台河市场卖菜归来。车刚刚出城，忽见有辆吉普车超过去停在路边。从车上下来三个家伙，拦住了陈云莲的车。陈云莲心里"咯噔"一下：这是遇上劫道的了。三个家伙亮开手里的刀子，杀气腾腾地叫嚷着："你们的车刮坏了我们的山地车，知道不？还想跑？赶快拿钱来，赔了我们的车，放你们走，不然，先给车放气，再给人放血！"陈云莲整了整衣襟，镇定一下自己，然后摇下车窗，对那三个家伙说："先把刀子收起来！收起来！刀子大的小的姐们儿都见过，放气放血都没那么容易，别拿那玩意儿吓唬人！这条道我常来常往，什么阵势都见过。今天是拉货，兜里只有吃饭钱。要是开面，你们赶快躲开，下次再见面时一块儿会。要是不开面，我可就要开车冲过去了，磕着碰着可别怪我粗心大意！"那三个家伙一看陈云莲的架势，弄不清来头，互相递了个眼色，开车溜走了。

陈云莲的辣椒岁月是伴着酸、甜、苦、辣度过的。在外出卖菜的日子里，她押运的车跑遍了白山松水、城镇乡村，不只是省内，就是省外的哈尔滨、阿城、双城、大庆、牡丹江、七台河、鹤岗、鸡西等地，也都留下了她的足迹，记录了她的故事。

陈云莲种辣椒种出了名堂。"陈辣椒"的雅号传遍四面八方。但是，赞誉和名望没能遮蔽陈云莲的目光，她踏在成绩垒起的基石上，不断地望向远方。种植辣椒的实践，让陈云莲懂得了辣椒的习性：同一块土地种辣椒不能太久，太久了辣椒就会生病，即使用药物控制，产量和质量也要受到影响，因此，必须改种别的作物，农民把这叫作"换茬"。陈云莲带领乡亲们种了 10 年辣椒，知道该"换茬"了。她更知道，现在，自己身后跟随着一群人，无论做什么，赔了挣了都不再是自己一个人的事，那关系到众多农民的切身利益，到底该"换茬"种什么？选择什么项目才好？陈云莲思考再三，一时间拿不定主意。正在这时，乡里要组团去江苏考察，陈云莲便随团访问了苏南大地。20 天的考察打开了陈云莲心头忧虑了不下 200 天的一个死结，她找到了一个前景看好、操作方便的致富新项目：速冻甜玉米。东北的土地适宜种玉米，榆树恰在玉米生产的黄金带上。天时地利，让陈云莲看到了成功的希望，坚定了立项的决心；种辣椒的实践，让陈云莲的心和乡亲们贴得更紧，她感到了后盾的力量，立刻做出决定：成立公司，加工速冻甜玉米。消息传出，前二号屯炸了营。左邻右舍跑来问陈云莲是不是真有这事。有的干脆直来直去："你不种辣椒了，我们怎么办？"沾亲带故的也找到陈云莲，劝她再考虑考虑："这几年种辣椒，扑腾地不错，怎么虎不拉地不种了？玉米那玩意儿咱们种了多少年了，谁种出啥名堂了？你可不能光听别人忽悠啊！"面对邻里犹疑的目光，听着亲戚坦率的忠告，陈云莲心里一阵发热。她读懂了乡亲们的心思，也感受到一种关怀。她理解他们，更想说服他们。她满怀深情地说："大家的心情我能理解。咱们在一起奋斗了十多年，哪能说散就散呢！这么说吧，无论干什么，我都不能扔下你们不管。当初种辣椒是看到了市场的前景。现在选择玉米加工，同样也是市场的需求。这个项目肯定有前途，我希望大家跟着我一起干，只要信得过我，我不会亏待你们。"也有人关心陈云莲的声望和前途，对她说："你是有名的陈辣椒，靠种辣椒发了家、出了名，又当上了党代表。现在丢下辣椒去搞玉米，岂不是名不副实，前功尽弃了！"陈云莲微微一笑，说："我确实是靠种辣椒起家的，但辣椒地不还得换换茬吗？我怎么能咬住死铆子不放呢！陈云莲的名不重要，种不种辣椒也不重要，重要的是能不能抓住机遇，带领大家一块儿致富。现在，条件变化了，市场变化了，咱们经营的项目也要随之变化，不然的话，你上哪儿去要效益？总不能为保一个虚名而丢掉了致富的机遇吧！"一打宣言不如一个行动。陈云莲要用自己的行动抚慰乡亲们因转项而动荡不安的心。

1998年4月，陈云莲投资300万元人民币，成立了吉林省双联经贸有限责任公司。紧接着，她又四处奔波，租冷库，购蒸炉，上设备，建队伍……腾腾火火地干起来，很快就把速冻甜玉米这个主打项目立了起来。几乎是在立项的同时，陈云莲迈出了订单农业的坚实一步。她同前二号屯的乡亲们签订了甜玉米种植合同。乡亲们只管原料生产：他们按照合同规定和质量要求，选好良种，适时播种，精心耕耘，然后就是金色的收获；陈云莲负责成品加工：她按照订单把农民的玉米如数收购上来，再经过加工，最后投放市场。一条龙的生产把公司加农户的模式体现得淋漓尽致。旗开得胜。投产的第一年就获得了好收成。陈云莲创立的"喜莲"牌速冻甜玉米在市场运行中销路畅通，势头强劲。她又抓住时机，扩大了生产规模。农民得到了实惠，收益逐年增多，同陈云莲签订合同的甜玉米种植户也越来越多，终于打破了前二号屯的界限，发展到1 000多户，"喜莲"牌速冻甜玉米年产达到了200万吨。

陈云莲的理想不是自己成为百万富翁，而是让乡亲们能跟着她走上致富的道路，一起过上好日子。这么多年来，陈云莲靠自己的勤劳和智慧确实赚了不少钱，可是她并没有攒下多少家产。有一些钱都被她的"软心肠"送给了那些比她更需要钱的困难户。

陈云莲自己没有读过大学，她对能考上大学的农家子弟总是高看一眼。每年她都要拿出一部分钱去资助那些家境贫困的大学生。用她的话说："我没念上大学，是那个时代罪过。现在的孩子们赶上了好时候，应该让他们多读点书，帮助他们上大学也等于圆了我的梦。"有一年高考发榜时，榆树市福安乡一户农民的两个孩子同时收到了录取通知书。这本来是令人兴奋的喜讯，却使两个孩子的父母心如系石，面现愁色：拿不出学费，孩子怎么去上学呀？陈云莲知道了这件事，立刻把钱送上门，为他们解了燃眉之急。

方圆数百里，赵钱孙李周，陈云莲帮过的人家数不胜数。谁家有困难，只要找到陈云莲，就没有空手回去的。陈云莲对困难户农民，既帮技术，也帮钱物。她帮助别人，从来不求回报，连借出去的钱也想不起来要。亲戚中有人提醒她："借出去的钱也有二三十万了吧，咋不去要呢？"她却说："要啥？人家借钱，肯定是缺钱；没还给你，肯定还没钱；有了，就还你了；没有，你要他搁啥还？放着吧，反正咱们也不缺那几个钱。"丈夫懂得妻子的心，从来不埋怨她，也不替她催债。有位乡干部给陈云莲编了个顺口溜："陈云莲好心肠，见着困难户就想帮，不论亲故谁都帮，不管钱物啥都帮，不分远近哪都帮，不拿工资却把民政助理当。"这当然是对她的由衷赞美。

2000年的初春，大地刚刚苏醒，陈云莲又应吉林省妇联之聘，驱车数百里，来到吉林省妇联在通榆县建立的扶贫帮困开发基地，开始了新的创业历程。脚踏这片广阔的原野，陈云莲大展身手。她实施了环境改造工程：亲自策划、指挥，完成了万亩草场的深沟封闭，种植牧草800公顷，栽种沙棘、盛柳6万多株，打水井14眼，使这里的生态环境大为改观；她大胆开发了养殖业带动工程：引进300头繁育母牛和50头"西门达尔"优质母牛，年出栏100多头，提高了经济效益，很快扭转了基地原来的亏损状态；她启动了科技扶贫工程：在基地附近的莲花泡、三道、东胜等七个村100多户农民中，辅导、推广了干椒种植技术，并且投入了100万元为农民垫付了化肥、农药、地膜等生产资料费用，帮助农民上了干椒种植项目，受益户百分之百，户年均收入增加了2 000多元。

新的一年中，陈云莲根据基地的土质情况和自然条件，又对基地生产做了新的调整。她因地制宜，把25公顷水田改种葵花和绿豆，又在8公顷岗地上试种了甜玉米。风调雨顺，嘉禾欢歌。一朵朵葵花向着太阳绽开笑脸，熏风中荡漾着一片金色的海洋。陈云莲望着这怡人的景象，心头流映着未来的畅想，她欣慰地笑了。

（2004年于自由文斋）

散文不会寂寞

维青的散文终于结集出版了。作为朋友，我的期盼之心与欣喜之情并不亚于他本人。

本不该寂寞的散文，近年来着实被冷落了一下。虽然有许多执着的苦恋者在艰难的跋涉中，努力去寻找散文创作的佳境和出版的良机，但他们的实践、成熟和积累也往往只能写进自己心田的一隅或者偶尔发表于报纸的一角，企望着在茫茫书林中能够有人多为散文新军洒一点雨露那是难之又难的。为这，应当为长春出版社的编辑们响响亮亮地鼓一次掌。

维青把他的喜悦、他的兴奋早早地分给了我——不仅预先报告了喜讯，还送来《亲近土地》的书稿要我为他作序。这确实又为难了我一下：我自己还正在散文的小路上摸索着行走，许多东西都还没有弄明白，既无成就，又无经验，能给人家说出什么子午卯酉来呢？我踌躇了一阵子，但最终还是被自己的内心说服了。我无法抗拒友情，我只有从命。

我对维青还是有所了解的。他很朴实，待人极诚恳，倔强和执拗的性格中藏着不易察觉的通融和宽谅。他18岁以前一直在乡间的农民中生活，后来进了城，进了厂，视野逐渐扩大起来，人也日渐成熟起来，唯这点可爱的执拗和倔强始终不改不弃，并且这执拗和倔强的可爱也开始在他的诗文中流淌开来。

维青的散文可以称作是对生活真实的艺术化书写。他在生活中敢于直面真实的人生，在创作中自觉地直面一切物质与精神的世界，努力调动艺术的语言，主动拓展想象的空间，让活跃的文思在真实性与艺术性的双轮驱动下奔跑。

维青的散文以真实取信于人，他努力去表现真实的生活，力求准确地传达真实的情感。他的散文又以朴素求美见长。朴素本身就是一种美，一种本原的美，不加矫饰的美。朴素也是一种亲切，一种凭谁都可以融通的亲切。维青待人朴实亲切，为文也力求以质朴感人。他写散文从来不拉大架子，不虚张声势，而着力于扎扎实实地描绘生活、表现生活。他的文章大都言之有物，绝少无病呻吟。遣词造句，构思谋篇，不事雕琢，不靠任何外在的渲染邀宠于人，完全靠作品本身的内容和颇见功力的白描造就一种娓娓如诉的亲切而打动人心。有人常把文采误解为浮华和藻丽，读维青的散文可以纠正这种误解。他是用清新自然的流泻和真情实感的升华来创造真与美的意境的。他的文章虽较少用艳词丽句，却生动、鲜活、贴切、传神、饶有韵致，让人读之心动，这恐怕就是我们常说的艺术感染力吧。

有人说，真实是艺术的生命，这是针对不真实而言，如果同是真实，那么艺术才是艺术的生命。真实不一定是艺术，只有艺术化的真实才是艺术,如果没有艺术还谈得上文艺作品么？维青创作散文不只追求真实，而更追求真实的艺术化。散文不但需要"真"，而且需要"美"。艺术之美是散文的持存之道。散文是语言的艺术。精彩的语言是散文之美的要素。维青很注意锤炼语言，注意从活泼的生活中发现和提炼美的语言，尽量使行文的语言精致一些，深刻一些，这使他的散文总是有别于他人。

　　维青的散文大多写真人真事真场景,但绝不局限于"真""实",他时刻不忘对这种真实的艺术化开掘,非常注重通过艺术开掘来生发意境,从中获得独特的感受和新鲜的领悟。他描写周围的生活,叙写身边的琐事,但从不满足于一般的形象描摹,他总是凭借自己精妙的发现、独特的感受和沸涌的情思来提炼和铸造作品的精魂,而同时也使作品独具个性。例如他写登泰山观日出,目光却并不滞留在日出的壮观景色上,而是在恰到好处时笔锋一转:"泰山日出之所以壮观,是因为有泰山这壮阔的背景。"轻巧的一笔便挑出一个新鲜独到的结论,令人爽然一惊,真实在他的笔下得到了艺术化的点染,产生了读者无法回避的魅力。

　　维青热爱生活,是那种对生活信心极强、热情极高的人。他想做的事情总是尽心尽力去做,不达目的不肯罢休,而做的过程又大都不露声色,只在结果呈现出来时才使人心头一震:这块云彩还真有雨!

　　维青对创作很投入,是作为生命一样去热爱去追求的。他从七十年代中期开始文学创作,他的每一篇作品几乎都是全心拥抱生活的结晶。他的心很细,生活中的每一微小的变化都会在他的心河中搅起涟漪;他的眼界很宽,身边的事无大无小一律可以收入视野流进心田写出作品。他注意从小处着眼观察和发现生活的闪光点,并善于以平实的描绘而使作品趋向哲理化的追求,这使他的散文具有了以小见大蕴含哲理的特征和优长。当然,任何事物的优点本身都隐藏着趋向缺点的潜力,维青也应该警觉这一点。在着力从细小中发现宏大、从平凡中挖掘不凡的同时,切不可囿于"以小见大"的束缚而使自己的创作走进琐屑、单调的迷阵。其实,维青的散文现在还看不出一丝一毫这样的倾向,他是十分注意发现生活的亮色,注意以散文特有的方式来参与社会的重大发言的。我这里不过是尽一点朋友之情,做一回忧天的杞人罢了。

(1991年于云鹤斋)

灵魂的叩问

好的诗歌，具有震撼心灵的力量。

读一首好诗，等于洗涤一次内心，叩问一次灵魂，会让你在渐趋清醒的品赏中走进一个全新的境界，重新审视大千万物，领略新的震撼甚至被颠覆的感觉，最终得到新的提升。这时候的诗，已经不再是文字的组合，她变成了富有生命的精灵的欢呼与吟唱，会引领着你为弘扬真理而一同放歌；有时她又像喷射而出的子弹，会挟裹着你扑向正义的战场。这些诗歌，在用一种特殊的方式，解读世事，检测灵魂，于不知不觉间帮你发现和修复生命的残缺，在潜移默化中重塑人生。

读过王长元、王春傲著的《熬鹰集》，我得到的就是这种感觉。

收在《熬鹰集》里的诗，大都呈现出很独特的样态，读之，令人感到新鲜而奇妙。这"新"不只在文字的叙说上，而主要在作者的立意和精思里。诗中万物，本很平常，随处可见，但一经诗人独特视角的发掘和独具匠心的提炼，那奇特的联想，微妙的顿悟，充沛而又高度浓缩的情感，便超越世俗，脱颖而出，以出人意料的奇绝多姿凛然于诗坛，显现了新颖的题旨和高远的意境。

"铁杵磨成针，功到自然成。"这是中华民族千百年来广为传颂的佳话，歌赞的是坚忍不拔的苦斗精神和坚持就是胜利的因果论断。在庶众眼里这一直是一个颠扑不破的真理，可是在诗人的书写中，却被质疑了、颠覆了。你看："一根铁杵/本来能打造千百根钢针"，"可老婆婆/却偏偏发狠/用铁杵一丝一丝/打磨光阴"，"一脸褶皱和坚韧/打磨出一根秀美钢针"，"打磨掉的却是残忍"。(《铁杵磨针》)

本来可以"打造千百根钢针"，缘何只"打磨出一根"呢？恐怕不只是手工操作的缓慢，一定还有思维观念滞后的原因吧？今天的中华民族正在改革腾飞的大道上砥砺奋进，创新跨越，争分夺秒，怎么可以津津乐道于"铁杵磨针"的慢功夫，甚至老守田园地去"打磨光阴"呢？诗人以不同于常人的角度，对习惯性思维发出质疑，以新的诗意判断挑战了传统旧观念，反其意的新锐思想让先贤的一句古语顿然翻新，一首诗就这样别开生面地阐释了对中华民族历史文化的新解，同时也向奔赴小康的人们做出历史性的提示：星移斗转，时不我待，中华民族正在改革创新中不断加快筑梦的步伐，万不可沾沾自喜于因循守旧的"老婆婆功夫"，那已经沦落为阻滞前进的沉重包袱了。

诗集里的诗中处处跃动着诗人的创新思维。当许多人都在一如既往地欣赏着罗丹的雕塑——《思想者》的时候，诗人没有满足于对一百多年来一直备受尊崇的"思想者"的敬畏，而是反向思考，从"思想者"的"眉头紧锁""百思不解"中，看到了他痛苦的内心，进而勇敢地提出"他究竟想明白了什么？"这一惊世骇俗的诘问，并以发人深省的诗句告诉人们："就这么苦苦的思想下去/不如站起身来/踏踏实实地去做"，"行动/才会带来快乐"。在这里，诗人以新鲜的诗歌意象，解读了思想与行动、理论与实践的辩证关系，自然而然地强调出实践的重要性及其作为真理标准的唯一性。

诗言志，志通心。《熬鹰集》里的很多诗都暗藏锋芒，直指内心，但诗的语言却中肯、平和，在怨而不怒的叙述中发散着批判的力量。

请看开篇的第一首《跪拜》："不知不觉／身子已经变矮／把一切梦想／都托付给了膝盖／那里有一块／可以弯曲的骨头／骨头弯曲了／就是一次生命的跪拜"。区区几个精练的短句，活脱脱地勾画出一个"把一切梦想""都托付给了膝盖"的猥琐形象，也不露声色地道出了人性的悲哀。猥琐，是因为没有脊梁、没有骨气；悲哀，就在于"身体和灵魂都无法""再站立起来"。诗人的笔像一把刀，把一个卑微的灵魂和屈辱的人格解剖得毫发毕现，入骨三分。"跪拜"得"身子已经变矮"，并且"不知不觉"，习以为常，这不能不令人慨叹，然而更令人慨叹的是现实中许多人都在"不知不觉"中习惯了这种不惜丧失尊严的"生命的跪拜"。此刻，诗人在向世人发问：面对"生命的跪拜"现象，你是否已经司空见惯、不以为然了？你有没有为了一己的功利而低头弯腰、屈膝下跪？这是《跪拜》对灵魂的叩问，也是诗人在启发人们对人生展开深层的思考。

如果说"跪拜"是强力压迫下的屈尊，那么"逃跑"则显现出主动示弱的卑微。

请看这首《角马》："说来你的体态／也算高大／坚硬的犄角／像一对钢叉／遇到狮子／只要敢迎着过去／非洲草原／就会诞生不朽神话／可你生性胆怯／从不懂得／什么叫厮杀／只要狮子靠近一点儿／奔跑／是你唯一的办法／所有智慧／都用在了逃跑上／可悲的是／你闪电一样的身影／最后／还是倒在了狮子血口之下"。同样有武器（犄角），同样有速度（闪电一样），可是，命运却别样"可悲"——"倒在了狮子血口之下"，为什么？因为你把"所有智慧""都用在了逃跑上"，你从出发那一刻，就选择了逃跑的姿态，做好了缴械的准备，这是你失败的根源！一首短诗，告诉我们一个多么深刻的道理：逃避是躲不开灭亡的。把智慧用在逃跑上，也许能帮助你躲过一两次劫难，却不可能保证你永久的安全，只有敢于战斗的勇士，才握有胜利的机会。逃跑的路即使有捷径，最后也要通向死亡之门，只有勇敢地拼争才会赢得未来。看一看中国的历史与现实，再看一看今日世界的格局变化，结论应该很清楚了。于此，我们不能不赞佩诗人敏锐的目光和精深的思索。他善于从日常生活中发现和捕捉诗意，把偌大的一个庄严主题浓缩在微小的事物中，托物言志，精心打造出美好的诗篇，这是一种难能可贵的功夫。

《角马》也应当读作一种励志诗。读这样的诗，会让你心明眼亮，顷刻间变得坚强起来，甚至浑身发热，血脉偾张，瞬间变身为血性男儿和杀敌勇士。诗人的"励志"也还有另外一种样式，比如《我知道》。诗人洞见了人性中的卑微，捕捉到溜须拍马者"很委屈"的几个瞬间，却没有选择冷嘲热讽，而是恰到好处地加以描述："谄笑着""为人家打开车门""弄出一脸肮脏笑意"的；"替人家撑起雨伞"，宁愿自己"淋得一身精湿"的；代人喝酒，不怕自己"烂醉如泥大病不起"的；"把半年微薄薪水捆绑上"送进"人家的抽屉""表达真挚情意"的，等等。语言不温不火，批评中充满良善，讽喻的背后透出励志的劝勉，不曾刮骨却可以收到疗毒的功效，妙哉！诗人选择了第一人称叙事，娓娓道来，举重若轻，其中深意不言而喻：让这些同志在温柔的批评中自己认识自己吧！讽喻的目的是警醒，为了鼓励他们幡然悔悟，重新找回失去的尊严，更重要的是引导他们丢弃卑微，重新"像人一样挺胸站起"。

诗人在这些诗中，始终保持着一种平等友爱的心态，这使诗的批评也带着柔软的情感，易于为人接纳。身体发肤，受之父母。父母是我们生命的缔造者，父母缔造的生命，是不可以随意改变甚至伤害的。但有些人特别是一些年轻同志，却喜欢"刺青"，"刺上龙／刺上凤／刺上苍鹰……"他们在"刺青"中寻找刺激，寻找快乐，寻找风景，面对这些算不上良好的习惯，诗人写下了《刺青》这首诗，用美好的诗句宣扬了自己的主张，也劝诫了"刺青者"："其实／皮肤本身／是最美丽的风景"……"是父母用生命／绘制的水墨丹青""请不要轻易改动／父母的作品"，那样会"伤害他们的感情"。诗的语言出自诗人的肺腑，朴素，中肯，饱含深情，循循善诱，读之，不能不令人动心。

朴素是一种美，一种诚实而敦厚的美。《熬鹰集》里的语言是朴素的，通俗易懂，准确、生动，言简意赅。写"陀螺"，诗人发现了"在鞭子的抽打中"获得的"生命"，朴素的叙事揭示了深刻的哲理："靠鞭笞建立的灵魂"不会拥有"自立的本领"。

诗人用朴素的笔触，戳穿了"九马画山"那块巨石的神奇传说，也戳穿了"曲曲折折的岁月"烘托下的"虚伪"和诡谲，最终还给人间一个真实的结论："本来是块石头／一切都是天然"。

诗人的笔下，云与风的纠缠，河与岸的撕扯，人与神的争斗，统统作罢，为自由而奔走才是天经地义："生命就是一次奔走／起点是自由／终点还是自由"。（《自由》）

诗人在用朴素酿造诗酒，又用诗酒氤氲人生："戏剧人生／人生戏剧"，千万要把握住真实的主题，别等演到最后，自己"都不认识自己"。（《演戏》）

富贵了，不要张扬，保持"泥土的芬芳"；别"挂上一副

土豪模样",让生命变得"苍凉"。(《表情》)

"朴朴实实的物种",在物竞天择中生长,不必学会"出人头地的本领",须知:人怕出名猪怕壮。(《红高粱》)

我们"就是这片黑土/老老实实朴朴素素/种麦就长麦/种谷就长谷""栽上幼小的树苗/就能长出参天大树""即使啥也不种/也能长出野草蘑菇"。(《这片黑土》)

这些朴素的诗句是美丽的,健硕的,富有生命力的,她赋予真理以诗性的光辉,让真理更接地气,更易走进人心。这也是朴素诗文的魅力。

《熬鹰集》是一部汉语新诗集,她以自己的独特表达和艺术审美,成功地实践了中华文化传统与新诗的结合。汉语新诗正在发展中,百余年的历史证明,她必须不断地从优秀的中华传统文化中吸收营养,不断地学习传统诗歌在形象性、音乐性、语言的凝练和境界的开掘等方面的优长,才能健康地成长,更快地进步。如果失去对中华文化传统的尊重,照猫画虎地搬用西方理论,或者一味地宣泄自我,则必然走弯路,即使写出来的作品自以为很成功,但读者读来,也可能觉得莫名其妙,不知所云。在今天的诗坛上,这样的诗还少吗?

世界上没有完美无缺的事物,诗歌也一样。收在《熬鹰集》里的诗歌,大都经得起推敲,耐得住咀嚼,但也有极个别的诗句显得有些微的粗粝,如能再下一番"吟安一字,捻断数须"的功夫,会更好。当然,这也是瑕不掩瑜。所有的完美都不是可以雕琢出来的,比如韵脚,严与宽当出于自然,不必为韵而韵,有时候过分地追求押韵,反而会适得其反,给人一种强迫感,会阻碍诗之流畅,有伤诗之雅意。

(2017年于自由文斋)

想起嫩江，就想起丁仁堂

我怀念嫩江，更怀念嫩江养育的一位作家。他离开我们已经很久了，但他一直没有走出我的心房，他在我心中仿佛就是嫩江的别一种形象，想起嫩江，我就会想起他——丁仁堂。

嫩江，是我与生俱来的一片水域。我的童年就是在离嫩江不远的一个小村里度过的。这个小村小得只有二十几户人家，连地图上都找不到的。

童年留给我的记忆只有贫穷。童年的我还感觉不到贫穷对生活的压力，当然更不可能想到它将给我的未来带来什么样的影响。

人都说"穷人的孩子早当家"，我是穷人的孩子，可我却很晚才立事。小时候的我，只知道淘，淘得出奇。母亲常常因为我的淘气而伤心落泪，但她很少打我，也很少骂我。她只会声严厉色地恐吓我。她常用来吓唬我的一句话就是："再不听话，再淘气，我把你投进江里喂鱼！"

我从母亲的训斥中知道了，我家的附近有一条江，这是我生命中对于"江"的首次概念，这概念中的"江"无异于一个猛兽，仿佛它已经张开血盆大口，正等待着母亲把犯错的儿子投入其中。"江"，让儿时的我望而生畏。

贫困似乎并没有影响一个小生命的成长。我很快在贫困中长到了7岁。7岁，正是城里的孩子上学的年龄，村里和我同年龄的小伙伴儿也有不少已经上学了，可我没有上学。家里说，晚上一年学就晚交一年学费，晚一年是一年啊！

我看着邻里的小伙伴儿背着书包上学去了，心里有一种说不清的滋味。我也学着他们的样子走出了家门，我的心里憋着一股怨气：不让我上学，我也不待在家里！

我联络了一帮没有上学的小伙伴儿，整天在外面疯跑，倒也十分快活。这时候，母亲又给我下了一道禁令："不许去江边，不许下水洗澡！嫩江会吃人的！"她还讲了许多"嫩江吃人"的事例，听得我有些毛骨悚然。

对于一个7岁的孩子，母亲的话就是圣旨。我因此对嫩江又多了一分恐惧。我不敢去江边，害怕嫩江把我"吃"掉。这种恐惧感一直笼罩着我的童年时代，使我这个原本在江边长大的孩子，却没有一次沐浴江水的机会，以致到现在我还不会游泳。

真正见到嫩江的时候，我已经上中学了，我的学校就在嫩江边上。初夏的一个午后，学校组织学生到嫩江边去观光游览。我第一次见到这样壮观的景象，江水浩浩，茫茫无边，极目远眺，水天一色。那天，天气出奇地好，一碧晴空，万里无云，连点风丝儿都没有。水面平静得就像一面镜子。这是嫩江给我的第一印象，平和而文静，它与母亲描绘在我童年心底的嫩江模样大相径庭，这让我对母亲的训教产生了疑惑，心中隐隐升起一丝悔意。可惜，这疑惑和悔意都来得太迟了，我已经不是无所顾忌四处疯跑的年龄了。不然，说不定我也能成为《水浒传》中描写的"浪里白条"。

在我少年的记忆里，对嫩江知之甚少。母亲的爱束缚了我，堵塞了我亲近嫩江、知遇嫩江的所有渠道，当然也断掉了一个水乡少年对水的依恋情怀,以及可能因水而生的许许多多的梦想与创造。

后来,真正让我爱上嫩江并对她情有独钟、神思不舍是因为一个人。他叫丁仁堂,是我们嫩江哺育的著名作家。读了他的《嫩江三部曲》,让我见识了文学嫩江的雄阔与神奇,也领略了故乡人的襟怀与风采。

我开始崇拜丁仁堂,他成了我心目中的作家第一人。我尽自己的最大可能找来他写的书,一遍一遍地读。熟读成诵,他书中的许多句子和段落我都背得下来了。我把这视为独有的财富,时不时地在同学面前亮一手,拿腔作调地背诵一段,当然,也曾赢得过不少钦羡的目光和赞佩的掌声。

我读着丁仁堂的书,想象着他的举止做派,心里觉得很美,也很光彩。

我很想见见丁仁堂,曾经有几次萌动了登门拜访他的心思,可是,这念头只在心头一闪,就溜掉了,我缺乏足够的勇气。

那时候不像现在。那时候的文学青年一般都很腼腆,缺乏自信力,怕见大人物,不如现在的一些年轻人,开朗、大方,浑身是胆,没有不敢见的人。

我在暗恋中接受着一位乡土作家的启蒙。虽然我们不曾谋面,但有他的书与我对话,他就像坐在我对面一样让我感到亲切。

他的书像春雨,点点滴滴,滋润了我的心田,丰富了我的情感,使我对故乡嫩江的爱与日俱增;他的书又像火种,点燃了我内心深处的文学情结,培养并坚定了我的文学追求,以至让我有勇气沿着这条道路笨笨磕磕地走下来。

如今,丁仁堂已经走了,走到另外一个世界里去了,许多年了,但他始终没有走出我的心空。他的生命还生长在我的记忆之树上。他依然活在我们许许多多文学追求者的心里。

岁月更迭，世事变迁。文学的价值取向及其体现方式也许已经发生了变化，但是，当初从嫩江出发踏上文学之旅的那一拨人，有很多人钟爱文学之心没有变化。他们像当年的丁仁堂一样，以生命尽忠于作家的职业，一生写作，别无他求。对文学的追求构筑了他们坚实而活跃的精神大厦。

丁仁堂是嫩江文学的铺路人。他把自己当作一块铺路的砖石。他总是虔诚地向生活俯下身去，踏实而主动地体验生活，真实而艺术地表现生活，因此，他的生命与他的作品一同反射着现实生活的光辉。这光辉富有强大的穿透力和感染力，它穿越了历史时空，给故乡人以永久的照耀。

文学需要丁仁堂这样的铺路人，不但用创作，而且用生命。

从崇拜丁仁堂的时候起，我就梦想着自己有一天也成为作家。这么多年来，我一直被这个梦纠缠着，也幸福着。我说不清究竟得了文学多少益处，也道不明这种幸福之所以然。只是总能感觉到，有文学相伴，胸中就有一种雅兴，一种温暖，一种爱与恨的力量。

我的一些朋友也做过同样的梦。我们青春年少时，都想要当作家，也都为了当作家而奋斗过好一阵子，可是，渐渐地，那情形就不知不觉地变了。有不少人悄悄地丢下"痴心"，放下文学，别开新路，另有所图了。有的当了官，当然，晋升的梯子上，也有文学搭接的台阶；有的发了财，或许，洽谈生意的会晤中、宴会上，会有文学的角色暗中帮忙；有的没当官也没发财，平平常常地过着自己清淡的日子，但因为清淡而缺少激情，所以文学也被这"清淡"冲洗掉了。可见，文学是容易见爱也容易忘却的一件事。

后来的许多年中，我渐渐地看清了，文学并不是一件容易做的事。这是一种不以奖牌计成绩的竞跑。起跑线上有很多人，一声枪响,万箭齐发。但是,每个参赛的人,都应当懂得:你走进这个赛场,只证明你喜欢这个运动,也有勇气参与,可你千万不要有太高的期望,期望越高,失望越重,受到的打击可能就越大。其实,你能跑下来就已经不错了。文学的竞跑是一种智慧和意志的角逐,想要在千千万万竞争者中胜出不是一件容易的事。

我现在明白了,文学是文学人的事业,是像丁仁堂一样的作家们的事业。只有文学人忘不了文学。只有作家肯为文学做终身的坚守,甘心情愿地去为文学当铺路石。这种坚守是毫无功利之心,也从来不图回报的。古今中外有多少大作家苦苦坚守一生,穷困潦倒,最后无声陨灭。他们的伟大作品是在百年之后才"伟大"起来的。丁仁堂的生前身后,也证明了这一点。世界上的事就是有些奇怪:想长生不老的,往往短命;甘心铺路的,才能不朽。举凡伟大的作家大都不看重自己头上的光圈,也不计较社会的回报,但历史,笃定要为他们刻制出震惊世界、流芳百世的墓志铭。

作家是苦的。丁仁堂的一生,据说就没有多少甜蜜可言,但他坚持苦中求乐,辛勤创作,给我们作出了榜样。

嫩江,编织了我的文学之梦。

丁仁堂,为我们的文学人生塑造了一个经典的楷模。我们可能做不到他那样,但我们应当学着去做,学他吃苦的精神,学他坚守的毅力,学他安贫乐道、泣血吐丝的奉献品格。我们应当相信,清贫是作家净化心灵的圣水,寂寞才是作品生长的摇篮。

(2009年于自由文斋)

老谷，你的杂文很棒

2017年10月11日，这是一个令人悲痛的日子。我根本没有想到，刚刚还在捧读他发表在《夕阳红》杂志上的卷首语《忠恕而已矣》，手未释卷，不幸的消息突然传来：谷长春同志与世长辞了。我一下子惊呆了，手中的书掉了下去。

谷长春曾经是我们省管文教的副书记，按说，这么大的官和我们这些平头百姓应该不会有多少交集，他的离世应该不会在我们这个群落里发生地震，可是，不！他的离世真的让我们非常悲痛！这是因为，他不仅是省委副书记，他还是我们相处了几十年的文学朋友。他的杂文写得很棒，是真的很棒，不是那种因为官大地位高而捧起来的"棒"。他也和我们一样参加文学评奖，一样接受平等投票，以质取胜，从不用特殊关照。他非常尊重他的文学朋友，平素在文学圈里参加活动，从来都把自己当作一个普普通通的文学人，说话和气，待人真诚，没有一丝一毫特别的地方，几十年来，始终如一，熟悉的文友都叫他老谷，没有称他书记的。听说老谷走了，文艺界就像塌了天似的。人们悲痛难抑，痛哭失声。回首往事，历历在目，刹那间却阴阳两隔，人们呼天喊地：老谷，你怎么走得如此匆忙？

老谷走了，在没有一点儿先兆、没有一点儿准备的情况下，就这样匆匆而别。苍天为他洒下泪水，江河为他大放悲声，哀悼的声浪一时间笼罩了吉林大地。

老谷的的确确也是官场中人，他为官的履历也很亮眼。无论是在长春市担任宣传部长，还是上调到省委宣传部、省委办公厅，直至担任省委副书记，他都一如既往地担起了党和人民赋予的使命，认真履行职责，创造性地开展工作。他不忘初心，把践行党的宗旨全心全意为人民服务默默地落实到自己的行动中，夙夜为公，废寝忘食。无数个辛苦操劳的日夜，他为谋划全省的文艺繁荣和文教卫生事业发展的蓝图而殚精竭虑，鞠躬尽瘁，奉献了自己的聪明才智。他把曾经的坎坷经历真正变成了宝贵的财富，因而在许多体现大是大非的关键时刻，总能体现出他可贵的担当精神和卓越的政治智慧。他喜欢同下属交流，特别善于做群众工作，讲话也有的放矢，引人入胜，总能准确地抓住听众的兴奋点，不失时机地把严肃的政治话题巧妙地融入机敏睿智的叙说之中，语言质朴，亲切感人，从来不打官腔，因此，大家都爱听他的讲话，也愿意照他说的去做。退休后的谷长春不担任领导职务了，但很多人仍把他当作领导，凡事总愿意请教他，听听他的意见。我退休以后参加了吉林省楹联家协会的工作，我们协会把退休了的谷长春同志聘为顾问，他因此常参加我们的会议，我们也因此多了一些聆听他讲话的机会。当然，很多时候他都缄口不语，但一旦开口，那就是金玉良言。他恰到好处的点拨，常常让我们于迷津处豁然开朗，从而获得清晰可感的力量支撑。大家都说，谷长春不管当不当领导，他都是领导，而且是最可信赖最可依靠的领导。他本身就是一面旗帜，一呼百应是这面旗帜的号召力和凝聚力之体现。

老谷是我们的朋友，那种让人认可的朋友。世间的为官者，能把平民当作朋友、能被平民看作朋友的，不多。有的人官做大了，就没有朋友了，也没人敢称他为朋友了，可是谷长春不然。他是省委副书记，掌握着全省文教卫生的生杀大权，官不谓不大，可人们照样视他为朋友。尤其是文艺界，上上下下都拿谷书记当朋友待。有些不怎么听话的作家艺术家，对谷书记的话却能听得进，也信得过，这是因为谷书记首先把这些同志当作朋友，爱护他们的创作才能，尊重他们的艺术个性，积极引导和真诚帮助他们进步与成长，以心换心，这些最懂人情事理的作家艺术家们当然也就不把谷书记当外人了，他们张口闭口"老谷"长"老谷"短地叫着，显现出一种发自内心的亲切。不知是谁总结出这样一句话："朋友领导，领导朋友"，这就是谷书记和文艺界同志的关系。

谷长春自己就是一位很优秀的作家。他的杂文思想深刻，笔法老到，声名远播，影响甚广，但他从不以作家自居，与文友们相处也平等相待，推心置腹，从无骄矜之色；他勤于创作，工作再忙，也要挤出时间来写作。他对我们《长春日报》有着特殊的感情，曾多次应邀参加我们的会议。每次我们向他约稿，他都欣然应允，并很快付诸实践。他发表在我们这张报纸上的文章不计其数，想不到这些振聋发聩之作如今都已成为永久的纪念了。

谷长春堪称大才，文章存于世，品格立丰碑。无人不赏识他的才华，无人不钦敬他的人品，无人不感佩他的领导才能。他是一位值得纪念的人。

（2017年于自由文斋）

散文要像阳光一样

很久不读散文了。

不知是因为时下这世界上散文太多太杂,令人眼花缭乱无从选择,还是碌碌终日无所追求,几近麻木的生活中少了一份阅读散文的心境。

冷落了散文也疏漠了散文界的一些朋友,心灵中自然少了一份阳光少了一份滋润也少了一份蓬勃之力。

英民兄打来电话,嘱我为冯堤即将付梓的一本散文集作序,这使我沉寂许久静如涸泉的心忽又波澜涌动,倏然间产生了阅读的渴望,于是慨然应命。

然而,当我细细地读过冯堤送来《阳光散淡》这部厚厚的文稿清样,我才感觉到我的承诺有些草率了。

阅读和作序显然不是一码事。

阅读是轻松的。这轻松起于欣赏的愉悦。案头,冯堤的诸多篇什几乎每一篇都在轻松的交流中给了我快慰。我感到我是在享受,全身心地沉浸在散文构筑的一种独特的境界之中;我又像是在品味,细品人生百味之后,悟出了道理,收获了启迪……

作序是沉重的。这沉重来自信任的压力。因为要说长道短，又唯恐褒贬不当，所以迟迟难以落笔。

冯堤总是愿意尊称我为"老师"。其实，"老"则"老"矣，"师"却不敢当。确切地说，我们是文友，相识有年，情与日增，始终保持着那种坦诚纯真、清淡如水的君子之交。

冯堤在我的印象中是一个对立统一的矛盾体：他既是一位血性男儿，为人处事不乏大丈夫的阳刚之气；又长得白白净净，待人接物有几分文静宁馨，性格中透出一点阴柔之美。他作诗为文，笔下常现山石高峻之威、大野苍茫之概；但言谈举止，有时又如溪流婉转，细雨和风。

冯堤的散文流淌着个性的血脉，可以透视出他的性格特征：冰炭同炉，阴阳互补，对立统一规律体现得恰到好处。他的创作追求新颖，不拘一格，表现手法因文而异，自然得体。粗犷豪放时如平原驰马，细腻入微处又像沙里淘金。

很长一个时期以来，人们评论散文常常离不开"意境"和"哲理"这样两个词。有人甚至把这两个词当成固定的标尺，去机械地衡量一切散文，我以为这未免失之于简单化和模式化。拘泥于这样的标准有时很难做出精准的判断，弄不好，甚至会有意无意地引导散文创作落入窠臼，走向死胡同。诚然，有些好的散文能够创造出美的意境，但是，并不是所有的散文都是依靠吮吸意境的乳汁而生长的。创造意境，不过是为渡江过河而搭设的桥梁而已。至于哲理，那应该是新鲜思想的引申表述，不应该是牵强附会的类比。哲理的升华靠的是对生活的深入思考、彻悟和发掘，而不是随心所欲地拔苗助长，那样做会伤害散文的根基，以至危及散文的生命。我这样说也许是言重了。

散文要有温度。好的散文要像阳光一样，能够让人感受到温暖和力量，又要像春风一样，能够吹散冬云，融化残雪。

冯堤的散文很注意思想的出新。这是作者喜欢思考善于积累的结果，也是他勤于挖掘精于提炼的佐证。

冯堤的散文很有些看头。每读之后掩卷沉思，都会觉得新意渐涌，越嚼越有味道。这种感觉，似乎不是源于哪一个独立的篇章，而是综合全集感知的结论，是他的散文整体带给读者的心灵撞击，是他在创作上的探索带给散文作家和读者的有益启示。

散文要挽住阳光而行，如此，才可能使笔下生机旺盛；散文须氤氲一种浩然之气，这样，才利于形成一种疏朗健美的风格。如今的散文家族中，确有一些身体柔弱、精神萎靡的病兄弟。他们生活在影子里，伴着呻吟度日，欣赏琐碎，热衷袒露，以故作姿态慰藉空虚的心灵。他们需要阳光，需要在阳光的照耀下走出阴影；他们需要大地，需要在大地的滋养下长大起来，强壮起来；他们尤其需要散文大家族中这些健康兄长的关爱和帮扶，这是引导他们走出阴影的不可或缺的力量。

冯堤的散文尽了"兄长"之力。他摒弃琐屑，弘扬大气，挽住阳光，一路同行。收在他集子里的散文，历经的时间跨度比较大，包容的生活内涵比较多，童年的回忆，青春的思索，对历史的发掘，对生活的解析……方方面面，林林总总。不可否认，其中有相当一部分题材原本是掩埋在晦暗的沙尘之中的，但令人惊叹的是，冯堤用艺术之刀剔除了晦暗，恰如其分地挖掘和发展了这些题材的光明因素，从而照亮尘封的岁月，温暖读者的身心，赋予作品一种令人感奋的力量。

冯堤热爱生活，热爱阳光。他把生活和阳光紧密地结合在一起。在他看来，有生活的地方，就有阳光（尽管阳光投在大地上会有影子，但影子本身就是阳光存在的证明），因此，他描绘生活的笔触一刻也没有背离阳光。解读冯堤的阳光礼赞，让我们领悟到他对美好生活的挚爱，对光明世界的向往，对热烈人生的追求。他"看重阳光"，视之为"崇尚实际"，以"拥有太多的阳光"作为"切实富有的标志与象征"。他呼吁人们创造生活，争取阳光："把心灵掏出来""晒一把太阳"，他这里显然是把阳光看成了医治心病的良方。他鼓动人们，"伸出手好了，阳光每天来拉我们的手，来挽我们。说阳光在上，其实阳光和你我齐肩！"这种新奇而实在的平等观，反映了作者对生活的态度，既无高居人上的傲慢，也没有屈居人下的自卑。平等是光明，平等是温暖，平等的权利是太阳赋予的，平等的世界是阳光创造的。他相信，"真的阳光在心里：愉悦则暖，忧闷则凉。"这种深入人心植根于灵魂的阳光正是一种可以转化为光明和温暖的精神力量。"阳光不会老"，对于每个人，只要拥有阳光，也就拥有了不老的青春和真正的健康。基于此，作者直抒胸臆："挽住这缕阳光，让它照彻成年，照彻人生！"

散文的生命需要阳光，同样，反射阳光的散文才有力量。读冯堤的散文，让人"觉出一线阳光，一片阳光，一派阳光"，这种涌动在字里行间的光明之力，温煦之气，应当是一切散文的永恒追求！可惜的是，现在有些散文严重地忽略了这一点。只要我们向身边的文学园地投去一瞥，就不难发现，在那些貌似繁盛的散文林丛中，有多少蜷身于昏暗的影子里、枝干中透着无奈和凄凉的植株杂陈其间，它们迫切地需要接受阳光的洗礼。爱护散文的人们，应当给它们多多创造一些机会。

（1998年于自由文斋）

春天自有花开

宝林在一年多的时间里，创作了五百多首诗词，一下子出版了《大漠红柳》和《回头明月》两部诗词集。作为朋友，我不仅高兴，而且甚为惊叹和艳羡。

仔细地赏读这一首首诗词，我为宝林的专注与恒心、毅力与才情所折服。这样的进度，这样的质量，在诗词同好中可谓罕见，在长春文学界恐怕也堪称奇迹。

宝林的诗词，虽似速成，却很老到。诗思隽永，韵味浓郁，意象新颖，题旨高远，有一种清新之美和感人之力。

我们读着这些作品，能够感觉出来，这些诗词虽然是一年中的近作，但是作者对于创作这些诗词的多方面的准备和积累却远不是一两年的事情。应当说诗思已久，厚积薄发，一触即发，足以印证了宝林积蓄有年的文学功底，也展示出宝林作为诗人的浩然之气和玲珑诗心。

一边阅读，一边学习，感触颇深，受益匪浅。宝林的诗词鲜明地体现着现实主义与浪漫主义紧密结合的创新精神，他的诗词作品，透着一股自然、清新的生活气息，给人一种空灵、跃动的诗感。

近年来，写古体诗词的人多起来了，我也经常读到一些人的诗词结集，但有很多时候没有多少感觉。然而读宝林的诗作，却别有一番韵致和意味。宝林的这些诗词，都不拘泥于旧体的束缚，他总能从一些平常的事件中发现和发掘出新意，锤炼出新句，妙象横生，一枝独秀。看似朴实无华实则意蕴深远，令人驰心骋目，飞越千山而景色殊异，摇荡诗旌而动人心魄。

时下在一些人的古体诗词创作中，有太多的故作深沉的仿古之品，读之虽朗朗上口，对仗也不谓不工，只是不堪咀嚼，了无新意，很像是在古体诗词的框架中做一回文字的游戏。但读宝林的诗词，情况迥异。他不是单纯去追求形式上的对仗工稳，也不简单地去模仿古人的情调，而是在现代社会的铿锵韵律中捕捉诗韵和意味，努力提炼新主题，积极开掘新意境，以此为要，纵笔驰骋，因而诗思高远，可以义薄云天。这样的例证有很多。比方说，他写养蜂人，并不局限于赞美他们的辛劳，而是把养蜂人比拟为人间蜜蜂，"追风万岭采春光"，栉风沐雨，历尽天涯，最后结句"酿得人间五味香"，立意清新，意蕴深长。又比如，他在《读卢梅坡诗题雪梅》一诗中，这样写道："有梅有雪更精神，无雪无梅亦雅人。景色何须梅衬雪，心中意畅便逢春。"这是一首唱和诗，卢梅坡原诗是："有梅无雪不精神，有雪无梅俗了人。日暮诗成天又雪，与梅并作十分春。"卢诗颇雅，和诗更妙。全诗由卢诗升发开来，梅雪精神就让位于人的精神，有梅有雪，无雪无诗，都不影响人的情致，无以决定人的心境，相反任何美妙的景色都自在心头，无须衬托，"心中意畅"，处处皆春。结句一语破的，恰到好处。

再举一例，七律《华清池》：

日挽唐风落发亭，泉流依旧叹息声。

长生殿上红牵袖，马驿坡前白缢绫。

可恨叛儿刀霍霍，应怜妃子泪盈盈。

人间自古闺长怨，比翼何曾有爱情。

单说结句，"人间自古闺长怨，比翼何曾有爱情"，以古喻今，借古说事，结论却一反常态，都说"比翼双飞"是爱情的最佳状态，或最美的憧憬，但在宝林笔下，不是的，"比翼何曾有爱情"！一句感叹，道出了诗人对尘缘情事的彻悟深解，乃真知灼见。古往今来，哪里能找得到"比翼双飞"的男女？比翼之爱永远是文人笔下的画饼，岂可随便拿来在现实中充饥！诗人的这一句叹问，惊世骇俗，发人深省。

再看一首七绝《初仕图》：

跨进衙门府自深，台前弄势作呻吟。

头颅一戴乌纱帽，扣住本真何处寻。

区区28个字，把膨胀的官欲足以改变人性的常理和盘托出，新锐异常，入木三分。只要跨进衙门，你就要深藏城府，装腔作势，丢掉本真，只想着做官而忘掉了做人。事实不是这样吗？远离官位，接近真理，说的也正是这个道理吧。

这样的例子，在宝林的诗词集里，随处可见，不一一列举了。宝林的这些诗词代表了当下古典诗词创作中的一种现实主义追求，我想，这也应当成为我们弘扬和发展古体诗词的遵循之一吧。

诗贵于情。诗词是情感宣泄的最佳形式之一。没有真情、浓情、痴情、醉人之情便难称为好诗好词。

读宝林的诗词，可以感受到一股浓浓的情感扑面而来。宝林是一个性情中人，他的诗词也如其人一样，充满情味，情如血脉，一以贯之。且看一首五律《小街遇故》：

离乡四十年，偶遇小街前。

见面猜何姓，寻声忆旧颜。

人生独各处，世事两茫然。

　　　　白发三千丈，童心一寸连。

　　诗写得很朴素，但诗中情分却朴里藏真，可以叩动心灵。寥寥数语，便把四十年前的儿时伙伴街头重逢百感交集的情状诗化托出。让童稚的真情跨越茫茫人生，淋漓纸上，跃动心中。

　　四十年风雨吹打的人生，世事茫然，命运不同，遭际不同，偶尔重逢，相互已不记名姓，唯有童心未泯，乡音可辨，乡情不老，遇火即燃。

　　全诗八句，无一字写思念，但思念之情冲荡其间；无一字写悲泣，但读来会令人声泪俱下。这是宝林诗词的力量，也是宝林情感的力量。

　　这样的词也有很多，如鹧鸪天《初秋访农》：

　　　　紫燕穿云翻碧空，黄牛河畔卧西风。
　　　　摇香稻谷扶秋醉，晒米高粱举火红。
　　　　花影馥，水声淙，闲棋柳下对村翁。
　　　　从今愿把农夫做，锄挂檐前抿几盅。

　　这首词填进去的是浓浓的思乡之情。上半阕看似写景，实则写情，作者笔下的景致都是情感的背影。

　　"紫燕穿云翻碧空"，七个字后面隐有一双渴盼的眼睛。燕子在天空穿来穿去，为什么？是归人的渴盼留住了燕子，让它不忍飞去，而要去碧空翻覆飞旋不止，这分明是归人与飞燕的一种情感交流，思乡之情藏于云翻燕飞之间。

　　"黄牛河畔卧西风"，一幅西风卧牛图同样含情脉脉。其间，充溢着一种闲适、欣赏的情味。乡情所系，思绪绵长，看西风吹动河畔青草，听乡间水流淙淙，静卧黄牛，悠然自得，反衬出诗人归乡省亲、流连忘返的心境。

　　"摇香稻谷扶秋醉，晒米高粱举火红。"乡间的植物在诗人笔下拟人化了，稻谷摇香，为扶醉秋。秋醉也是诗人行至飘香稻谷间的醉秋之感。晒米的高粱也在举着火红的情感,欢迎归人。景在情中,情随景动,境由心出,诗自天成。

下半阕,诗人铁骑突出,直抒胸臆,花香花影,风声水声,勾起无限的归乡之情,于是,闲棋柳下,其乐融融,"从今愿把农夫做",为什么?"锄挂檐前抿几盅。"乡酒醉人,乡情醉人,一个情字,醉了人心。

诗言志。托物言志是古体诗词创作常用的手法,宝林对此法运用自如,深得其旨。举两个例子:

一、五绝《手电筒》:

清光一束辉,夜暗显神威。
总是人前亮,何忧自己黑。

诗句很平,但意味不平,平中寄志,平中见奇。既状写了手电筒的功能,又舒展了作者的心胸,歌颂了包括持手电人在内的一种献身精神,以小见大,颇见功力。

二、七绝《疙瘩榆》:

荒漠藏身尽曲情,何同巨柏作高争。
自知无力成梁栋,巧借弯犁五谷耕。

诗是写给人的,赞扬的当然是人的一种自知之明精神,人应当像疙瘩榆一样,能做什么就做点什么,做什么就尽量做好什么。寥寥几笔,寓意无穷。

宝林的诗词,抒怀咏志的很多。仅举一例,七律《闲居经年有作》:

人心淡泊便为神,小屋花开自有春。
遍览群书明史鉴,周游列国看风云。
溪边草静鱼衔月,梦里村幽鹿倚人。
世事声消无酒绿,诗经垒卷闭寒门。

这首诗是参透人生之作,不是消极,而是彻悟。崇尚自然,淡泊是真，但真正淡泊起来也真难，需要放下许多东西，需要进入一个新的境界，这个境界一般人看不到，一般人也做不了。多数人都背着包袱走路，不但走不快，而且容易因负重而跌跟头。人生所有的马失前蹄，多是因为包袱太重。只有真正彻底地放下包袱，才有可能走得快些，走得好些，如愿地走进淡泊明馨之境。

其实，人活在世间，生存之需求是比较容易满足的，吃穿而已，但心之需求是很难满足的，欲望很难满足，人们更多的时候是在为欲望得不到满足而发愁，所谓欲壑难填，此之谓也。

一个人生活得快乐、幸福，并不是因为他获得的多，而是因为他计较得少。

淡泊需要控制和削减需求之心，这是一种修炼。

宝林通过写诗填词，探求真理，也有所彻悟。他不但写出了好诗，填出了好词，而且修炼了性情，使自己进入了一个新的境界，正如他在《北京白玉兰》一词中所抒发的那样："清风自在胸怀，魂洁叶碧任街栽，何惧尘埃。"这就是淡泊明志的状态，也是人生的一种最佳状态。

一个人只有经历了风雨、坎坷，取得了实践财富，才能够看清世事，把握住现实，认识真理，学会生活；才能够做到不慕神仙，不受迷惑，平心务实，处事泰然。只有走过平淡的日子，才会知道做一个平凡而有用的人，是最艰难的，也是最可贵的。

这些，大概也可以看作宝林诗词的言外之意、韵外之情和题外之旨吧，但我以为，这是很重要的。

（2010年于自由文斋）

诗缘情而绮靡

陈伟可能从来没有想过要做诗人，可他当真写出了这么多的好诗，而且马上就要有一本自己的诗集问世。朋友们都替他高兴，也赞佩他学习的毅力和创作的执着。

在职时的陈伟有一大摊工作，每天都忙得不可开交，很少有时间光顾文艺创作。诗，他倒是常读一些，可少有动笔。真正开始吟诗作赋，那是告别了工作岗位以后的事情。有的人退休是赋闲，而陈伟退休是赋诗。他几乎天天沉浸在诗情画意里，天天有心情读诗，也天天有激情写作。"每日清晨歌一首，晚年岁月也风流。""今朝唱到动情处，生活彩绘登高楼。"（《晚年岁月也风流》）这是他自己的内心写照。

陈伟热爱生活，生活也厚待于他。他以写作解读生活，用诗来书写美好，表达自己对新生活的咏唱和追求。他可以称之为有心人，生活中每一个新生的萌芽，每一点细微的变化，都能让他入眼、入心、入诗。有朋友开玩笑说：陈伟眼里都是诗，卡个跟头都能写首诗！幽默的调侃中满含赞许。

陈伟的很多诗是用手机写下的，灵感袭来，诗思泉涌，有感而发，言为心声，他的诗因此而自由、奔放，即使轻描淡写，也够得上快意恩仇，读之，让人感到痛快，绝没有含含糊糊、羞羞答答的感觉。他也经常在微信朋友圈里同群友交流诗作，在分享的同时求得批评指正，以便提高技艺。几年下来，他便积累了一大批诗稿。喜人的成果激励着他。他的诗写得越来越好，创作的劲头儿越来越足，对艺术的追求也越来越高。这些，引起很多文友的关注和艳羡。

西晋著名文学家陆机在《文赋》中有言："诗缘情而绮靡。"用今天的话说就是：诗用以抒发感情。好诗一定要辞采华美、感情细腻。可见情在诗中的举足轻重，情与诗密不可分。情为何物？情即诗人触景而生的内心感悟和喜怒哀乐的外在呈现。情源于何？当然源于生活。生活是诗歌的源泉，也是情感的源发地。作为诗人，必定要用心去观察生活、体悟情感，注意发现和捕捉生活中每一处存在和变革的生动细节，从平凡的生活中挖掘和提取精华，并通过艺术手段凝聚、生发出美好的意境，这是一首诗的形成过程，当然也可以反映一个诗人的成长历程。

有诗必有情，无情也无诗。诗之动人处在乎于情。陈伟从创作诗词开始，就十分注意把握一个"情"字，情到深处必写诗。他试图用诗来弹拨心弦，歌唱美好，宣泄真情，以感动自己和周围的人。

陈伟为人重情重义，他的诗作也多是缘情而发。爱情、亲情、友情、乡情，在他的诗里随处可见，字里行间，情感的波涛奔涌恣肆。

陈伟对老伴儿感情很深，上班时，他忙于工作，对老伴儿照顾得不够，退休后，便尽量找时间多陪陪老伴儿。他过六十岁生日的时候，一个外人都没请，独独与老伴儿在一起同餐共饮，并将同甘共苦的绵绵情意和几十年心存的感激凝成诗句："贫富不知愁，心痴情意留。艰难亦奔波，坎坷更追求。共度清贫日，同登幸福舟,一生无所怨,白发洗春秋。"(《白发洗春秋》)诗句很朴素,爱情却绵深。同老伴儿一路走来,朝朝暮暮,相濡以沫,陈伟记得老伴儿"奔走"的辛苦,体会老伴儿无怨的追求,深解老伴儿相夫教子的"痴情"和贫富无所计较的宽怀大度,往事历历在目,心头无限感慨,铿锵诗句呼之即出,爱妻之情跃然纸上,令人动容。

陈伟在职时很少顾得上家,家务全由妻子一个人操持。这使他常常心生愧疚。退休后,他有了补偿机会,便经常带老伴儿出游。一次去海南兴隆,他携妻游览咖啡谷,见瀑布前巨石上镌刻着"爱情谷"三字,触景生情,便诗兴大发,由衷吟道:"林间溪水任西东,山外斜阳暖煦风。琼阁问酒聊饥渴,亭榭寻茶闻暮钟。谷中蝴蝶未尝舞,石碑草木已泛青。苍茫岁月曾留影,银发相伴情更浓。"(《银发相伴情更浓》)诗情画意,美不胜收:林间溪水潺潺,远天斜阳煦照,一对老夫妇相扶相助,徜徉在山水之间,乐享人间快乐,其乐融融。景之美,情之深,情景交融,道出陈伟爱妻之胸臆无穷。

陈伟对家人情意殷殷,时逢儿童节,想起正在北京求学的孙女之童年趣事,欣然命笔:"家园沃土花虽俏,雏鹰万里志凌云。""节庆欢度何须酒,满面春风看吾孙。"(《雏鹰万里志凌云》)儿孙绕膝,天伦乐事,老年的陈伟不可能不向往,但他更知道"家园沃土"虽好,难育立世青松,因此想归想,念归念,心里最牵挂的还是孙女的成长和未来的前程,热望她远行天下,凌云高翔,经风雨,见世面,练就一身本领,长成栋梁之材。诗中满含深情的期许和瞩望,把一位革命老人寄希望于青年一代的高远情怀,状写得淋漓尽致。

陈伟对朋友一往情深,心中常怀感恩,与朋友久别重逢,诗情也随心潮澎湃:"日短也如跨时空,故友偶遇心不平。当年业大常相助，今朝离岗天涯行。""友谊长存欣悦在。见与不见都有情。"(《久别重逢》)"袍泽惊相见，情与昔年同。""高歌诉别意，对酒尽欢情。但约明年会，不论功与名。"(《袍泽相见》)陈伟钟情重友，常借诗词表达，与朋友分别刚刚几日，他心里却如隔三秋，"跨越时空"，思念之情与日俱增。"当年"的"相助"，常萦于怀。朋友之间，以情论尔，无论功名，"见与不见都有情"，友谊常在，"情与昔年同"。质朴的诗句，纯真的感情，含蕴深刻，哲理明晰，启人心智。

  交友需重渊源，当有朱墨之选。陈伟以诗明志，诗雅而理明："儒雅情怀笔墨牵，曾相共事有渊源。风清更觉云峰近，情重方知君子贤。"(《诗有真心任飘然》)儒雅人结交儒雅宾朋，一起共事自有渊源由来。清风徐徐，送来远山的味道，虽相隔邈远，却如近在咫尺。因为重情重义，才更感受到朋友的贤德堪为师表。字里行间，洋溢着诗人对朋友的一片真情，同时也宣示了他以德选人交友的为人准则和虚怀若谷、以人为师的人格操守。

  陈伟对故乡情深如海，心头的乡情之花常开不败，笔下的乡情之诗绮丽多姿。他即使身处异乡，也会驰骋诗思，跨越千山万水、重峦叠嶂而亲近家乡的一草一木。"风雨夜难眠，凭栏望山峦。"(《思乡》)故土难忘，情思牵肠，迢迢千里，隔不断缕缕思念，于是"波涛荡云动，乡音绕耳旋。伫立不见月，心想水那边"。(《思乡》)寥寥几语，便把游子思乡之情剖露得真真切切，感人至深。

  陈伟爱故乡，更爱故乡人。偶有回乡，故交相聚，情谊暖心，便有诗词倾诉，诗情也暖人心肺："梨花承朝露，茉莉发清微。青莲出碧水，桑榆映日辉。所思久别离，昵望当早归。顾念江河远，人事意殊非。难免惜往事，杨柳依依垂。如今复相聚，白发喜心扉。"(《桑榆映日辉》)久别故乡思断肠，梨花散白，青莲出水，杨柳依依，茉莉透香，故乡洁若此，香如许，怎能不让人思之念之？

  陈伟的乡情写得尤其好，所吟佳句也颇多，比如，"乡音心中暖，天涯有亲朋。"(《天涯有亲朋》)"乡音一叙亲情暖，故地几曾梦萦回。"(《北国春来好作为》)"我思潭中水，泪下湿衣衫。唯有故乡月，万里照无眠。"(《净月静夜思》)这些诗句，多是从陈伟的心底流出，自然也充满挚爱的情感。读陈伟的诗，当然还会领略到其他的特点，也会有一些另外的收获，但最集中也最醒目的，我以为是他的情感书写。"问世间，情为何物，直教生死相许！"陈伟的创作，恐怕可以做这"相许"的佐证吧！

（2018年于自由文斋）

都市的眼睛

西淳是个很沉稳的人，这是过去一段艰辛而沉重的生活留给他的性格财富。他的童年并不都是洒满欢歌的日月，留在陈旧的记忆中的，是海河边繁华街市背景衬托下，一个喜欢观望天际喜欢拾糖纸折烟盒喜欢孤独幻想的孩子。西淳17岁就离开了养育自己的津城，离开了父母和亲人，来到内蒙古大草原插队落户，独自一人担负起他这个年龄本不该担负的生活重担。岁月的风吹散了他的童真，艰苦的劳作磨炼了他的性格。即使在今天，在远离了那个恍如隔世的知青时代、告别了那段五味杂陈的生活样式的时候，你仍然可以从他的脸上读出一点淡淡的孤独、苦涩和幽思。然而，那一段难再的生活并非只留给他寂寞和沉郁，也造就了他豁达、幽默和一片爱心。他热爱生活，热爱事业。热爱他觉得值得热爱的一切，只是你不能轻易地从他的表情中读出这种热爱的狂烈和执着。似乎他那颗爱心是包裹在一件平静而恬淡的外衣里面，一下子很难看得清楚。

西淳又是个很精细的人，独立的生活铸成了他独立的人格，艰辛而有秩序的劳动培养了他严细的作风。他对生活的观察极细，凡人琐事，一枝一节，总难逃脱他的眼睛。他常常把一些别人看不上眼的琐屑之事看在眼里，记在心中，并在灵感的驱使下，提炼出一个个虽然很小却很有意义的主题，进而衍生出一篇篇精彩的妙文。他观察生活，善于从小处着眼；他写作散文长于从小处起笔。特别是一些反映都市的篇章，不只是内容充满了市井风趣，再现了千姿百态的市井众生相，而且写法也别具一格，恰如其分地使用口语、幽默和调侃，在语言环境的营造过程中添加了市井的韵致，读来亲切自然，嚼之有滋有味，娓娓叙说中显现出都市的亮丽和回响。诸如《芬芳的笑》《依依夏夜》《女儿的小幽默》《街旁卖画人》等等，都是作者亮开都市的眼睛仔细观察生活之所得，也是作者用心灵谛听都市生活的足音、用心血浇灌都市散文的结晶。这些散文作品中也有一些似闲笔而非闲笔的地方，但那闲适中透着深邃的意蕴，量寒较温的笔端反映出心灵之敏感。西淳的创作很注意生命立体感的表现和心灵波动迹象的捕捉，也很注意使用大众化的活泼语言，这使他的散文表现出雅俗共赏、宏微并重的风格。他对生活的描摹极真，似乎不大在意外象的粉饰和雕琢，而执着于内在的发掘和表现，这使他笔下泛动的不只是优美文字汇成的溪流，而且可见生活的伟力扣动心海漾起的涟漪和波涛。他在用一支笔，用一双都市的眼睛努力地解读生活，从点滴细节中挖掘人生的积极意义，这使他的作品执拗地反射出坚韧的哲理之光。

伫立长街之上，脚下无匆忙也无迟疑，有的是舒缓的节拍。只因不专为买什么，心里无吃亏上当的戒备，无抢购的焦躁，无寻找货源的忧虑，只想让一道道陌生的目光濯洗千篇一律的形象，让拥拥挤挤的人群擦亮一个独特的观念和灵感。这是散文亮开的都市眼睛所观察到的长街，视角的反差反映了心灵的沉思，沉思一旦表现在笔下便显现出识见的不同凡响："滚热的馄饨里有凉意,冰冷的奶糕里含温馨,折价的衣服里含刺心的针,低度酒中也有舒心的醉……"(《逛街》);都市生活中的许多并不撩人的场景,在西淳的笔下皆成文章。人一生中,得病是常事,他能看出其中的门道,写出极富哲理的妙文,如《病叶》;抬杠是常情,他能揭示出争辩的实际意义:"若明若暗的真理因争辩而闪出其光辉,常规所见的事,因抬杠发现新的意义……"(《抬杠》);看场足球,他写出了《渴望射门》,发现了"一个飞翔的希望,一种疾行滚动的生活形态",从而焕发出一种展示创造才能、向前昂扬奋进的精神;丢了一串钥匙,懊恼中他能够沉静下来,撰文立说,引出一番寻找失落的议论:"稀里糊涂丢失的东西不易找回来……"(《寻找失落的钥匙》);即使是"死亡",这个人人都不愿入文的字眼儿,他也能翻来覆去刮出几道来:"没有死亡的生命,就如荒漠中冰冷的石头,无目的地停留,无过程地深埋,那才是最无聊最难熬最没意义的!""强烈的死亡意识不是事事哀戚,不是终日悲切,而是注重生命过程中昂扬的生命力。""热爱生命即是不虚度时光,每时都追求创造的机遇,用自己大大小小的创造向世界证明一个生命存在着,存在过,同时也证明那个生命的旺盛与力度。"在这一系列关于"死亡"的阐释中,作者为每个人的人生竿头挂起了一盏大红灯笼:"理解死亡,便把握了生存。理解死亡,便理解生命的全部。""勇敢探寻生存的意义,才有超越死亡之举……"(《断想生死》)西淳正是这样,大胆地解剖着美丑相杂的生活,在赞美与歌颂新生活的同时,谆谆告诫读者:生活永远没有完美,殷勤启迪人们不断追求不断创造,一生都把完美的目标永远悬于自己扑奔的前方。

当然,如果严格地用文学散文的尺度无一例外地去衡量和要求西淳的所有篇章,那么,正如他的一篇文章题目:永远没有完美。这主要表现在，个别篇什描写过于拘泥，有的阐释性和说明性过强，读来似有牵强之感。虽然这是白璧微瑕，瑕不掩瑜，但我还是过分挑剔地把它提出来了。因为我们是朋友，真诚的交流是使友谊之树生长和常青的雨露和阳光。

（1992年于云鹤斋）

北方有雪

仿佛是下雪了,感觉中有雪的瑞气缭绕,眨眨眼,却不见雪花飞飘。

似雪非雪,非雪是雪。

雪的纯净,雪的柔韧,雪的精诚,雪的无私……

雪,留给世间银色的光辉;雪,哺育大地淳朴的生命……

一群热爱雪迷恋雪的北方骄子,挥笔写下了一篇篇雪的赞歌,塑造出雪的性格,咏叹着雪的精灵,纷纷扬扬的雪花从笔下腾起,澎澎湃湃的雪情在胸中涌动。

看到雪,就看到了北方;想起北方,就想起了雪。

北方,是一部浩瀚的大书,雪,是其中一个美丽的章节。

没有雪,便没有了北方的生气;有了雪,就有了北方的精彩。

在抗日联军爬冰卧雪的战斗岁月中,雪是战士披挂的银装,雪是将军解渴的甘泉。莽莽林海雪原,曾使日本侵略者望而却步,而同时也给了抗联战士天然的掩护,因此有人说,雪有良知,雪支持正义。

在安宁祥和、歌舞升平的和平日子里,雪是儿童嬉戏的玩伴,给孩子们带来欢乐;雪是冬麦发芽的温床,悄悄地为春天孕育着绿色,所以有人说,雪爱生命,雪护佑新生。

雪,是大自然对人类的恩赐。

雪,成就了不知多少诗人……

且不去感慨毛泽东同志放歌"千里冰封,万里雪飘"的北国豪迈,也不必重叙历代文人墨客"雪花大如席"的浪漫情怀,我们只来读一读这组北方人(或久居北方之人)书写的平常文字,我敢说,这是世界上最真最美的雪之恋歌,这是人类认识自然改造自然的生命礼赞。尽管作者们观察角度不同,欣赏意趣有别,可是,他们从胸膛里喷射而出的情思是一样的,他们燃烧在心底的爱恋是一样的。在他们眼里,雪是北方的象征;在他们心里,北方是故乡的别名。他们描绘雪是在描绘北方,描绘故乡;他们歌唱雪,是在歌唱生活,歌唱理想……

读一读《瑞雪绒花》这本书,谁的眼前不会展开雪的画卷!谁的心底不会腾起爱的波澜!

爱雪吧,爱北方的人应该爱雪!

爱故乡吧,爱生活的人应该爱故乡!

爱我们的山川大地吧,那里到处闪烁着理想之光!

(2002年于自由文斋)

管窥见大义

杜日新与我是"同志加兄弟"。他年届八旬，却依然文思泉涌，笔耕不辍，几年来，写下了数十万字文稿。现在，他要将自己的作品结集为《管见》出版，这自然是好事一桩。

《管见》所集50万言，杂文、随笔、小品、特写、旅途游记、感悟心得，汇于一炉。以管窥豹，可见一斑。每篇文章篇幅虽短，却微言大义，鞭辟入里，观照大千世界，追索人生哲理，随性而作，快意谈吐，抚慰心灵。一个个宝贵的镜头，一幅幅精彩的画面，描摹人间百态，记述世事沧桑，醒心励志，卓有见地，读来开蒙启智，可谓一部开卷有益之书。

我熟悉日新兄的文字，更了解他的人品和性格。我们曾经供职于《长春日报》社，迄今相处已有三十余年。1980年我调到报社做记者时，杜日新正值年富力强，已在总编办公室主任的职位上了。那时的总编办公室，是全报社唯一的综合协调部门，上对编委会，下对全体职工，既管编务，又管行政，权力很大，责任也不轻。杜日新每天忙于报社事务，服侍领导、安排会议、协调各方、处理外事、迎来送往……这期间，我们的接触并不多。真正熟悉他还是在他重返业务部门之后。

新闻是明天的历史,历史是昨日之新闻。这两者的辩证结合在杜日新身上体现得格外明显。他原来是学历史的,上个世纪 60 年代初毕业于吉林大学历史系,并留校任教,后来由于工作需要才转务新闻。从此新闻便成了他的主业,这也决定了他最终的归属不是历史学家而只能是一名"高级编辑"。但他始终没有荒废历史学业。他把所学的历史知识和史学观念同新闻工作有机结合起来,以尊重历史的态度尊重新闻事实。在他的眼里和心中,作为报纸的编辑,如果放行稿件中的事实差错,那无异于容忍篡改历史。因此,他经手的新闻稿件和签批的版面,绝少留下有悖真实的遗憾。不断学习历史科学和多方涉猎的编采实践,夯实了他的功底。他的知识面很宽,同行中在业务上碰到一些疑难问题时都愿意向他求教,也差不多都能在他那里得到正确答案。

1989 年,《长春晚报》创刊,杜日新奉命出征,历尽艰难,"十八棵青松"(《长春晚报》创刊时只有 18 个人,被称为"十八棵青松")白手起家,创办了中华人民共和国成立后长春市第一家晚报。他为之呕心沥血、孜孜以求、奋力打拼,直至在《长春晚报》副总编辑的岗位上退休。实实在在地说,我是在逐渐熟悉新闻业务的同时渐渐地熟悉杜日新的。正是这漫长而有意趣的新闻生涯,铸就了我们之间真诚而厚重的情谊。

杜日新对于历史学业与新闻事业有着同样的视如家珍和不舍情怀。他对工作,对新闻稿件,从来都是严规细求,绝无懈怠,在陌生人看来,似有一种不易近人的冷峻,可是接触长了,便会让你感受到发自内心的温暖。子贡赞颂孔子言曰:"温良恭俭让",借用此语来状写杜日新也无不可。他常常处于一种温和、谦让的状态,生气时无大怒,高兴时也不放肆地大笑,处理事务很少走极端,情绪中看不到一点"铁骑突出刀枪鸣"的尖锐和激烈，待人友好，一贯持以平实的心态，从没有忽冷忽热的现象。有朋友说他"中庸"，他也并不辩驳，微微一笑了之。我想，对"中庸"的评价他可能是赞同的，其实我也赞同。"中庸之道"是辩证之法、平衡之道，也是事物发展和真理畅行的基本原则。过犹不及，真理再向前跨进一步就是谬误。我们做任何事情，都要把握"度"，适度方好。平等待人，平和处事，乃人间正道，也是社会主义核心价值观的内涵之一。假使人人都背弃"中庸之道"，社会的角角落落到处响彻你争我斗的喧嚣声，那还有什么团结稳定、和谐发展可言？

杜日新退休后并未彻底赋闲，一直都在从事编辑工作。当离开《夕阳红》杂志社的时候，他还念念不忘那段"其乐融融"的光阴，深深怀念那些"火一般的热情给我增添了活力"的年轻人和在工作中"结为知己"的撰稿人，千情百感，汇成一句："发挥余热是快乐的，那里的工作是美丽的"（见《但得夕阳无限好》）。

杜兄日新晚年的生活也是"美丽的"，知音老伴儿，相濡以沫；子孝孙贤，家和事兴。你看他自撰的春联："书香门第读书乐，新闻世家谱新风"（见《两个红媒一世姻缘》），字里行间都洋溢着志满意得的幸福和甜蜜。

（2014年于自由文斋）

让诗火照亮心灵

2008年5月12日,一个阳光被遮蔽的日子。

凶恶的震魔骤降四川,天崩地裂,山河痉挛。数万生命顷刻间被抛进死亡的深谷,一幢幢房屋转眼间变成了瓦砾堆堆、废墟片片……

突如其来的灾难,冷峻地检验着中国速度和中国力量。党和国家领导人第一时间赶赴灾区前线,指挥抗震救灾;数十万解放军和武警部队官兵闻令而动,奋勇向前,从废墟中抢救生命,向死神宣战;白衣天使带着十三亿人民的关怀和期盼,奋战在救死扶伤的第一线……

灾难的突现,检阅了我们的党、我们的军队、我们的人民;战胜灾难的过程,再一次见证了改革开放后中国的力量和中华民族的英勇顽强。

在抗震救灾的日子里,严重的灾情,牵动着十三亿人民的心;生命的呼唤和抗震救灾的伟大壮举,激励着中国诗人、长春诗人的热血情怀。他们以各种方式积极参与赈灾活动。

他们振动诗歌的翅膀飞向灾区,以诗赴难,共襄义举;他们用诗的温暖去抚慰一颗颗伤痛的心灵,化解他们胸中的忧伤与痛楚；用诗的力量去支撑那些摇摇欲坠的灵魂大厦，帮助面临精神崩溃的人们重建精神家园。

他们以生命的歌哭悲悼遇难者，又以诗的光辉去照耀幸存者未来的天空，向他们输送无私的爱和创造的伟力。

你现在看到的《悲情与力量》，就是这样一本专题诗歌选集。收在集子里面的诗，不只是长春诗人的诗作，还有许多来自天南地北、四面八方的佳篇。诗作者大都互不相识，但他们的诗，吟咏着抗震救灾众志成城的同一主题，传递着中国十三亿人民的共同心声。特别是那些地震灾区传来的诗篇，其创作本身就意味着生命的伟大和坚强不屈，字里行间散发出一种触之可感的浩然之气。读之令人动容，让人感悟，催人奋进。

这里的每一首诗都是一支照亮心灵的火把，每一首诗都是一朵宣泄真情的浪花，它们汇聚在一起，便形成了冲天的烈火和浩瀚的海洋。

诗火在燃烧，慷慨悲歌，壮怀激烈；诗海在咆哮，涛声动地，扣人心魄。诗人们以诗的形式，抒发着中华民族热爱生命、崇尚和谐的宏阔情怀；以诗的力量重塑了中国人民百折不挠、无坚不摧的精神丰碑。

中国是诗的国度。用诗歌记录历史变迁、歌颂崇高行为的传统由来已久。在改革开放、建设中国特色社会主义的今天，诗歌的力量尤其不可低估。抗震救灾斗争中诗歌的集体倾诉已经在中国人民心中留下不可磨灭的印象。

抗震救灾斗争已经取得重大的阶段性胜利，中国在这场严峻的考验中"出色地通过了考试"，因而赢得了世界的赞誉，但是，重建家园的工作才刚刚开始，更艰巨的任务还在后头。

党中央已经发出号召：一手抓抗震救灾毫不松懈，一手抓经济社会发展坚定不移。要把伟大的抗震救灾精神转化为自力更生、艰苦奋斗、重建家园的坚定信念，转化为办好奥运、建设祖国的实际行动，转化为推动科学发展、促进社会和谐的强大力量。这就是中国人民的奋斗方向，这就是中国诗人前进的指南。

伟大的抗震救灾精神是中华民族的精神财富，它将永远存留于我们的民族记忆中，并将在未来中国的建设和中华民族的进步与发展中长久地发挥作用。作为中华文明重要内容和精神财富表现形态之一的诗歌，也必将对震后人们的心灵建设产生更加长远的影响。与那些看得见摸得着的物质援助相比，大象无形的诗更有一种振奋心灵的力量。它责无旁贷地要承载起无可替代的社会担当，发挥其特有的功能，毫无疑问地成为树立"重建家园的坚定信念""办好奥运、建设祖国""推动科学发展，促进社会和谐"的巨大而持久的精神动力。这是中国诗人的责任，也是中国诗歌的使命。

中国诗人，长春诗人，应当发挥抗震救灾精神，自强不息，团结奋斗，创作出更多更好的诗篇，为伟大的中国歌唱，在歌唱伟大中国中，创造中国诗歌的更大繁荣。

（2008年于自由文斋）

化作春泥更护花

　　中华民族前仆后继，生生不息；伟大祖国继往开来，蒸蒸日上。培育新一代接班人，功在千秋。"关工委"正在这条战线上，饱蘸心血，书写着中国的未来。

——题记

太阳的光辉

　　"大海航行靠舵手，万物生长靠太阳……"一首曾经广为传唱的歌曲，诠释了太阳的万般功用。太阳是光明，太阳是温暖，太阳是一切生命生长壮大的原动力。世间有谁能离开阳光？草木荣枯、江河行止、季节轮回、人类盛衰……哪一样不与太阳的光辉息息相关？

　　阳光与人类生活密不可分。没有太阳的日子是多么难堪！那种昏暗、阴冷、毫无生气的状态，会让人憋闷，令人窒息。只有晴日朗朗，光芒灿灿，才能一扫阴霾，给人带来光明与欢乐的感觉，让人间呈现出自然祥和、激情燃烧的生活。

　　现代中国人的生活中还有另外一种阳光，它可以和自然界的阳光相媲美，甚至比自然界的阳光更恒久更有暖心的力量。它不是高高地悬在天上，而是平和地相处于人群当中。它没有一轮红日喷薄而出那金光四射的招摇，却抱有始终如一、不弃不舍的信念，默默无闻地俯首大地，一刻不停地向周围投放着温暖和光明。尤其对于那些误入歧途的青少年，它像燃烧的火炬，为他们照亮弃暗投明的路径，点燃他们心头尚存的光与热，鼓舞他们重新振作起来，踏上满目春光的康庄大道。

中国的关心下一代工作委员会即"关工委"，是阳光的发散地。关心下一代，这个神圣的命题，密切关联着中华民族的命运，关系到伟大祖国的未来。做好关心下一代的工作，是培养革命接班人，保证党和国家千秋万代永不变色的伟大事业。

"关工委"是阳光灿烂的大家族。如同太阳照耀着万里山河，"关工委"遍布于全国各地。它以关心下一代为主旨，聚合起全社会的正能量，组成一个结构严谨、功能明晰、责任落实的社会组织，从上到下，广布恩泽，面向中华民族新一代，发散着光辉，关爱、扶助他们健康成长。"关工委"管理层大都由退休领导干部组成。这些曾经为人民殚精竭虑、鞠躬尽瘁的老干部，从岗位上退下来，依然壮心不已，自觉担负起教育和培养青少年的社会责任，不待扬鞭自奋蹄，化作春泥更护花。老骥伏枥，志在千里；阳光普照，花红柳绿。中国的青少年得天独厚，泽被雨露、阳光，如同扎根沃土的禾苗，茁壮地生长。

长春市"关工委"的阳光，照亮了青少年的心灵世界。宽城区"关工委"的阳光，驱散了孩子们周身的寒冷。

华邦集团公司"关工委"的阳光，温暖了失足青少年浪子回头的人生。

华邦集团公司是刘柏林的妻子郭淑香创办的，那是在19年前，刘柏林还正在部队服役，当时，这个身材魁梧的关东汉子怎么也没有想到，他退役后的生涯，会落脚在自己老婆创办的这家民营企业上。天底下有些事难以预料，刘柏林退役后的生活轨迹就在这难以预料之中。妻子操持企业多年，积劳成疾，早就盼着丈夫退役后能出手相助。刘柏林心疼妻子，当然也深知她对华邦情深如海。他退役后毅然接下华邦总经理的重任，开始谋划公司的经营之道。许多年过去了，刘柏林在带领员工奋力拼搏中，把自己塑造成坚定、睿智、勇于创新的企业领导者，也书写了华邦人艰苦创业的精彩篇章，使华邦公司由小到大，由弱到强，从三万元起步，到资产过亿，从十几人起家，到拥有百余人团队，打造了具有"全国诚信企业"和"一级一类企业资质"的吉林省一流汽车综合服务平台。刘柏林创立了"以车为本，精益求精；以人为本，客户至上"的汽车综合服务理念，并把它贯穿到汽车服务生产的全过程，以此来督导企业生产，提升企业效益。与此同时，他还特别注重企业文化建设，创办内部报刊《华邦之声》，报道企业新人新事，传播社会正能量，弘扬企业精神，用先进文化和社会主义核心价值观塑造员工，打造团队。华邦企业越办越大，刘柏林的胸怀也越来越宽，他和妻子商量：咱们创办华邦这个企业，不仅要赢得利润，还要担负起社会责任，也应该为改造失足青少年做点儿贡献啊！夫妻俩共同努力，积极创办了由省司法厅和人社厅正式批准的"吉林省彩虹基地"。从此，一批又一批刑释解教人员走进华邦公司，开始了洗心革面的新生活。身兼华邦公司"关工委"主任的刘柏林，发扬当年在部队做思想政治工作的光荣传统，担起了塑造心灵的神圣职责。每当谈起"关工委"的工作，他总是激情满怀，言犹未尽：关心下一代，是培育接班人的工作，至关重要，社会各司其职，企业也责无旁贷。省里、市里、区里的"关工委"都给我们做出了样子，也为我们确立了目标，我们必须尽自己最大的努力去做，争取做得更好。能为下一代的成长做点事情，我们也感到欣慰。作为我个人，一个退役军人，当过党代表、人大代表，也曾被推选为优秀军休干部和长春好人典型，荣誉是人民给的，我应该回报人民。我们创办的这个彩虹基地，就是要为那些刑释解教青年，创造重新学习、平等就业和自由生活的良好环境，帮助他们弃旧图新，走上人间正道。

刘柏林清楚地知道，这些刚刚离开劳改场所迈向新生活的释解青年，更需要光明和温暖。他从接纳他们那天起，就要求自己也要求他的团队，一定不要歧视他们，要像亲人一样对待他们，耐心细致地帮助他们，用太阳般的光明与温暖去照亮他们，抚慰他们，引导他们走向崭新的开端。

人之初，性本善。性相近，习相远。正如《三字经》所阐述，这些失足青少年的罪错，并非先天从娘胎里带来。他们走上犯罪的道路，多是后天恶习侵染的结果。罪与错出在他们身上，根源固然在于心灵的扭曲，但家庭与社会的原因也不能排除。刘柏林在认真调查研究、仔细分析这些青少年犯罪的不同情况后，深刻地认识到：要彻底改造这些虽被释解却仍然"无家可归、无业可就、无亲可投"的"三无"青年，当务之急，是给他们一个安稳的"家"，教他们学会"一技之长"，让他们获得"自我生存与发展的能力"。他一次次地召开班子会，把自己的想法说给大家听，引导大家集思广益，出谋划策。班子统一了认识，一致决定：创办职业技能培训学校，为"三无"青年自新、成才铺路。

华邦公司投资380万元，创办了"长春市职业技能培训学校"。学校最初选址在宽城区兰家镇，由一处废弃的办公用地改建而成。刘柏林第一次走进这个破败的院落时，满目荒草丛生，垃圾堆积如山，简直无处下脚。刘柏林安排人员，调度车辆，足足运走 100 多车垃圾，才算清理出一点样子来。

华邦人给这个废弃已久的旧院落带来了阳光和欢笑。

第一批 25 名学员在这里举行了隆重的开学典礼。这些走出监所进入校园、脱下囚服换上工装的释解青年，第一次迎着灿烂的阳光，呼吸着清新的空气，迈出了悔过自新人生的第一步。

在刘柏林夫妇的精心设计和华邦公司全体员工的爱心呵护下，华邦职业技能培训学校越办越好，成为这些"三无"青年温暖的家。学校对学员的关怀无微不至，免费为他们提供食宿条件。学员宿舍清洁舒爽。学校为他们配备了统一的床单、被罩，还派专人定期帮助他们拆洗更换。公司还发给学员每人每月 500 元补助费，供他们急用之需。学校为他们安排了科学、实用的教学课程，特意从省汽车研究所和吉林大学聘请来专家、教授，为他们讲授汽车理论课；精心组织公司的技术骨干和经验丰富的老师傅给他们上实践课，陪同、指导学员们实习操作。学校十分注重学员技术的提高和学业的完成，更时刻关注他们思想的进步和人文素质的提升。培训期间，每天都安排一定的时间，由部队聘请的教员带领学员开展军训，引领他们在团结、紧张、严肃、活泼的训练中，接受教育、淬炼和阳光的洗礼，促进他们早日成人、成才。

"关工委"的阳光温暖如春。刘柏林把这温暖的春光送到每一个失足青年的心中。

王某颜因为盗窃罪被判三缓四，属于社区矫正人员。华邦职业技能培训学校接纳了他，给了他重新学习的机会，可是刘柏林发现，这个刚刚走出监所的释解青年，好像并不快乐，他整天闷闷不乐，跟谁也不愿意交流。刘柏林便找他来谈心，这才发现他郁闷的缘由是因为家境艰难：妻子离他而去，儿子面临辍学，爷爷奶奶年老多病，生活的压力就像山一样压在他心头，让他喘不过气来,他怎么能高兴得起来?刘柏林了解了这一切,立即组织"关工委"工作人员行动起来,帮助王某颜解决实际困难。他们先去孩子学校沟通协调,解除了孩子上学的后顾之忧;又开班子会决定给王某颜发放生活补贴,帮助他爷爷奶奶解决生活困难;又结合王某颜学习努力、成绩突出的实际情况,特事特办,安排他提前结束培训、上岗就业。不久,王某颜的奶奶因病去世,没有钱操办丧事,刘柏林和他的公司员工,主动捐款救助,为王某颜解了燃眉之急。热心的关怀和真诚的帮助,如温暖的阳光,驱散了王某颜心头的乌云,也绽开了他脸上的笑容。这个差一点就被困难压倒的年轻人,迎着耀眼的阳光站立起来,向着光明的未来大步走去。

母亲的情怀

母亲是伟大的。母亲的爱,无私而珍贵,可以温暖孩子的一生;母亲的情怀,广阔而深挚,能够包容孩子的一切。

天下的母亲没有不爱自己孩子的。爱孩子是母亲的天性。

中国的"关工委"是伟大母亲的英雄群体。它以真挚的母爱和广阔的情怀,哺育着一代又一代青少年。他们是无私奉献的天使,把自己夕阳的光辉和有限的热度,融入社会之力的洪流,拥抱着孩子们勇敢而坚定地前行。看到孩子们健康地长大,他们总是报以热情的鼓励,同时辅以戒骄戒躁的警示和劝勉;有时候,他们也会站在一边注视着孩子们的行动,看他们有没有跑偏方向,一旦发现偏差,立刻叫停,重新为孩子们拨正航向。

孩子们前行路上的进退、得失与成败,牵动着母亲的心。"关工委"这些可敬可爱的母亲们,与每一个中华青少年休戚与共,心心相印。

军人出身的刘柏林,虽然长得人高马大,行事风格也是刚强果断,斩钉截铁,但他却有着慈母一样的心肠,关心体贴青少年,细致入微,春风化雨。难怪公司里的人都说:咱们的刘总啊,军人气派,慈母情怀。

今年春天,草长莺飞的四月,刘柏林突然接到一个从敦化打来的长途电话,从那熟悉而急切的声音里,刘柏林听出来了,这是 12 年前他和妻子认下的一门干亲:老汉任玉忠和老伴儿带着弱智儿和孙女,就住在敦化市黄泥河子镇的乡下。刚刚,老汉遭遇了不幸,锯木头时不慎把四个手指锯断了,当地无法医治,情急之下,打电话给刘柏林,问能不能安排来长春治疗。

刘柏林一连声地答应下来,放下电话就跑出去联系住院事宜。一路上,他的脑海里又浮现出 12 年前的情景。

那也是一个春风乍起的四月,妻子因病住进医院,和她同病室的乡下女孩儿就是任玉忠的孙女任聪聪。聪聪从小就失去母爱,智障的父亲也无法照料她,她只好跟爷爷奶奶一起生活。这次因为心脏病爷爷带她来长春住院,经过治疗,病情大有好转,可是家里再拿不出钱来支付住院费用了,爷爷束手无策,聪聪不得不含泪中断治疗。刘柏林夫妇得知此事,立刻决定帮孩子一把。他们从家里仅有的一点积蓄中拿出 5000 元钱,交给任老汉:给孩子再治治吧,治病不去根儿,孩子得受一辈子苦啊!先拿着,把住院费交上,不够的话,咱再想办法。

有了这笔救命钱,任聪聪得以继续治疗了,任老汉千恩万谢,记住了刘柏林夫妇的恩情,孙女儿痊愈出院的时候,他让她当堂跪拜,认下了这个干爸干妈。从此,刘柏林夫妇多了一个乡下女儿,也多了一门穷亲戚,每年他们都要驱车千余里,去黄泥河子看望聪聪,为她和爷爷奶奶送去点儿钱和生活用品。有一次,刘柏林去时,正赶上聪聪的表妹也在那里,两个女孩儿年龄相仿，一样可人，家境也同样困难，刘柏林当即决定：从这以后，再送钱物，要送双份，让两个女孩儿同享资助，一起成长。就这样，刘柏林夫妇一直坚持了12年，直到把任聪聪送进了大学，连她的小表妹也已能够独立生活、自食其力了。两个女孩儿都已长大成人，刘柏林的资助却没有停止，他每年依旧给任老汉送去一些吃穿用品，黄泥河子的这一家人，已经成为刘柏林夫妇永远放不下的牵挂。

刘柏林资助的不只是任老汉一家。谁有困难，只要刘柏林看得到、够得着，他都要伸出援手。农安县的黄鱼圈有对老夫妻，老头儿腿有残疾，老伴儿卧床不起，日子过得紧紧巴巴，连孩子上学都成了问题。刘柏林知道了，便自掏腰包给孩子交了学费，又组织公司员工献爱心捐钱捐物，帮助老两口渡过难关。这些年来，他们一直坚持帮扶这个贫困家庭，使他们走出困境，脱贫向好。

帮助别人，也是提升自己；送人玫瑰，手有余香。刘柏林满腔爱心滋养着华邦集团，以身作则地引领着每位员工，教他们爱岗敬业，关心集体，友好相处，助人为乐。同时，积极推行科学管理，制度公开，纪律严明，奖勤罚懒，表彰先进，使整个企业洋溢着凛然正气，争先创优，蔚然成风。员工创造了佳绩，或登报表扬，或现金奖励；有人违反了制度，或诫勉谈话，或进行处罚。员工有了难处，刘柏林总是热心相帮，济危解困。特别是对于年轻人在生活与工作产生矛盾的时候，刘总经理更是高瞻远瞩，宽怀大度，既实事求是帮助解决问题，又注意保护他们求取进步的积极性。白明奎和岳百灵是一对恩爱的小夫妻，两个人都在华邦公司工作。白明奎是2012年中专毕业被录用到华邦公司的学徒工，他学习刻苦，技艺精进，五六年的工夫已经成长为公司的高级电工，并且担任了汽修公司电工车间主任。这时候，他觉得自己是把成手了，应该出去闯一闯了。他向刘总提出辞职的想法，刘总真诚地挽留他，但他还想走。刘总便同意了：你去闯一闯也好，看看外面的世界，考量一下自己的本事，对你的成长也许有好处。华邦培养了你，这里永远是你的家。你在外若有不如意，欢迎你回来。白明奎出去闯荡了一年，果然不如意。他记住了刘总的话，收回心思，重新回到了电工车间，工作得比以往更有劲头了。他的妻子岳百灵也曾经辞职离开过华邦公司，不过那不是为了另攀高枝，而是因为孩子上学没人接送。岳百灵接送孩子上学整整两年，市里施行的蓓蕾计划工程解救了她，她可以下班后再去接孩子了。教育改革解放了岳百灵，她又回到了检车线，忙起了她的前台业务。

华邦集团公司是有志青年腾飞的航母，刘柏林以爱心平台托起青年们飞向蓝天的梦想。大学毕业生袁思佳2013年来到华邦公司就职，刘柏林对他关爱有加，一边培养他学习华邦的业务，一边为他缴纳学费报补习班，并鼓励他参加技术等级考试。袁思佳的业务技能提高很快，工作成绩突出，受到公司嘉奖，不久便胜任愉快地走上"授权签字人"的重要岗位，还被提拔为副经理。袁思佳在大学里所学专业是交通运输，他一直有个梦想，要报考交通运输系统的公务员。公司里有人对此表示异议：华邦培养的好苗子，怎么能让他走呢？刘柏林却不这样想，他说：天高任鸟飞。我们华邦企业是青年励志成才的地方，不能没有胸怀，不能耽误了孩子的成长。思佳想考公务员，那是立大志往高处走,我支持！我们华邦也都要支持！他这样说了，也这样做了。袁思佳不负众望，果然一试成功，光荣地走进了公务员的队伍。刘柏林的心里和袁思佳一样高兴，一样甜美。在欢送袁思佳的大会上，刘总经理激情如瀑，话语铿锵：袁思佳同志是我们华邦的员工,他考取了公务员,既是他个人的心愿,也是咱华邦的荣誉。我和华邦感到荣耀。这是华邦历史上的创举,也是我们有史以来的开端。今后,我们华邦公司还会一如既往地支持和帮助那些有志青年,让更多的人有更好的发展,不断培养出像袁思佳一样的优秀员工。欢送会上,刘总经理还代表华邦集团公司领导班子,为袁思佳颁发了特别奖励。袁思佳手捧奖励证书和2000元奖金,心潮澎湃,泪湿双眸。全场职工无不欢欣鼓舞。

刘柏林的爱心既磅礴如海,又纤细如丝。他对华邦彩虹基地接纳的这些青年,关爱细致入微,像春雨润物细无声,点点滴滴润入那些几近干涸的心田。刘柏林喜欢和这些青年谈心,每周都要找他们谈几次,对于表现好的要找来谈,鼓励他再接再厉;发现不利苗头的也要找来谈,提出诫勉和警示。刘总与这些青年的谈话更像是亲人间的交流。这些青年也愿意把心里的想法和疑问说给他听,求得他的指点。

刘总不但自己这样做,也号召公司的高管们都来这样做,把谈心作为思想工作的重要方法,加以推广。高管们和刘总一样去做了,他们也都成了这些青年的朋友。谈到这些,他们深有体会:我们的刘总,是部队政委出身,谈话、做思想工作是他的专长,我们跟着他干,也得学着他去谈,不仅要管好企业经营,还要学会做思想工作,当个好政委。刘柏林用母亲般的情怀培育着他的团队。他带领他的团队一边努力搞好经营,为企业创造利润,一边肩负起社会责任,安置、帮教释解青年,为社会培育进步力量。他创办的"彩虹基地",集慈善性、公益性、服务性为一体,为失足青少年免费培训劳动技能,安置就业服务,在全国首开先河。基地创办十余年来,他们先后走访省内监狱、劳教所21家,深入12个县(市、区)司法部门和长春市内23个司法单位,举办报告会、座谈会60余场,印刷、发放有关宣传品25000多份,与监所签订安置、就业、帮教协议书680余份,接纳、培训、安置、输送刑释解教青年500余人,组织释解青年代表、优秀员工和公司"五老"赴监区巡回演讲数十次,运用浪子回头的鲜活案例现身说法,效果极佳。华邦"彩虹基地",为失足青少年争取新生构建了人生引桥和就业家园。

尊严的力量

人是有尊严的,由此区别于其他动物。

尊严是人生的精神支撑。一个人失去尊严如同抽掉筋骨,无异于行尸走肉。

尊严是有力量的。尊严的力量来自一个人的心底。心灵一旦被污染和毒害了,尊严也会丧失掉。

有一种东西会毒害心灵让尊严丧失,那就是贪欲。

贪欲是欲望的无节制膨胀。每个人都会有欲望,欲望本身并非魔鬼,正常的欲望会有一种引人向上的力量,也可以成为前进的动力。但是欲望需要控制,不可以无限制地放纵,放纵的欲望会成为堕落的推手。一个人一旦纵欲无度,那就免不了要跨越雷池,甚至会被葬入深渊。

贪欲是罪恶的渊薮。世间的所有罪错,几乎都是因贪欲而引起。青少年的失足也是如此。青少年涉世未深,人生的目标尚未确定,稚嫩而脆弱的内心很容易受到外界干扰或打击而发生改变甚至扭曲。在他们正在长身体、学知识、立志向、塑人格的这个阶段,家庭的影响和父母的教育非常重要。有一些青少年的堕落,就是因为父母离异、家庭破碎,使他们无依无靠,不得不流浪街头,幼小的心灵被外界的毒素污染,才一步步走上犯罪的道路。

　　少年时的祝某臣就因为失去母爱和家庭的温暖而颠沛流离，浪迹江湖。他五岁丧母，父亲续弦后，继母对他歧视有加，非打即骂。他十岁时又被父亲送给养父，从此离开哈尔滨来到山东。祝某臣虽然换了一个生活环境，可并没有感受到家的温暖，歧视随身而来，每天仍然挨打受骂。这样又熬过了七年，他终于逃离山东回到诞生地哈尔滨。他期待着亲人的接纳和尊重，但事与愿违，在父亲和继母那里，他没有得到一丝温暖和半点尊严。他不得不离家出走，接下来的日子可想而知。他遇到了因扒窃被劳教刚刚获释的吴某福，于是跟着他走进了一个扒窃团伙。他被教唆以扒窃技巧，脑海里印上了"盲流盲流吃穿不愁，办张站票走遍全球"的人生信条，开始一点一点地陷进肮脏的泥淖。

　　由被歧视而忘掉自尊，由好逸恶劳而求不劳而获，贪欲一天天膨胀，祝某臣一次次作案，一次次被收监，一次次被释放，他以为自己披上了贼皮，踏上了贼船，回头是岸已经不属于他了。他没有想到在最后这一次重获自由时，有幸来到华邦彩虹基地，遇到了刘柏林，他帮他重新拾回了丢弃的尊严，给了他重新做人的机缘和再写人生的信心。祝某臣坐进华邦职业技能培训学校的课堂，接受他人生第一次正规的职业技能培训，同时也受到了从未有过的思想政治引领和道德品质教育，他感到新奇而陌生，他为自己曾经的愚昧无知而痛悔，心头蓦然升起一种神圣的敬畏感。他感到自己有了尊严。他试着把这种尊严感贯穿到整个学习阶段中。他在尊严的约束和激励下改变着自己。培训结束后，他被分配到检车线当工位员，一干就是七年。如今的祝某臣不再是当年"九进宫"的"江洋大盗"，而是华邦集团公司的一名优秀员工。他爱岗敬业，吃苦耐劳，每天上下地沟几百次，等于行走几十公里，但他不怕脏累，无怨无悔。从前，他曾因扒窃而受到处罚，如今他却因拾金不昧而受到表彰。刘柏林和华邦彩虹基地让祝某臣脱胎换骨，完全变成了另一个人。

检车线上的工位主管孙某全，也曾是一个有过劣迹的青年。他的悔过自新，同样证明着尊严的力量。

孙某全童年时父母离异，网吧便成了他追求快乐享受刺激的乐园。他在"哥们儿义气"和不劳而获思想的熏染下学会盗窃，渐渐被膨胀的欲望毁掉了青春。

孙某全走出监所的那一天，心头还萦绕着一丝茫然和焦虑：我是一个挂了号的贼，父母和亲人都不喜得见我，服刑这多年连个亲人的电话都没有，而今谁会愿意接收我呢？华邦能要我吗？那份帮教协议能算数吗？

算数！华邦彩虹基地从不食言！刘柏林和他的团队展开宽阔的胸怀拥抱了孙某全，用真诚和友善消解了他心中的疑团。他们在孙某全刚刚走出监所时就为他送去了火焰般红色的工作服，让他在脱下囚服的瞬间即换上崭新的工装，给了他和所有员工一视同仁的尊重，也向他发出了新生活开始的明确信号。

那一刻，刘柏林注视着这个一身工装火红耀眼的青年，语重心长地对他说：你是个好小伙子！我知道你的情况。你不要有任何思想负担。从今以后，华邦就是你的家。你的一切生活，我们都为你安排好了，你只管好好参加培训，争取学得一技之长。你还年轻，前途是无限光明的！

刘总经理的一席话，如三月春风吹绽一池春水，孙某全的脑海里翻滚起浪花。他想说点什么，却什么也没有说出来，湿润的眼角有泪光闪闪。

孙某全以全新的姿态投入了全新的生活。刘柏林总经理像关注所有被接纳的青年一样关注着孙某全的进步。他发现在这些释解的青年当中，只有孙某全没有亲人来看望，也没有户口和身份证等身份证明。一打听才知道,孙某全生下来就没有办理过户籍和身份证明,直到被收监之时,他还是个从没登记过的"黑人"。现在,孙某全已经回归社会重拾尊严,成为有独立人格的个体,怎么能没有身份证明呢?在我们这个法治社会里,身份证不单是身份证明,它也是人格尊严的象征啊!刘总这样思考着,决定立即着手为他解决这个问题。然而,事过多年,孙某全连一点原始信息都很难查到,要办理身份证谈何容易?刘柏林下定决心,派出得力人员,奔走四方,近访四平,远赴山东,调查取证,跑遍了孙某全的出生地和漂泊地,终于找到了有价值的信息,在长春等地司法部门的大力支持和协助下,为孙某全办理了身份证,同时帮助他找到了失散多年的亲人。

孙某全第一次捧起自己的身份证,端详许久,竟然情不自禁地落下泪来。父亲得知儿子的近况,赶过来看他,父子俩相拥而泣,在场的人无不潸然泪下。

孙某全在华邦公司获得了尊严。尊严的力量支撑着他努力工作,大步向前。七年来,他一门心思倾注到工作中,兢兢业业,不辞辛劳;他严格要求自己,注重品德修养,以实际行动与昨天告别。由于工作出色,他多次被公司评选为优秀员工,又被选为车间岗位主管。

华邦彩虹基地在重塑着失足青年的心灵,"关工委"主任刘柏林倾注爱心,为失足青年铺出一条自强、自律、自新的道路。太阳洒下金辉,光芒万丈。澄净如洗的蓝天下,一队人马从昨天走来,高举着人格尊严的旗帜,向着母亲指引的前方高歌猛进。

美好的理想就在前方!

我们一定能实现美好的理想!

(2019年于自由文斋)